MånPocket

Mikael Niemi

Populärmusik från Vittula

MånPocket

Omslag av Patrik Lindvall
Inlaga av Sara R. Acedo/Ateljén
© Mikael Niemi 2000
Norstedts Förlag, Stockholm

www.manpocket.com

Denna MånPocket är utgiven enligt överenskommelse
med Norstedts Förlag, Stockholm

Tryckt i Danmark hos
Nørhaven a/s 2001

ISBN 91-7643-718-3

Prolog

Berättaren vaknar, påbörjar sin klättring och klantar sig i
Thorong La-passet, varpå berättelsen kan ta sin början

Natten var svinkall i det trånga brädrummet. När mitt rese-
väckarur började pipa satte jag mig upp med ett ryck, snörde
upp det lilla ansiktshålet i sovsäcken och stack ut armen i den
kolsvarta kölden. Fingrarna trevade nere på det ohyvlade trä-
golvet bland stickor och sandkorn i det nakna draget från
golvspringorna tills de fann klockans kalla plast och avstäng-
ningsknappen.

En stund låg jag stilla, halvt bedövad, fastklamrad på en
stock med ena armen släpande i havet. Tystnad. Köld. Korta
andetag i den tunna luften. Kvar i kroppen fanns en fysisk
värk, som om jag legat hela natten och spänt musklerna.

Det var då, just i den stunden jag insåg att jag var död.

Upplevelsen är svår att beskriva. Det var som om kroppen
tömdes. Jag blev sten, en oändligt stor, gråkall meteorit. Och
inbäddad djupt inne i ett hålrum låg något främmande, något
avlångt och mjukt, organiskt. Ett manslik. Det tillhörde inte
mig. Jag var sten, jag omslöt bara den svalnande gestalten
som en kolossal, tätslutande granitsarkofag.

Det varade i två, högst tre sekunder.

Sedan tände jag ficklampan. Väckarklockans urtavla visa-
de noll och noll. Ett kusligt ögonblick fick jag för mig att ti-
den upphört, att den inte längre kunde mätas. Sedan förstod

jag att jag råkat nollställa klockan när jag trevade efter avstängningsknappen. Mitt armbandsur visade tjugo minuter över fyra på morgonen. Runt sovsäckens andningshål låg ett tunt lager rimfrost. Det var minusgrader, trots att jag befann mig inomhus. Jag stålsatte mig mot kölden och ormade mig fullt påklädd ur sovsäcken, och stack ner fötterna i de iskalla vandringskängorna. Med ett lätt obehag packade jag ner mitt tomma skrivhäfte i ryggsäcken. Ingenting i dag heller. Inget utkast, inte den minsta anteckning.

Upp med dörrens metallhake och ut i natten. Stjärnhimlen öppnade sin oändlighet. En månskära guppade som en roddbåt vid horisonten, Himalayas jättar kunde anas på alla håll som spetsiga silhuetter. Stjärnljuset var så starkt att det duschade marken, vassa vita strålar från en jättelik sil. Jag krängde på mig ryggsäcken, och enbart denna lilla ansträngning fick mig att flämta. Små prickar av syrebrist for runt i synfältet. Höjdhostan rev loss i strupen, torra skrällar, 4 400 meter över havet. Framför mig skymtade jag stigen som löpte brant uppför den steniga bergssidan tills den försvann ur sikte i mörkret. Sakta, sakta började jag klättringen.

Thorong La-passet, Annapurnamassivet i Nepal. Höjd 5 415 meter. Jag har klarat det. Äntligen är jag uppe! Lättnaden är så stor att jag vräker mig på rygg och bara flämtar. Benen svider av mjölksyra, huvudet dunkar och värker i höjdsjukans första stadium. Dagsljuset är oroväckande flammigt. En plötslig vindstöt varnar om sämre väder. Kölden biter i kinderna och jag ser en handfull vandrare skyndsamt axla sina ryggsäckar och börja nedfarten mot Muktinath.

Jag blir ensam kvar. Kan inte förmå mig till att gå, inte än. Fortfarande andfådd sätter jag mig upp. Stöder mig mot höjdröset med sina fladdrande tibetanska bönevimplar. Passet består av stenar, en steril grusvall helt utan växtlighet. På ömse sidor tornar topparna upp sig, svarta råa fasader med himmelsvita glaciärer.

Några första snöflingor piskar mot jackan i vindstötarna. Inte bra. Om stigen hinner snöa igen blir det farligt. Jag spanar bakåt, men inga fler vandrare syns till. Måste skynda mig ner.

Men inte än. Jag står på den högsta punkt jag någonsin befunnit mig på. Måste ta avsked först. Måste tacka någon. En impuls griper mig, och jag faller ner på knä vid höjdröset. Känner mig en aning löjlig, men en ny rundblick bekräftar att jag är ensam. Snabbt böjer jag mig framåt som en muslim med stjärten i vädret, böjer mig framstupa och mumlar en tackbön. Och där är en järnplatta med ingjutna tibetanska bokstäver, en skrift jag inte kan tyda men som utstrålar allvar, andlighet, och jag böjer mig ända ner och kysser texten.

Det är i det ögonblicket som minnet öppnar sig. Ett svindlande schakt ner i min barndom. Ett rör genom tiden där någon ropar en varning, men det är för sent.

Jag sitter fast.

Mina fuktiga läppar sitter fastfrusna i en tibetansk böneplatta. Och när jag försöker väta loss mig med tungan fastnar även den.

Vartenda barn i Norrland måste väl någon gång ha varit med om det. En isande vinterdag, ett broräcke, en lyktstolpe, ett rimfrostigt stycke järn. Mitt minne är med ens alldeles klart. Jag är fem år gammal och slickar fast mig i dörrlåset på brotrappan i Pajala. Först en oerhörd förvåning. Ett dörrlås som obehindrat kan vidröras med vanten eller med ett naket finger. Men nu en djävulsk fälla. Jag försöker skrika, men det är svårt om man har tungan fastklistrad. Jag fäktar med armarna, försöker slita loss mig med våld men ger upp av smärtan. Kylan gör att tungan domnar, blodsmaken fyller munnen. Förtvivlat sparkar jag i dörren och utstöter desperat:

– Ääähhh, ääähhh…

Då kommer morsan. Hon häller på en skål varmvatten, det rinner över låset och läpparna tinar loss. Skinnbitar sitter kvar på järnet, och jag lovar mig själv att aldrig någonsin göra om det.

– Ääähhh, ääähhh, mumlar jag medan snön piskar allt tätare. Ingen hör mig. Om någon vandrare ännu är på väg upp vänder de nog om. Min rumpa pekar i vädret, vinden ligger hårt på och kyler den. Munnen börjar förlora känseln. Jag drar av mig handskarna och försöker värma loss mig med händerna, flåsar ut min varma andedräkt. Men det är lönlöst. Järnet suger åt sig värmen men förblir lika kallt. Jag försöker lyfta, rycka loss järnplattan. Men den är fastgjuten, rör sig inte en millimeter. Kallsvetten blöter ryggen. Vinden letar sig in under jacklinningen och får mig att huttra. Låga moln drar fram och sveper in passet i dimma. Farligt. Djävligt farligt. Skräcken blir allt starkare. Jag kommer att dö här. Fastfrusen i en tibetansk böneplatta kommer jag aldrig att klara natten.

Det finns bara en möjlighet kvar. Jag måste rycka mig loss.

Tanken gör mig illamående. Men jag är tvungen. Sliter först lite på prov. Känner smärtan ila ända bak i tungroten. Ett… två… och så…

Rött. Blod. Och en smärta som får mig att slå pannan i järnet. Det går inte. Munnen sitter fast lika hårt som innan. Jag skulle bli av med mitt ansikte om jag slet hårdare.

En kniv. Om jag åtminstone haft en kniv. Jag trevar med foten mot ryggsäcken, men den ligger flera meter bort. Rädslan knyter min mage, blåsan är nära att tömma sig i byxorna. Jag öppnar gylfen och bereder mig att pissa på alla fyra, som en ko.

Så hejdar jag mig. Tar min dryckesmugg som hänger i bältet. Pissar muggen full och häller sedan innehållet över min mun. Det sipprar över läpparna, smälter, och på ett par sekunder är jag fri.

Jag har pissat loss mig.

Jag reser mig upp. Min bönestund är över. Tungan och läpparna är stela och såriga. Men jag kan röra dem igen. Äntligen kan jag börja berätta.

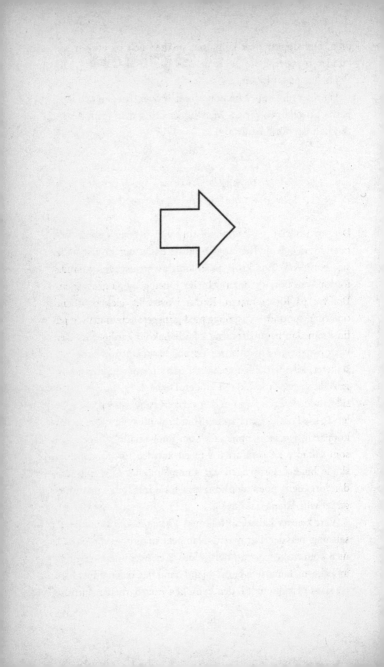

Kapitel 1

– där Pajala tar klivet in i nutiden, musik uppstår och
två småpojkar ger sig av med lätt packning

Det var i början på sextiotalet som vårt kvarter i Pajala as-
falterades. Jag var fem år och hörde dånet när de närmade
sig. Förbi vårt hus kröp en kolonn av stridsvagnsliknande
fordon som började böka och riva i den gropiga grusvägen.
Det var på försommaren. Karlar i overaller gick bredbent
omkring, spottade snus, högg med järnspett och muttrade på
finska medan hemmafruarna kikade bakom gardinerna. Det
var ohyggligt spännande för en pojkvasker. Jag hängde vid
staketet, kikade mellan spjälorna och drog in dieselångorna
från dessa pansarklädda vidunder. De hackade sig ner i den
ringlande byvägen som om den varit ett gammalt kadaver. En
lerväg med otaliga små gropar som brukade fyllas av regn, en
koppärrig rygg som mjuknade som smör i tjällossningen och
som saltades på somrarna som en köttdeg för att dammet
skulle bindas. Grusvägen var gammalmodig. Den tillhörde
den förgångna tiden, den som våra föräldrar fötts i men slut-
giltigt ville lämna bakom sig.

Vårt kvarter kallades i folkmun *Vittulajänkkä* som i över-
sättning betyder Fittmyren. Namnets ursprung var oklart,
men kom troligen av att här föddes så många ungar. I många
av kåkarna fanns fem barn, ibland ännu fler, och namnet blev
ett slags rå hyllning till den kvinnliga fruktbarheten. Vittula-

jänkkä, eller Vittula som det ibland förkortades, befolkades av bybor från fattiga släkter, uppvuxna under mageråren på trettiotalet. Tack vare hårt arbete och högkonjunktur hade man kommit upp sig och fått låna pengar till en villa. Sverige blomstrade, ekonomin växte, och till och med Tornedalen hade dragits med i framgångsruschen. Utvecklingen hade kommit så överraskande snabbt att man fortfarande kände sig fattig fast man blivit rik. Då och då kom oron för att allt skulle tas ifrån en. Hemmafruarna tänkte bävande bakom sina hemsydda gardiner på hur bra man fått det. Man hade en hel villa för sig själv och sin avkomma. Man hade fått råd att köpa kläder, barnen slapp gå i lappat och lagat. Man hade till och med bil. Och nu skulle grusvägen bort, nu skulle den krönas av oljesvart asfalt. Fattigdomen skulle kläs i en svart skinnjacka. Det var framtiden som lades, slät som en kind. Där skulle barnen cykla med sina nya cyklar mot välstånd och ingenjörsutbildning.

Baklastarna råmade och tjöt. Lastbilarna öste grus. Ång-vältarna pressade samman vägbanken under sina väldiga stål-cylindrar med en tyngd så ofattbar att jag ville sticka under min femårsfot. Jag slängde stora stenar framför välten och sprang ut och letade när den passerat, men stenarna hade för-svunnit. De var borta på ett rent magiskt sätt. Det var kusligt och fascinerande. Jag lade min hand mot den tillplattade ytan. Den kändes underligt kall. Hur kunde skrovligt grus bli slätt som ett lakan? Jag slängde ut en gaffel från kökslådan, och se-dan min plastspade, som även de försvann spårlöst. Än idag är jag osäker på om de verkligen ligger kvar där i vägbanken, eller om de faktiskt upplöstes på något magiskt sätt.

Det var vid den här tiden som storasyrran köpte sin första skivspelare. Jag smög mig in på hennes rum medan hon var i skolan. Den stod på hennes skrivbord, ett tekniskt underverk av svart plast, en blänkande liten låda med ett genomskinligt lock som dolde märkvärdiga knappar och reglage. Runt den låg papiljotter, läppstift och sprayburkar. Allt var modernt, en onödig lyx, allt var tecken på vår rikedom och löften om en framtid i slöseri och välfärd. I ett lackskrin låg högar med filmstjärnor och biobiljetter. Syrran samlade på dem och hade tjocka buntar från Wilhelmssons bio där hon på baksidan skrivit upp filmtitel, huvudroller och betyg.

På ett plastgaller som liknade ett diskställ hade hon ställt sin enda singelskiva. Jag hade dyrt och heligt lovat att aldrig ens andas på den. Nu grep jag den med pirrande fingrar, strök över det blanka omslaget där en stilig yngling spelade gitarr. En svart hårlock hängde ner i pannan, han log och mötte min blick. Försiktigt, försiktigt pillade jag ut den svarta vinylen. Varligt öppnade jag skivspelarens lock. Jag försökte minnas hur syrran hade gjort, och lade skivan på tallriken. Passade in det stora singelhålet i mittpluppen. Och med en förväntan som fick mig att svettas slog jag på strömmen.

Tallriken ryckte till och började snurra. Det var olidligt spännande, jag kvävde impulsen att springa min väg. Med klumpiga pojkfingrar grep jag ormen, den svarta styva pickupen med sin gifttand, grov som en tandpetare. Så sänkte jag den mot den snurrande plasten.

Det knastrade som när man stekte fläsk. Och jag visste att något gått sönder. Jag hade förstört skivan, den skulle aldrig gå att spela mer.

– BAM-BAM... BAM-BAM...

Nej, där kom det! Hårda ackord. Och så Elvis febriga stämma.

Jag stod som förstenad. Glömde svälja, märkte inte att det droppade från underläppen. Jag kände mig yr, det snurrade i huvudet, jag glömde bort att andas.

Det var framtiden. Så där lät den. Musik som liknade vägmaskinernas råmande, ett slammer som inte tog slut, ett larm som ledde mot horisontens purpurröda soluppgång.

Jag lutade mig fram och kikade genom fönstret. Ute på vägen rykte det från en lastbil, och jag såg att de börjat med beläggningen. Men det var inte svart och läderglänsande asfalt de hällde ut. Utan oljegrus. Grådammigt, knöligt, fult djävla oljegrus.

Det var på det vi pajalabor skulle cykla mot framtiden.

När maskinerna slutligen dragit bort började jag göra små, försiktiga promenader i grannskapet. För varje steg växte världen. Den nybelagda gatan ledde vidare till andra nybelagda gator, tomterna bredde ut sig som lummiga parker, jättelika hundar stod och skällde mot mig fastknutna i rasslande löplinor. Och ju längre jag promenerade, desto mer fanns att se. Världen tog aldrig slut, den vidgades hela tiden och jag kände en yrsel som gränsade till illamående när jag insåg att man kunde vandra hur långt som helst. Till sist tog jag mod till mig och frågade pappa som stod och tvättade vår nya Volvo PV:

– Hur stor är världen?

– Väldigt stor, sa han.

– Men nånstans slutar den väl?

– I Kina.

Det var ett rakt svar som gjorde mig lite lättare till sinnes. Gick man bara tillräckligt långt så fanns där en ände. Och den låg i de snedögda tjingtjongmänniskornas rike på andra sidan jorden.

Det var sommar och gassande varmt. Mitt skjortbröst blöttes av den droppande isglassen som jag slickade på. Jag lämnade vår gårdsplan, lämnade tryggheten. Då och då slängde jag en blick bakåt, orolig för att gå vilse.

Jag tog mig bort till lekparken som egentligen var en gammal slåtteräng som fått bli kvar mitt i samhället. Kommunen hade smällt upp en gungställning i gräset, och jag slog mig ner på den smala sittbrädan. Ivrigt började jag slita i gungkedjorna för att få upp farten.

I nästa stund märkte jag att jag var iakttagen. Det satt en kille på rutschkanan. Högst uppe på toppen som om han just skulle glida ner. Men han avvaktade, orörlig som en rovfågel, och betraktade mig med vidöppna ögon.

Jag blev på min vakt. Det var något obehagligt med killen. Han kunde inte ha suttit där när jag kom, det var som om han uppstått ur tomma luften. Jag försökte att inte låtsas om honom, utan gungade på så kittlande högt att kedjorna började slacka i mina händer. Tyst blundade jag och kände ilningen i magen när jag följde bågen allt hastigare mot marken, och upp i ljuset på andra sidan.

När jag öppnade ögonen satt han i sandlådan. Som om han flugit dit på utspärrade vingar, jag hade inte hört ett ljud. Fortfarande betraktade han mig intensivt med överkroppen till hälften bortvänd.

Jag blev stilla i gungan och lät farten långsamt ebba ut. Till sist hoppade jag ner i gräset, gjorde en kullerbytta och blev liggande. Stirrade upp i himlen. Molnen vältrade sig vita över älven. De liknade stora ulliga får som låg och sov i vinden. När jag blundade såg jag små varelser röra sig på insidorna av mina ögonlock. Små svarta prickar som kröp över en röd hinna. När jag blundade hårdare upptäckte jag violetta färgade krabater i min mage. De klättrade om varandra och bildade mönster. Även därinne fanns djur, även där var en värld att upptäcka. En hisnande känsla grep mig, insikten att världen bestod av massor av påsar, knutna utanpå varandra. Hur många lager man än trängde igenom fanns där bara fler och fler.

Jag öppnade ögonen och hajade till av överraskning. Killen låg bredvid mig. Han hade sträckt ut sig på rygg alldeles intill, så nära att jag anade hans värmeutstrålning. Hans ansikte var egendomligt litet. Själva huvudet var normalt, men anletsdragen trängdes ihop på en alldeles för liten yta. Som en dockas ansikte, fastklistrat på en stor, läderbrun fotboll. Håret var hemsnaggat med ojämna jack, en sårskorpa höll på att lossna i pannan. Han kisade med ena ögat, det övre som fångade solen. Det andra låg nere i gräset och var vidöppet, med en väldig pupill där jag kunde se min egen spegelbild.

– Vad heter du? undrade jag.

Han svarade inte. Rörde sig inte.

– *Mikäs sinun nimi on?* upprepade jag på finska.

Nu öppnade han munnen. Det blev inget leende, men man såg tänderna. De var gula, täckta av en gammal mathinna. Han stack in lillfingret i näsborren, de andra fingrarna var för grova för att rymmas. Jag gjorde likadant. Vi grävde ut varsin kråka. Han stack sin i munnen och svalde. Själv tvekade jag. Då strök han kvickt av min kuse och svalde den också.

Jag förstod att han ville bli min vän.

Vi satte oss upp i gräset, och jag fick lust att imponera tillbaka på killen.

– Man kan åka vart som helst!

Han lyssnade skarpt, men jag var inte säker på att han förstod.

– Ända till Kina, fortsatte jag.

För att visa att jag menade allvar började jag gå bort mot vägen. Frejdigt, med ett tillgjort pompöst självförtroende som dolde min nervositet. Han följde efter mig. Vi promenerade till den gula prästgårdsbyggnaden. På vägen utanför stod en buss parkerad, den tillhörde säkert några turister som besökte laestadiuspörtet. Bussdörren stod öppen i värmen men chauffören syntes inte till. Jag drog med mig grabben till trappan, vi klättrade in. Det låg väskor och jackor på sätena som luktade lite fuktigt. Vi satte oss längst bak och hukade oss ner bakom ryggstöden. Snart klev några äldre damer in och satte sig, pustande och svettiga. De pratade ett språk med många duschljud och drack med stora klunkar ur läskedrycksflaskor. Flera pensionärer anslöt sig efterhand medan chauffören dök upp utanför och lade in snus. Sedan bar det iväg.

Tysta och storögda betraktade vi landskapet som susade förbi. Vi lämnade Pajala där de sista husen snart försvann, och brummade ut i vildmarken. Så mycket skog, den tog aldrig slut. Gamla telefonstolpar med porslinsknoppar där ledningarna hängde i tunga bågar i värmen.

Det dröjde flera kilometer innan någon lade märke till oss. Jag råkade stöta till sätet framför, och en dam med grovporiga kinder vände sig om. Jag log avvaktande. Hon smilade tillbaka, grävde en stund i sin handväska och bjöd oss sedan ur en ovanlig, tyglimnande godispåse. Hon sa något som jag inte förstod. Så pekade hon mot chauffören och frågade:

– *Papa?*

Jag nickade med ett stelt leende.

– *Habt Ihr Hunger?* fortsatte hon.

Och innan vi visste ordet av hade hon stuckit varsin rågsmörgås med ost i våra nävar.

Efter en lång och skakig bussresa bromsade vi in på en stor parkeringsplats. Alla strömmade ut, även jag och min kompis. Framför oss låg en bred betongbyggnad med platt tak och höga, spretande metallantenner. Längre bort, bakom ett ståltrådsstaket stod några propellerflygplan. Chauffören öppnade en lucka och började lyfta ut resväskor. Den snälla damen hade alldeles för mycket bagage och blev väldigt stressad. Svetten pärlade under hattbrättet, och hon sög på sina tänder med otäcka smackanden. Jag och kompisen hjälpte henne som tack för smörgåsarna, och grabbade tag i en tung väska. Vi släpade den in i byggnaden där pensionärsflocken samlades i en högljutt pladdrande klunga framför en disk och började leta fram alla möjliga papper. En uniformerad tant försökte tålmodigt hålla ordning. Sedan fick vi i samlad tropp gå genom spärren och bort till flygplanet.

Det var första gången jag skulle flyga. Vi kände oss båda lite bortkomna, men en söt, brunögd kvinna med guldhjärtan i öronen hjälpte till att spänna fast säkerhetsbältena. Min kompis hamnade på fönsterplatsen, och vi kunde med växande spänning se de blanka propellrarna börja svänga runt, allt snabbare, tills de helt försvann i en rund, osynlig virvel.

Sedan började vi röra oss. Jag trycktes bakåt i sätet, kände hur hjulen skumpade, och sedan det lätta rycket när vi lämnade marken. Killen pekade hänförd ut genom fönstret. Vi flög! Därnedanför låg världen. Människor, hus och bilar krympte till leksaker, så små att de rymdes i fickorna. Och sedan kom moln på alla sidor, vita utanpå men gråa inuti som havregrynsvälling. Vi lyftes genom molnen och fortsatte stiga ända tills planet nådde himlens högsta tak, och började sväva framåt så långsamt att det knappast märktes.

Den snälla flygvärdinnan gav oss saft, vilket var tur för vi hade hunnit bli ordentligt törstiga. Och när vi blev pinknödiga visade hon in oss i ett pyttelitet rum där vi turades om att dra fram snopparna. Pinket for ner i ett hål, och jag föreställde mig hur det fortsatte mot marken som ett tunt gult regn.

Sedan fick vi varsin bok och kritor. Jag ritade två flygplan som krockade. Kompisen lutade sitt snaggade huvud allt längre bakåt och somnade snart med öppen mun. När han andades kom det imma på flygplansfönstret.

Efter en lång stund landade vi. Alla resenärer stressade ut, och i vimlet tappade vi bort den gamla damen. Jag frågade en gubbe med skärmmössa om det här var Kina. Han skakade på huvudet och pekade bort längs en oändligt lång korridor där folk kom och gick med sina väskor. Vi började följa den, och jag fick fråga artigt flera gånger innan vi började upptäcka människor med sneda ögon. Jag tänkte att de säkert skulle till Kina, så vi satte oss intill dem och började tålmodigt vänta.

Efter en stund kom en man i mörkblå uniform och började ställa frågor. Vi skulle nog få problem, man såg det på hans ögon. Jag log därför blygt och låtsades inte förstå vad han sa.

– Pappa, mumlade jag och pekade obestämt längre bort.

– Vänta här, sa han och försvann med raska steg.

Så fort han var borta flyttade vi oss till en annan bänk. Snart träffade vi en svarthårig kinesflicka i knästrumpor som hade ett roligt plastpussel. Hon lade ut bitarna på golvet och visade hur man kunde bygga ett träd eller en helikopter, eller vad som helst. Hon pratade mycket och viftade med sina tunna armar, och jag tror hon sa att hon hette Li. Ibland pekade hon mot en bänk där en farbror med stränga ögon läste en tidning intill en äldre flicka med korpsvart hår. Jag förstod att det var flickans syster. Hon åt på en röd och blöt frukt, och torkade sig med en spetskantad servett om munnen. När jag gick dit bjöd hon med avmätt min på bitar som var prydligt skurna med en fruktkniv. Det smakade så sött att jag kände det pirra i mig, något lika gott hade jag aldrig ätit, och jag knuffade fram min kompis så även han fick prova. Han njöt med halvsluten blick. Och som ett slags tack drog han överraskande upp en tändsticksask, öppnade en springa och lät kinesflickorna kika.

Därinne låg en stor, grönskimrande skalbagge. Storasystern försökte mata den med en liten fruktbit, men då flög den iväg. Den lyfte dovt surrande över alla snedögda människor i sina fåtöljer, cirklade runt två tanter med pinnar i håret som häpna tittade upp, väjde runt ett berg av resväskor med slarvigt inslagna renhorn på toppen och fortsatte bort längs korridoren tätt under lysrören, samma väg som vi kommit. Min kompis såg ledsen ut, men jag försökte trösta honom med att den säkert var på väg hem till Pajala.

I samma stund hördes en högtalarröst, och det blev fart på alla. Vi packade in pusslet i flickans leksaksväska och trängdes i passagerarvimlet genom spärren. Det här flygplanet var mycket större än det förra. I stället för propellrar hade det stora trummor på vingarna som visslade när de startade. Ljudet steg till ett öronbedövande ylande, och dämpades när vi lyft till ett dånande muller.

Vi kom till Frankfurt. Och om inte min tystlåtne reskamrat fått ont i magen och börjat bajsa under ett bord, hade vi säkert, hade vi absolut, hade vi utan den allra minsta tvekan kommit till Kina.

Kapitel 2

– om levande och död tro, hurusom skruvar utlöser
våld samt ett märkvärdigt intermezzo i Pajala kyrka

Jag började umgås med min tystlåtne kamrat, och snart följ-
de jag honom hem för första gången. Föräldrarna visade sig
vara laestadianer, efterföljare till den väckelserörelse som
Lars Levi Laestadius dragit igång för länge sedan i Karesuan-
do. I osande predikningar hade denne kortvuxne präst svurit
nästan lika mycket som syndarna och angripit superiet och
skörlevnaden, och det med en sådan kraft att efterdyningar-
na rullade än i våra dagar.

För en laestadian räcker det inte med att tro. Det handlar
inte enbart om att vara döpt eller läpparnas bekännelse eller
att betala kyrkoskatt. Tron måste vara levande. En gammal
laestadianpredikant fick en gång frågan hur han skulle vilja
beskriva denna levande tro. Han funderade länge, och svara-
de sedan eftertänksamt att det var som att vandra i en livs-
lång uppförsbacke.

En livslång uppförsbacke. Ganska svårt att föreställa sig. Du
promenerar i allsköns ro längs en smal och ringlande torne-
dalsk landsväg, som den mellan Pajala och Muodoslompolo.
Det är grönskande försommar. Vägen löper genom en segvux-
en tallskog, det doftar gyttja och sol från myrgölarna. Tjädrar
äter grus i dikena, störtar upp på bullrande vingar och för-
svinner i snåren.

Snart kommer du till den första uppförsbacken. Du märker hur marken börjar stiga och känner hur det spänner till i vadmusklerna. Men du tänker inte mer på det, det är bara ett litet motlut. Däruppe, alldeles strax, ska vägen plana ut igen till en torr skogsslätt med vitbullig renlav mellan skyhöga stammar.

Men stigningen fortsätter. Den är längre än du trodde. Benen tröttnar, du sänker tempot och spanar allt mer otåligt efter backkrönet som snart, alldeles snart måste komma.

Men det kommer inte. Vägen bara fortsätter uppåt. Skogen är densamma som förut, myrflarkar och lövsly och emellanåt några fula hyggen. Men motlutet fortsätter. Som om någon brutit loss hela landskapet och pallat upp det i ena kanten. Lyft upp den bortersta änden och lagt någonting under, bara för att djävlas. Och du börjar ana att det kommer att fortsätta uppåt, hela resten av dagen. Hela morgondagen också.

Envetet stretar du vidare i motlutet. Dagarna blir så småningom veckor. Benen börjar mattas betänkligt, och tankar går väl ibland till vem som kan ha varit så händig och pallat upp. Det var då ordentligt gjort, det måste man ju motvilligt erkänna. Men efter Parkajoki borde det väl ändå plana ut, någon måtta fick det väl ändå vara. Och du kommer till Parkajoki, men backen fortsätter, och då tänker du att i Kitkiöjoki.

Och veckorna tänjs ut till månader. Du avverkar dem steg för steg. Och snön börjar falla. Och snön smälter, och faller sedan igen. Och mellan Kitkiöjoki och Kitkiöjärvi är du faktiskt nära att ge upp. Benen skälver, höftlederna gör ont, kroppens sista energireserver tar snart slut.

Men du pustar en stund och kämpar sedan vidare. Snart borde du väl ändå närma dig Muodoslompolo. Ibland möter du någon som kommer från andra hållet, det är ju oundvikligt. Någon som på lätta fötter trippar i nedförsbacken och passerar på väg till Pajala. En del av dem har till och med cykel. Sitter på sadeln utan att trampa, kan rulla bekvämt hela vägen. Då väcks det tvivel, det måste erkännas. Då utkämpas en del inre strider.

Och dina steg kortas. Och åren går. Och nu måste du vara nära, mycket nära. Och än en gång faller snön, det är som det ska vara. Du kisar i snöbyarna och tycker dig skymta. Tycker det ljusnar en aning därborta. Skogen glesnar, öppnar sig. Hus skymtar bland träden. Det är byn! Det är Muodoslompolo! Och mitt i ett steg, ett sista kort och darrande kliv...

Vid jordfästningen ropar predikanterna att du dog i den levande tron. Saken är klar. Du dog i den levande tron, *sie kuolit elävässä uskossa*. Du kom till Muodoslompolo, vi har alla bevittnat det, och nu sitter du äntligen på Herren Gud Faders gyllene pakethållare i den eviga, änglatrumpetande nedförsbacken.

Killen visade sig ha ett namn, hans mamma kallade honom Niila. Båda föräldrarna var alltså strängt kristna. Trots att deras hus var fullt av barn rådde där en ödslig, kyrkolik tystnad. Niila hade två äldre bröder och två småsystrar, och ytterligare en som sparkade i mammas mage. Och eftersom varje barn var en gåva från Gud skulle det bli ännu fler med tiden.

Det var overkligt att så många ungar kunde vara så tysta. De hade inte många leksaker, de flesta var av omålat trä som storebröderna snickrat. Med dem satt ungarna och lekte, stumma som fiskar. Det var inte bara för att de var religiöst uppfostrade, man kunde se det även i en del andra tornedalska familjer. Man hade helt enkelt slutat prata. Kanske av blygsel, kanske av vrede. Kanske för att man upplevde det som onödigt. Föräldrarna öppnade bara munnen när de åt, annars nickade och pekade de när de ville något, och ungarna tog efter.

Även jag höll tyst när jag hälsade på hos Niila. Som barn kände man på sig. Jag drog av mig skorna på farstumattan och tassade in på mjuka trampdynor med böjd nacke och ryggen lätt hukande. Jag möttes av en svärm av stumma ögon, i gungstolen, under bordet, vid grytskåpet. Barnblickar som glodde och sedan tvärt vek undan, som halkade runt längs köksväggarna och över furugolvet men ständigt kom tillbaka till mig. Jag stirrade tillbaka efter bästa förmåga. Den minsta flickans ansikte skrynklades samman av rädsla, mjölktänderna skymtade i den gapande barnamunnen och tårar började tränga fram. Hon grät, men även gråten var ljudlös. Det var bara kindmusklerna som veckades medan små knubbiga händer nöp fast om mammans kjolben. Mamman bar huvudduk fast hon var inomhus, hon stod med armarna nedstuckna till armbågarna i ett baktråg. Mjölet virvlade upp och förgylldes av en solstråle under hennes kraftiga knådrörelser. Hon låtsades inte märka att jag var där, och Niila tog det som ett godkännande. Han drog fram mig till sina storabröder som bytte skruvar med varandra på kökssoffan. Eller kanske var det ett spel av något slag, ett komplicerat plockande mellan olika askar och fack. Efterhand blev de allt mer irriterade på varandra och började tyst vrida skruvar ur varandras händer. En mutter föll till golvet, Niila nappade åt sig den. Den äldste brodern knep blixtsnabbt fast handen tills Niila höll andan av smärta och tvingades släppa muttern i den genomskinliga plastasken. Den yngre brodern vräkte då ut asken. Ett smatter av stål när innehållet spreds ut över trägolvet.

Ett ögonblick stod allting stilla. Alla ögon i köket koncentrerades på bröderna i en brännpunkt, som när en filmremsa fastnat och svartnar, skrövlas och det sedan blir alldeles vitt. Jag kände hatet utan att förstå. I en snärtig rörelse greppade bröderna varandras skjortbröst. Överarmsmusklerna spändes, de drogs emot varandra som tunga magneter. Och hela tiden stirrade de in i varandra, kolsvarta pupiller, två speglar vända tätt emot varandra medan avståndet växte till en oändlighet.

Då slängde mamman disktrasan. Den sköt genom köket med en tunn rök av mjöl efter sig, en komet med svans som daskade fast i den äldre sonens panna. Hotfullt avvaktade hon och strök långsamt deg från händerna. Hon hade ingen lust att sy i skjortknappar hela kvällen. Motvilligt släppte bröderna taget. Sedan reste de sig och gick ut genom köksdörren.

Mamman hämtade disktrasan, sköljde händerna och återgick till knådandet. Niila plockade ihop alla skruvar i plastasken och stack ner den i sin ficka med en förtjust min. Sedan sneglade han ut genom köksfönstret.

Mitt på gången stod bröderna. Armarna vevade fram käftslag på käftslag. Tunga träffar så att de snaggade skallarna vreds som kålrötter. Men inga skrik, inga glåpord. Smäll på smäll i de låga pannorna, över potatisnäsorna, hårda krokar mot de purpurröda öronen. Den äldre hade större räckvidd, den yngre fick stånga in slagen. Båda blödde näsblod. Det droppade och stänkte, deras knogar var röda. Och ändå fortsatte de. Boff. Smack. Boff. Smack.

Vi fick saft och kanelbullar direkt från plåten, så heta att man måste hålla dem mellan tänderna en stund innan man tuggade. Sedan började Niila leka med skruvarna. Han hällde ut dem på kökssoffan, fingrarna darrade, jag förstod att han länge längtat efter att få plocka med dem. Han sorterade dem i plastlådans olika fack, hällde ut dem, blandade ihop och började på nytt. Jag försökte hjälpa till men märkte att han blev irriterad, och efter en stund gick jag hem. Han tittade inte ens upp.

Därute stod bröderna fortfarande kvar. Gruset var nu upp-
trampat till en cirkelformad vall. Samma ursinniga smällar,
samma stumma hat, men tröttare och med långsammare rö-
relser. Deras skjortor var blöta av svett. Ansiktena var gråa
bakom blodet, svagt pudrade med jord.

Då märkte jag att de förvandlats. De var inte riktigt pojkar
längre. Käkarna hade svullnat, hörntänder stack ut mellan de
svullna läpparna. Benen var kortare och kraftigare som låren
på en björn, de svällde så byxorna rämnade i sömmarna. Nag-
larna hade svartnat och vuxit ut till klor. Och nu såg jag att
det inte var jord i ansiktet. Det var hår. En spirande päls, ett
mörker som spreds över deras ljusa pojkkinder, ned längs hal-
sarna och in under skjortlinningen.

Jag ville ropa för att varna dem. Tog ett oförsiktigt steg
närmare.

De hejdade sig tvärt. Vred sig emot mig. Kurade samman,
drog in min vittring. Och nu såg jag hungern. Svälten. De vil-
le äta, ha kött.

Jag backade med en iskall känsla. De grymtade till. När-
made sig skuldra vid skuldra, två vaksamma rovdjur. Så öka-
de de farten. Trädde ut ur sin grusring. Grävde ner klorna i
ett fruktansvärt språng.

Mörkret som tornade upp sig.

Mitt skrik som kvävdes. Skräcken, kvidandet, en pipande
griskulting.

Klång. Kling klång.

Kyrkklockorna.

De heliga kyrkklockorna. Kling klång. Kling klång. In på
gården cyklade en vitklädd varelse, en skimrande gestalt som
slog på ringklockan i ett mjöligt moln av ljus. Han bromsade
stumt. Med jättenävar grabbade han tag i djuren, lyfte dem i
varsin nacksena och slog ihop kålrötterna så det stänkte.

– Pappa, kved de, pappa, pappa…

Och ljuset mattades, och fadern slungade sönerna till marken och grep dem om fotlederna, en son i varje näve, och så drog han dem över grusgången fram och tillbaka, han krattade ut grusringen med deras framtänder tills gården var slät och fin igen. Och när han var färdig grät bröderna båda två, de grät och hade förvandlats till pojkar igen. Och jag sprang hem, jag kutade allt vad jag orkade. Och i min ficka låg en skruv.

Niilas pappa hette Isak och kom från en stor laestadiansläkt. Redan som lillpojke hade han släpats med på bönemöten i ångande pörten där mörkklädda småbrukare och deras hustrur i knutna huvuddukar satt rumpa vid rumpa på de utlagda sittbrädorna. Det var så trångt att pannorna stötte mot ryggarna framför när man greps av Helig Ande och började bönevagga. Där hade Isak suttit inklämd, en spenslig gosse bland fastrar och morbröder som förvandlades inför hans ögon. De började andas djupare, luften blev skämd och fuktig, de fick purpurfärgade ansikten, glasögonen immade, näsorna började droppa medan de båda predikanternas röster sjöng allt starkare. Dessa ord, dessa levande ord som vävde fram Sanningen tråd för tråd, bilder av ondska, av svek, av synder som försökt gömmas i jorden men som rycktes upp med sina fula rötter och skakades som maskätna rovor inför församlingen. På raden framför satt en flicka med flätor, blont gyllene hår i mörkret, sammanpressad från sidorna av vuxna kroppar i ångest. Hon var stilla, hon höll en docka tryckt över hjärtat medan stormen tilltog ovanför. Det var skrämmande att se sin mamma och pappa gråta. Att se sina vuxna kloka släktingar förvandlas, förkrossas. Att sitta liten och känna hur det droppade på en, och tänka att det var mitt fel. Det var mitt fel, om jag ändå bara varit lite snällare. Isak hade knäppt sina pojkhänder till en hård knut, och därinne hade det krupit som av insekter. Och han tänkte att öppnar jag så dör alla. Släpper jag ut dem går vi under.

Och så en dag, en söndag när år passerat och han vuxit sig lång och stark, klev han ut på nattisen. Allt gick sönder, skalet sprack. Han hade hunnit fylla tretton och kände Satan börja växa i magen, och med en skräck som var större än strykrädslan, större än självbevarelsedriften hade han ställt sig upp på mötet och tagit stöd mot ryggarna, svajat fram och tillbaka, och därefter fallit med näsan före i Kristi sköte. Över hans hjässa och bröstkorg hade lagts såriga handflator, det var det andra dopet, det gick till på det här sättet. Han hade knäppt upp sin blodask och översköljts av sina synder.

Inte ett öga var torrt bland de församlade. Det var stort. Det var en kallelse man bevittnat. Herren hade med egen hand hämtat iväg pojken, och sedan lämnat honom tillbaka.

Och efteråt, när han lärde sig gå för andra gången, när han stod där på vingliga ben hade de stöttat honom. Hans tjocka mamma hade kramat honom i Jesu namn och blod, och hennes tårar sköljde över hans ansikte.

Predikantbanan var därmed given.

Som de flesta laestadianer blev Isak en flitig arbetare. Fällde i skogen under vintrarna, flottade under försomrarna och knogade i föräldrarnas lilla jordbruk med några kossor och potatisland. Jobbade mycket och krävde lite, skydde sprit, kortspel och kommunism. Det gav honom ibland svårigheter i skogskojorna, men han tog karlarnas hån som en prövning och läste under sina veckolånga tystnader i predikofaderns postilla.

Men till helgerna renade han sig genom bön och bastu och drog på sig vitskjortan och den mörka kostymen. Under mötena fick han äntligen angripa smutsen och Djävulen, svinga Herrens tveeggade svärd, lag och evangelium, mot världens

alla syndare, mot lögnarna, horbockarna, nådetjuvarna, svär-
jarna, drinkarna, hustruplågarna och kommunisterna som
trängdes som löss i det tornedalska älvlandets jämmerdal.

Hans unga, energiska, slätrakade ansikte. De djupt liggan-
de ögonen. Skickligt fångade han församlingens uppmärk-
samhet, och snart gifte han sig med en trosvän, en blyg och
släthyvlad, såpaluktande finska från Pellotrakten.

Men när barnen började komma övergavs han av Gud. En
dag blev det bara tyst. Ingen svarade längre.

Kvar fanns bara en stor, avgrundsdjup förvirring. Sorg.
Och en långsamt växande elakhet. Han började synda, mest
på försök. Små onda handlingar mot sina närmaste. Och när
han märkte att han trivdes med det så fortsatte han. Under
några allvarliga samtal med bekymrade trosvänner tog han
Djävulens namn i sin mun. De gick sin väg och kom inte till-
baka.

Men trots sin övergivenhet, sin tomhet, kallade han sig
fortfarande troende. Han höll på ritualerna och uppfostrade
sina barn enligt föreskrifterna. Men i Herrens ställe placera-
de han sig själv. Och det var den värsta formen av laestadia-
nism, den kyligaste, den mest skoningslösa. Laestadianismen
utan Gud.

På denna frostlänta mark växte Niila upp. Som många barn
i en hotfull omgivning lärde han sig överleva genom att inte
märkas. Det var det jag upplevde redan vid vårt första möte
i lekparken, hans förmåga att förflytta sig ljudlöst. Hur han
tycktes anta omgivningens färg tills han var närmast omöjlig
att urskilja. Han var en typisk tornedalsk jantevarelse. Man
drar ihop sig för att spara värme. Man blir hårdare i köttet,
får styva axelmuskler som börjar värka i medelåldern. Man
går med kortare steg, andas grundare och blir en aning grå i
huden av syrebrist. En tornedalsk jante flyr aldrig vid an-

grepp eftersom det inte är någon idé. Man kurar ihop sig och hoppas det ska gå över. I offentliga lokaler sätter man sig längst bak, något man ofta ser vid tornedalska kulturarrangemang; mellan scenens strålkastarljus och publiken gapar ett tiotal tomma stolsrader medan raderna längst bak är fullsatta.

Niila hade små sår på underarmarna som aldrig läkte. Med tiden märkte jag att han klöste sig. Det var något omedvetet, de smutsiga naglarna kröp självmant dit och skadade. Så fort det blivit en sårskorpa pillade han, bände och bröt upp den och sprätte ut den i omgivningen med en knäpp. Ibland hamnade den på mig, ibland åt han upp den med en frånvarande min. Jag vet inte vilket jag tyckte var äckligast. När vi var hemma hos oss försökte jag säga åt honom, men då såg han bara förvånat oskyldig ut. Och om en stund gjorde han det igen.

Det underligaste med Niila var ändå det att han inte talade. Han var ju ändå fem år gammal. Ibland öppnade han munnen och var liksom på gång, man hörde spottklumpen i strupen röra på sig. Det blev ett slags harkling, en propp som tycktes lossna. Men så hejdade han sig och såg rädd ut. Han förstod vad jag sa, det märktes, det var inte huvudet det var fel på. Men någonting hade låst sig.

Säkert spelade det in att hans mamma kom från Finland. En redan från början tystlåten kvinna från denna plågade nation som trasats sönder av både inbördeskrig, vinterkrig och fortsättningskrig medan den feta grannen i väster sålt järnmalm till tyskarna och blivit rik. Hon kände sig mindervärdig. Hon ville ge sina barn det hon själv inte fått, de skulle bli rikssvenskar, därför ville hon lära dem svenska hellre än sitt finska modersmål. Men eftersom hon själv knappt kunde någon svenska, så teg hon.

Hemma hos oss satt vi ofta i köket eftersom Niila tyckte

om radion. Till skillnad från i hans hem brukade min mamma ha radion skvalande i bakgrunden hela dagarna. Innehållet var inte så noga, det var allt från Bilradion och Det ska vi fira till klockringningen i Stockholm, språkkurser och högmässor. Själv lyssnade jag aldrig, det for in i ena örat och ut genom det andra. Niila däremot tycktes njuta oerhört av själva ljudet, av att det aldrig någonsin var riktigt tyst.

En eftermiddag bestämde jag mig. Jag skulle lära Niila att tala. Jag fångade hans blick, pekade på mig själv och sa:

– Matti.

Så pekade jag på honom och väntade. Han väntade också. Jag sträckte mig fram och stack in fingret mellan hans läppar. Han gapade, fortfarande tyst. Jag började massera hans hals. Det kittlade, han slog undan min hand.

– Niila! sa jag och försökte få honom att repetera. Niila, säg Niila!

Han stirrade som om jag var en idiot. Jag pekade mot mitt kön och sa:

– Pirre!

Han log lite skyggt åt fräckisen. Jag pekade på min stjärt:

– Pempa! Pirre och pempa!

Han nickade och lystrade sedan mot radion igen. Jag pekade mot hans egen röv och visade hur det kom ut något. Frågande såg jag mot honom. Han harklade sig. Jag stelnade, väntade spänt. Men tigandet fortsatte. Irriterad brottade jag ner honom, ruskade om grabben.

– Kacka heter det! Säg kacka!

Han vred sig stillsamt ur mitt grepp. Hostade och liksom böjde tungan i munnen för att få den mjuk.

– *Soifa*, sa han sedan.

Jag höll andan. Det var första gången jag hörde hans röst. Den var mörk för att vara en pojkes, skrovlig. Inte särskilt vacker.

– Vad sa du?

– *Donu al mi akvon.*

En gång till. Jag satt helt paff en lång stund. Niila talade! Han hade börjat prata, men jag begrep inte vad han sa.

Värdigt reste han på sig, gick bort till diskbänken och drack ett glas vatten. Sedan gick han hem till sig.

Något mycket märkligt hade hänt. I sin stumhet, i sin isolerade rädsla hade Niila börjat skapa sig ett eget språk. Utan att samtala, utan konversation hade han hittat på ord, börjat foga dem samman och byggt meningar. Eller kanske var det inte bara han? Kanske låg det djupare, inbäddat i hjärnans innersta torvlager. Ett urspråk. Ett gammalt infruset minne som sakta tinade fram.

Och vips var rollerna ombytta. I stället för att lära honom tala var det han som började lära mig. Vi satt i köket, mamma pysslade i trädgården, radion skvalade.

– *Ĉi tio estas seĝo,* sa han och pekade på en stol.

– *Ĉi tio estas seĝo,* upprepade jag.

– *Vi nomiĝas Matti,* pekade han på mig.

– *Vi nomiĝas Matti,* upprepade jag lydigt.

Han skakade hastigt på huvudet.

– *Mi nomiĝas!*

– *Mi nomiĝas Matti,* rättade jag. *Vi nomiĝas Niila.*

Han smackade ivrigt. Det fanns regler i hans språk, det fanns ordning. Det kunde inte pratas hur som helst.

Vi började använda det som vårt hemliga språk, det växte till ett rum som var vårt eget, där vi kunde vara ifred. Kvarterets ungar blev avundsjuka och misstänksamma, men det bara förhöjde vår njutning. Mamma och pappa blev oroliga och trodde att jag fått talfel, men läkaren de ringde till sa att barn ofta hade fantasispråk, och att det snart skulle gå över.

Men i Niila hade halsproppen äntligen lossnat. Via låtsasspråket övervann han sin rädsla för att tala, och inte långt senare började han prata även svenska och finska. Han förstod ju mycket och hade redan ett stort passivt ordförråd. Det behövde bara ljudsättas, och munrörelserna gymnastiseras in. Men det visade sig svårare än man kunde trott. Länge lät han mycket underlig, gommen hade svårt med svenskans alla vokaler och finskans diftonger och läpparna flödade av spott. Efterhand gick det att någorlunda förstå honom, men fortfarande höll han sig helst till vårt hemliga språk. Det var där han kände sig hemma. När vi pratade det slappnade han av och fick lättare, luftigare kroppsrörelser.

En söndag hände något ovanligt i Pajala. Kyrkan blev nämligen fullsatt. Det var en vanlig högmässa, prästen var den sedvanlige Wilhelm Tawe, och i normala fall skulle där funnits gott om plats. Men denna dag var det överfullt.

Saken var den att pajalaborna skulle få se sin första, livs levande neger.

Intresset var så stort att till och med min mamma och pappa lockats dit, de som sällan iddes pallra sig till annat än julottan. På bänken framför oss satt Niila med sina föräldrar och alla syskon. En enda gång vände han sig om och kikade på mig över ryggstödet, men fick genast en hård knuff av Isak. Församlingen viskade och tisslade, där var tjänstemän och skogsarbetare och till och med några kommunister. Samtalsämnet var givet. Man undrade om han var riktigt svart, kolsvart, som jazzmusikerna på skivomslagen. Eller var han kanske bara brunaktig?

Vid klockringningen öppnades sakristiadörren. Wilhelm Tawe kom ut och verkade en aning spänd bakom sina svartbågade glasögon. Och därbakom. I prästskrud även han. I en afrikansk, glittrande mantel, jo...

Kolsvart! Ett sus spreds bland söndagsskolefröknarna. Inte det minsta brun, snarare blåsvart. Intill negern trippade en gammal diakonissa som varit missionär i många år, mager och med lädergul hy. Karlarna bugade sig mot altaret och kvinnan neg. Sedan inledde Tawe högmässan med att hälsa den stora församlingen välkommen, och alldeles särskilt den långväga gästen från det krigsdrabbade Kongo. De kristna församlingarna där var i skriande behov av materiell hjälp, och dagens kollekt skulle oavkortat tillfalla bröderna och systrarna därnere.

Högmässans ritualer tog vid. Och alla bara stirrade, man kunde inte se sig mätt. Under psalmerna hörde man för första gången negerns röst. Han kunde melodierna, tydligen hade de liknande psalmer i Afrika. Han sjöng på ett infödingsspråk med en djup och liksom hetsig stämma, och hela kyrkan sjöng tystare och tystare för att få höra. Och när det så småningom blev dags för predikan gav Tawe ett tecken. Och det oerhörda hände att negern och diakonissan tillsammans äntrade predikstolen.

Oron spred sig, det var ju på sextiotalet och det hette ju fortfarande att kvinnan skulle tiga i församlingen. Tawe förklarade genast lugnande att damen bara skulle översätta. Det blev lite trångt däruppe när hon försiktigt trängde sig in vid den ståtlige främlingen. Hon svettades ymnigt under sin diakonihatt, greppade mikrofonen och kastade nervösa blickar över församlingen. Den svarte blickade lugnt ut över kyrkan, hans kroppslängd förstärktes av den toppiga hatt han bar i guld och blått. Hans ansikte var så mörkt att man bara såg ögonvitorna glimma.

Sedan började han tala. På bantuspråk. Utan mikrofon. Han liksom ropade, högt och lockande, som om han letat någon i djungeln.

– Jag tackar Herren, tackar Herren min Gud, översatte diakonissan.

Därefter tappade hon mikrofonen, lutade sig kvidande

framstupa och skulle störtat från predikstolen om inte den svarte fångat upp henne.

Kyrkvaktmästaren reagerade snabbast av alla. Han klättrade skyndsamt upp, lindade diakonissans beniga arm runt sin tjurnacke och baxade ner henne i gången.

– Malaria, stönade hon. Huden var mörkgul, hon var svimfärdig av en feberattack. Ett par medlemmar i kyrkorådet anslöt sig och bar henne ut ur kyrkan till en bil som gasade bort mot sjukstugan.

Kvar satt församlingen och negern. Alla kände sig omtumlade. Tawe stegade fram för att ta över, men den svarte stod kvar i predikstolen. Hade han färdats över halva jorden borde han väl klara av även detta. I Guds namn.

Han funderade hastigt, och bytte sedan från bantuspråket till swahili. Ett mångmiljonspråk visserligen, spritt över stora delar av Afrikas kontinent, men tyvärr ganska obekant i Pajala. Blanka ansiktsuttryck mötte honom. Han bytte språk igen, denna gång till kreolfranska. Dialekten var så säregen att inte ens franskalärarinnan förstod hans uttal. Allt mer uppjagad övergick han till arabiska i några meningar. Prövade sedan förtvivlat den flamländska han snappat upp under sina ekumeniska resor till Belgien.

Kontakten var noll. Ingen förstod ett skvatt. I dessa avlägsna trakter gällde bara svenska eller finska.

I ren desperation bytte han språk en sista gång. Tog i så det ekade ända upp på orgelläktaren, väckte en tant som somnat, skrämde ett spädbarn till gråt och fick bladen i predikobibeln att prassla.

Då reste sig Niila i bänken framför mig och ropade tillbaka.

Det blev dödstyst i kyrkan. Hela församlingen vände sig om och stirrade mot den oförskämde ungen. Den svarte vände sina lysande ögonvitor mot gossen därnere, just som denne bryskt blev nerknuffad av Isak. Afrikanen höjde sin handflata till ett stopptecken, och huden därinne var märkvärdigt vit. Isak kände blicken och släppte sonen.

– *Ĉu vi komprenas kion mi diras?* ropade den svarte.

– *Mi komprenas ĉion,* svarade Niila.

– *Venu ĉi tien, mia knabo. Venu ĉi tien al mi.*

Tveksamt krånglade sig Niila ut ur bänkraden och ställde sig i gången. Ett ögonblick såg det ut som om han tänkte fly. Afrikanen vinkade honom närmare med sin ljusa handflata. Niila tog några darrande steg under allas blickar. Hukande tassade han fram till predikstolen, en skygg liten gosse med fulsnaggat hår. Den svarte hjälpte pojkvaskern uppför trappan. Niila nådde knappt att se över kanten, men afrikanen lyfte upp honom i sin starka famn. Höll gossen som en lammunge. Med skälvande stämma återupptog han sin avbrutna predikan:

– *Dio nia, kiu aŭskultas niajn preĝojn...*

– Herren vår, som hör våra böner, översatte Niila utan den minsta tvekan. Idag har du sänt oss en pojke. Vi tackar Dig Herre, vi tackar Dig...

Niila förstod allt som negern sa. Pajalaborna lyssnade som lamslagna medan pojken översatte den svartes hela predikan. Niilas föräldrar och syskon satt som stenstoder med förfärade miner. De var chockade, de förstod att ett Guds under skett inför deras ögon. Många i bänkarna brast i tårar av hänförelse, alla var tagna och rörda i sina hjärtan. Jubelviskningar bröt ut tills hela kyrkorummet susade. Ett nådetecken! Ett mirakel!

Själv kunde jag inte begripa det hela. Hur hade negern lärt sig vårt hemliga språk? För det var precis vad de talade, han och Niila.

Händelsen blev mycket omtalad, inte minst i kyrkliga kretsar. Länge efteråt ringde både tidningar och TV och ville intervjua pojken, men Isak förbjöd dem.

Själv träffade jag Niila först ett par dagar senare. Han slank in i vårt kök en eftermiddag och såg fortfarande skärrad ut. Vi fick smörgås av mamma som vi mumsade i oss. Då och då lystrade Niila till på ett stelt sätt.

I bakgrunden skvalade radion som vanligt. Med ens fick jag en underlig aning och höjde volymen.

– Ĝis reaŭdo!

Jag studsade till. Vårt hemliga språk! En kort signatur, och därefter hallåans röst:

– Ni har just hört dagens avsnitt i vår språkkurs i esperanto.

Språkkurs i esperanto. Han hade lärt sig det från vår radio.

Sakta vände jag mig om mot Niila. Han satt med blicken långt i fjärran.

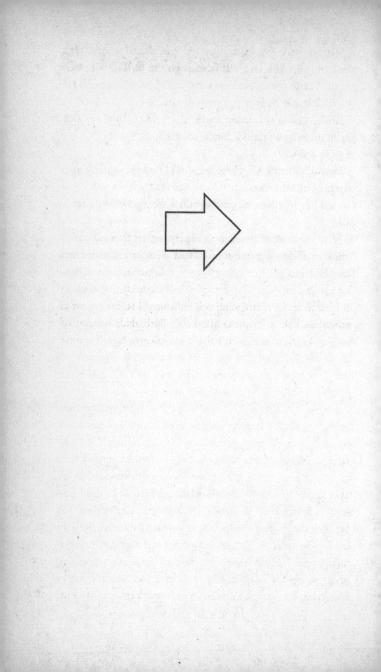

Kapitel 3

– om dramatiska tilldragelser i Stickskolans förråds-
byggnad, samt ett oväntat möte där vi går händelserna
mycket i förväg

Intill lekparken låg en stor, nästan herrgårdsliknande trä-
byggnad med många fönster över hela fasaden. Det var Paja-
las gamla arbetsstuga, där man numera utbildade tonårstjej-
er i bland annat matlagning och stickning. I stället för att gå
arbetslösa kunde flickorna alltid bli välutbildade hemmafru-
ar. Vid skolan som vi barn kallade Stickskolan låg ett rödmå-
lat gammalt förråd, fyllt av skrot och gammalt skolmateriel
som var spännande att rota i för oss ungar. På ena gaveln var
några brädor lösa, och där kunde man krypa in.

Det var en gassande högsommardag. Hettan låg tung
över byn, hödoften från lekparkens ängsmarker var stark
som te. Ensam och smygande tog jag mig fram till förråds-
väggen. Oroligt spanade jag efter skolvaktmästaren. Vi barn
var rädda för honom. Han avskydde ungar som snokade, en
atletisk karl i overall med färgfläckar. Han dök alltid upp
som ur luften med radarblicken påslagen. På fötterna bar
han träskor som han sparkade av sig med blixtens hastighet
innan han med några tigersprång sprang ifatt bytet. Ingen
unge kom någonsin undan, han nöp näven som en tång runt
nackkotorna och lyfte sedan tills huvudet nästan skildes
från kroppen. Jag hade sett en av grannpojkarna, en stentuff

tonåring gråta som en baby sedan han sladdat mopeden på fel ställe.

Trots detta tog jag risken. Jag hade aldrig varit in i förrådet, men hört talas om andra som vågat. Med nerverna på helspänn spanade jag runt. Allt verkade lugnt. Snabbt kröp jag ner på alla fyra, böjde upp brädorna, stack in huvudet genom den mörka öppningen och kravlade in.

Efter solljuset blev allt kolsvart. Ögonen svällde av mörker och blindhet. En lång stund stod jag helt orörlig. Sedan, gradvis, började jag skymta konturer. Gamla hyllor, kasserade skolbänkar. En hög med virke, en trave tegelstenar. En sprucken toalettstol utan lock. Kartonger med elskrot och isolatorer. Jag började varligt smyga mig runt, försökte undvika att stöta till något. Det luktade torrt, sågspån och murbruk och varm asfalt från den solmjuka takpappen däruppe. Jag gled fram, närmast simmade i det dova dunklet. Det var olivgrönt som på bottnen av en granskog. Jag rörde mig som bland sovande. Andades tyst genom näsan, kände dammet kittla. Mina smärtingskor var ljudlösa mot cementgolvet, en katts mjuka trampdynor.

Stopp! En jätte tornade upp sig. Jag ryggade, en svart skepnad i dunklet. Kroppen stelnade.

Men det var inte vaktmästaren. Utan en gammal värmepanna. Hög och tung av pansarplåt. Tjock som en hemmafru med stora gjutna luckor. Jag öppnade den största. Kikade in i en kall och becksvart öppning. Ropade lågt. Rösten lät klångande dubbel därinne. Hon var tom. En järnjungfru, med bara minnen kvar av en inre förtärande eld.

Försiktigt stack jag in huvudet genom luckan. Trevade med handen och kände rostklumpar lossna längs väggarna, eller kanske var det sot. Det luktade metall därinne, oxid och gammal eld. Jag funderade en stund, samlade mod. Sedan ålade jag mig in genom den trånga eldluckan.

Jag var inne i henne. Stod på huk i hennes runda buk, hop-krupen som ett foster. Jag försökte ställa mig upp men huvu-det slog i. Tyst stängde jag luckan bakom mig, drog igen den tills den sista svaga ljusstrimman försvann.

Innesluten. Hon ruvade mig. Skyddade mig som en havan-de med sina skottsäkra järnväggar. Jag var inne i henne, och jag var hennes barn. Det kändes kittlande otäckt. En trygghet blandat med en underlig skamkänsla. Jag gjorde något för-bjudet. Jag förrådde någon, min mor kanske. Med slutna ögon kröp jag ihop och lutade hakan mot knäna. Hon var så kall, men jag var varm och ung, en liten pyrande glödklump. Och när jag lyssnade hörde jag hur hon viskade. Ett svagt sus i ett spjäll eller i någon avnupen rörstump, ömsinta och trös-tande kärleksord.

Så hördes buller. In i förrådet klampade vaktmästaren. Han var helförbannad och lovade stryk åt alla satans ungar. Jag satt andlös och hörde honom gå runt och leta, lyfta på möbler, baxa och sparka i bråten som om han jagade råttor. Runt i förrådet for han och hotade, det var väl någon i Stick-skolan som sett mig och skvallrat. Och det var djävlar och perkele, dödshot på både svenska och finska.

Alldeles utanför värmepannan stannade han till och liksom snusade i luften. Som om han kände vittringen. Jag hörde ett skrap mot plåten och förstod att han stödde sig emot henne. Det enda som nu skilde oss åt var tre centimeter järnhud.

Sekunderna segade sig fram. Sedan hördes ett nytt skrap, och fotstegen avlägsnade sig. Förrådsdörren smällde igen. Jag satt kvar. Orörlig väntade jag medan minuterna gick. Och plötsligt hördes hasandet från träskorna igen. Vaktmästaren hade bara låtsats ge sig av för att locka fram villebrådet med den vuxne mannens hela list. Men nu gav han upp, denna gång gick han på riktigt, jag kunde höra hans fotsteg avlägs-na sig på gruset därute.

Äntligen tordes jag byta kroppsställning. Lederna värkte, och jag knuffade mot luckan. Den satt fast. Jag tog i hårdare. Men luckan gick inte att rubba. En våg av kallsvett bröt fram. Rädslan växte till panik, vaktmästaren måste ha råkat komma åt handtaget. Jag var instängd.

När den första förlamningen släppt började jag skrika. Ekot förstorade min röst, jag stack fingrarna i mina öron och vrålade gång på gång.

Men ingen kom.

Hes och utmattad sjönk jag samman. Skulle jag dö? Törsta ihjäl, förtvina i min sarkofag?

Första dygnet blev fruktansvärt. Musklerna smärtade, vaderna drog ihop sig i kramper. Ryggen stelnade eftersom jag var tvungen att sitta hopkurad. Törsten gjorde mig närmast galen. Min kroppsfukt kondenserades på de sotiga väggarna, jag kände hur det droppade och försökte slicka. Det smakade metalliskt, och törsten blev bara värre av det.

Andra dygnet kom en matthet över mig. Långa stunder domnade jag bort i en halvslummer. Tomheten kändes som en befrielse. Tidsuppfattningen försvann, jag gled in och ut ur en behaglig glömska och förstod att jag var döende.

När jag nästa gång vaknade insåg jag att det gått en tid. Det grönaktiga dagsljuset som silades in genom ventilen var svagare. Dagarna höll på att bli kortare. Det blev mycket kallare på nätterna, och snart kom också frosten. Jag höll värmen genom att hoppa groda med små knyckiga rörelser.

Vintern minns jag inte mycket av. Jag kurade mig samman till en boll och sov den mesta tiden. Veckorna försvann i en dvala. När vårvärmen äntligen återkom upptäckte jag att jag vuxit. Kläderna stramade och kändes obekväma. Under mycket bökande drog jag av mig dem och fortsatte min väntan naken.

Gradvis fyllde min kropp allt mer av det knappa utrymmet. Det måste ha gått några år. Kroppsfukten gjorde att järnet rostade, jag hade flagor i mitt vildvuxna hår. Nu kunde jag inte längre hoppa, bara vagga åt sidorna som en anka. Om luckan öppnats skulle utgången nu ändå varit för trång.

Så småningom blev det nästan outhärdligt. Inte ens i sidled kunde jag röra mig. Huvudet satt nerpressat mellan knäna. Axlarna kunde inte växa sig bredare.

I flera veckor trodde jag det var kört.

Till sist tog det slutgiltigt stopp. Jag fyllde ut håligheten fullständigt. Det fanns inte plats att andas längre, jag fick luft bara genom små kippande rörelser. Och trots detta fortsatte jag växa.

Det hände en natt. En spröd knäppning. Som när man bryter av en fickspegel. En kort paus, och därefter ett långsamt krasande från min ryggsida. När jag spände mig bakåt gav väggen efter. Den bågnade och sprack i ett moln av skärvor, och jag sköt ut i världen.

Naken, nyfödd kravlade jag runt i bråten. Ställde mig upp på mycket vingliga ben och tog stöd mot en hylla. Förvånad lade jag märke till att världen krympt. Nej, det var jag som blivit dubbelt så lång. Runt mitt kön växte hår. Jag hade blivit vuxen.

Ute var det smällkall vinternatt. Ingen människa syntes till. Jag pulsade genom snön och halvsprang barfota genom byn, fortfarande naken. I vägkorsningen mellan färghandeln och kiosken låg fyra ynglingar mitt på vägbanan. De verkade sova. Jag stannade och betraktade dem förvånat. Böjde mig närmare i gatljuset.

En av ynglingarna var jag.

Med en underlig känsla lade jag mig bredvid mig själv på den istäckta körbanan. Det kylde mot huden, smälte och blev fuktigt.

Jag började vänta. Tids nog skulle de vakna.

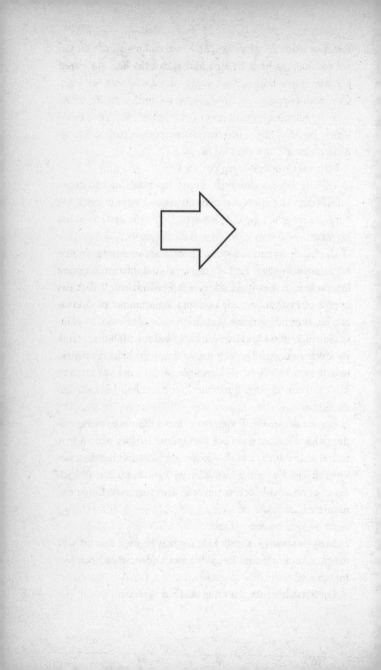

Kapitel 4

En mulen augustimorgon slog gonggongen och jag började
skolan. Årskurs ett. Högtidlig inmarsch med mamma i den
höga gulmålade träbyggnad som inhyste lågstadiet, en gam-
mal skola som fantasifullt döpts till Gamla Skolan. Vi lotsades
uppför en knarrande trappa och in i klassrummet på övervå-
ningen, skred över breda, gulnade golvbrädor med ett glän-
sande tjockt fernissalager och visades fram till varsin antik
skolbänk med trälock, pennlåda och hål för bläckhorn. Här
och var satt knivmärken från åtskilliga elevgenerationer.
Mammorna tågade ut och vi blev kvar. Tjugo ungar med lösa
mjölktänder och vårtiga fingerknogar. Vissa hade talfel, andra
glasögon, många pratade finska hemma, flera var uppfostra-
de med stryk, nästan alla var blyga och kom från arbetarhem
och visste redan från början att de inte hörde hemma här.

Våran fröken var över de sextio med runda stålbågade glas-
ögon, en hårknut i nacken med nät och nålar och en lång böjd
näsa som fick henne att likna en uggla. Hon bar alltid yllekjol
och blus, ofta en kofta därtill som hon knäppte till hälften och
mjuka svarta skor som påminde om tofflor. Milt men bestämt
tog hon itu med sin plikt; att ur dessa slarvigt sågade vedträn
mejsla fram något som skulle klara sig i det svenska samhället.

Först fick alla gå fram till tavlan och skriva sitt namn. Några kunde, andra inte. På grundval av detta vetenskapliga test delade fröken in klassen i två grupper som kallades ett och två. I grupp ett hamnade de som klarat provet, de flesta av klassens flickor plus ett par tjänstemannapojkar. I grupp två hamnade resten, däribland jag och Niila. Och fastän man bara var sju år gammal satt stämpeln precis där den skulle.

Längst framme under taklisten hängde Bokstäverna. En skrämmande armé av böjar och stolpar, från den ena väggen till den andra. Det var dem vi skulle brotta ner en efter en, lägga platt på rygg i våra skrivhäften och tvinga att ljuda. Vi fick pennor också, och kritor i en pappask, och en läsebok om Li och Lo, och en styv pappskiva med vattenfärgskakor som liknade färgglada karameller. Sedan tog arbetet vid. Bänken skulle pappras, böckerna likaså, och det blev ett våldsamt prasslande med vaxpappersrullarna vi fått med oss hemifrån och ett ivrigt klatter från trubbiga skolsaxar. Till sist tejpades schemat upp på bänklockets insida. Ingen begrep sig på alla dessa mystiska rutor, men schemat hörde till, det var en del av Ordningen och Redan och betydde att barndomen var över. Nu tog sexdagarsveckan vid med skola från måndag till lördag, och på den sjunde dagen fanns söndagsskolan för den som inte fått nog.

Ordning och reda som sagt. Ställa sig i kö vid salsdörren när det ringde in. Gå i kö till barnbespisningen med fröken i spetsen. Räcka upp handen när man ville prata. Räcka upp handen när man ville pinka. Vända hålen i papperen mot fönstren. Gå på rast när det ringde ut. Gå in genast det ringde in. Allting beordrat med den där stillsamma svenska vänligheten, bara sällan hände det att någon uppkäftig i tvågruppen fick kalufsen luggad av starka tantnypor. Vi tyckte om fröken. Hon visste verkligen hur man skulle bli vuxen.

Längst fram vid katedern stod den bruna tramporgeln. Den användes vid morgonsamlingarna då fröken satte sig på pallen och började trampa och trampa. Hennes tjocka vader spändes i de beige knästrumporna, glasögonen immade, hon spretade ut sina rynkiga fingrar bland tangenterna och tog ton. En skälvande tantsopran med stränga sidoblickar för att kolla att alla sjöng med. Solljuset från de spröjsade fönstren, gult och varmt över de närmaste bänkarna. Kritlukten. Sverigekartan. Mikael som ofta fick näsblod och satt med bakåtlutat huvud och hushållspapper. Kennet som aldrig kunde sitta helt stilla. Annika som viskade när hon pratade och som vi killar var kära i. Stefan som var jättebra i fotboll men skulle köra ihjäl sig mot ett träd i Yllästunturi slalombacke tre år senare. Och Tore och Anders och Eva och Åsa och Anna-Karin och Bengt, och alla vi andra.

Som Pajalabo låg man i lä, det slogs fast från början. I kartboken kom Skåne först, tryckt i en extra stor skala, fullständigt nerlusat med röda streck som betydde landsvägar och svarta prickar som betydde samhällen. Därefter kom de andra landskapen i normal skala, allt längre norrut ju längre man bläddrade. Och allra sist kom Norra Norrland, tryckt i extra liten skala för att få plats, och ändå fanns där knappt några streck eller prickar alls. Nästan allra högst upp på kartan låg Pajala, omgivet av brunfärgad tundra, och det var där vi bodde. Bläddrade man tillbaka såg man att Skåne var lika stort till ytan som hela Norra Norrland, fastän grönfärgat av helvetes bördig jordbruksmark. Det tog många år innan jag genomskådade skalsystemet och insåg att Skåne, hela vårt sydligaste landskap från kant till kant, skulle få plats mellan Haparanda och Boden.

Vi fick lära oss Kinnekulle, höjd 306 meter över havet. Men inte ett ord om Käymävaara, höjd 348. Vi fick rabbla Viskan, Ätran, Spyan och Gallan eller vad de nu hette, fyra kolossala floder som avvattnade det sydsvenska höglandet. Många år senare såg jag dem med egna ögon. Jag blev tvungen att stanna bilen, kliva ur och gnugga mina ögon. Diken. Små skogsåar som knappt ens skulle dugit till bäckflottning. Kaunisjoki eller Liviöjoki, större än så var de inte.

Samma främlingskap kände jag på kulturens område.

– Har du sett herr Kantarell?

På den frågan kunde jag svara ett klart nej. Inte fru kantarell eller någon annan släkting heller för den delen.

Ibland fick vi Lyckoslanten från Sparbanken, prytt av deras åldriga ek. Sparade man pengar växte de upp och blev lika stora som det trädet, fick vi lära oss. Men eken växte ju inte ens i Pajalatrakten, så vi fattade att det var något skumt med reklamen. Samma sak med Lyckoslantens korsord, där förekom ofta ett högt, cypressliknande träd på två bokstäver. Rätt svar: en. Trots att enen aldrig såg ut så där utan var en snårig, spretande buske i knähöjd.

Musiklektionerna var en ritual i sig. Fröken ställde fram en otymplig rullbandspelare på katedern, en kolossal låda med spakar och vridknappar, trädde långsamt på ett band och delade ut sånghäften. Sedan kisade hon över klassen med sina uggleögon och knäppte på strömbrytaren. Spolarna började vrida fram magnetremsan och ur högtalarna strömmade en käck signatur. Därefter hördes en hurtig kvinnoröst som talade stockholmska. Med ivriga utrop ledde hon den perfekta musiklektionen! Eleverna var från Nacka Musikskola, och än idag undrar jag varför vi tvingades lyssna på dessa sydlänningar som med klara änglaröster sjöng om blåsippor och gullvivor och annan tropisk växtlighet. Ibland sjöng någon av Nackaeleverna solo, och det värsta var att en av pojkarna hette som jag.

– Varsågod och repetera melodistämman, Mattias, kvittrade damen, och en flickaktig gossopran stämde in med klockren röst. Då vände sig hela klassen om och stirrade på mig och flinade med hemska fnysningar. Jag ville upplösas till rök.

Efter ett antal pedagogiska genomgångar skulle vi sjunga

tillsammans med bandet, Hesa Fredrik-ensemblen och Wiener Sängerknaben. Frökens ögon fick en vakande stålskärpa, och flickorna började susa svagt som vindpustar i en grästuva. Men vi killar satt stumma som fiskar, och när frökens radar svepte över oss rörde vi på läpparna, mer än så blev det inte. Det var omanligt att sjunga. *Knapsu*. Så vi teg.

Med tiden förstod vi att vår hembygd egentligen inte tillhörde Sverige. Vi hade liksom kommit med av en tillfällighet. Ett nordligt bihang, några ödsliga myrmarker där det råkade bo människor som bara delvis förmådde vara svenskar. Vi var annorlunda, en aning underlägsna, en aning obildade, en aning fattiga i anden. Vi hade inte rådjur eller igelkottar eller näktergalar. Vi hade inga kändisar. Vi hade inga bergochdalbanor, inga trafikljus, inga slott och herresäten. Vi hade bara oändliga mängder med mygg, tornedalsfinska svordomar och kommunister.

Det var en uppväxt av brist. Inte en materiell sådan, där hade vi så vi klarade oss, utan en identitetsmässig. Vi var inga. Våra föräldrar var inga. Våra förfäder hade betytt noll och intet för den svenska historien. Våra efternamn kunde inte stavas, än mindre uttalas av det fåtal lärarvikarier som sökte sig upp från det riktiga Sverige. Ingen av oss tordes skriva till »Upp till tretton« eftersom Ulf Elfving skulle tro vi var finnar. Våra hembyar var för små för att synas på kartorna. Vi kunde knappt ens försörja oss själva utan levde på bidrag. Vi såg familjejordbruken dö och ängarna bli överväxta av sly, vi såg den sista timmerflottningen på Torneälven och sedan aldrig mer, vi såg fyrtio starka skogsarbetare ersättas av en enda dieselosande skotare, vi såg våra fäder hänga handskarna på spiken och resa sin väg, försvinna på långa veckopendlingar till Kirunagruvan. Vi hade de sämsta resultaten på Standardproven i hela riket. Vi hade inget bordsskick. Vi hade mössan på oss inomhus. Vi plockade aldrig svamp, und-

vek grönsaker och hade aldrig kräftskivor. Vi kunde inte konversera, inte deklamera, inte slå in presenter eller hålla tal. Vi
gick med tårna utåt. Vi bröt på finska utan att vara finnar, vi
bröt på svenska utan att vara svenskar.

Vi var ingenting.

Det fanns bara en utväg. En endaste möjlighet om man ville bli någonting, om så det allra minsta. Nämligen att flytta.
Vi lärde oss att se fram emot det, övertygade om att det var
vår chans i livet, och vi lydde. I Västerås skulle man äntligen
bli människa. I Lund. I Södertälje. I Arvika. I Borås. Det var
en jättelik evakuering. En flyktingvåg som tömde vår bygd,
och konstigt nog kändes helt frivillig. Ett osynligt krig.

De enda som återvände söderifrån var de som dog. Trafikoffren. Självmördarna. Och med tiden även de aidsdöda.
Tunga kistor som skovlades ner i tjälen bland björkarna på
Pajala kyrkogård. Hemma igen. *Kotimaassa.*

Niilas hus låg med utsikt över älven på en av Pajalas äldsta
boplatser. Det var en rymlig och vältimrad byggnad från slutet av förra seklet, med stora spröjsade fönster längs långväggen. Studerade man fasaden närmare kunde man se skarven där huset byggts till med en länga. Kvar fanns fortfarande två skorstenar från två skilda spisar, huset hade blivit för
stort för att värmas av bara en eldstad. Under laestadianismens glansdagar hade huset varit naturgrått, men någon
gång på 40-talet målats falurött med vita fönsterfoder. De
gamla timmerknutarna hade sågats bort efter nutidens mode
för att huset inte skulle förväxlas med en förvuxen lada, till
stor sorg för riksantikvarier och andra finsmakare. På älvsidan låg slåtterängar som gödslats av älvslam under årtusendens islossningar och gav ett fett och mjölkdrivande hö. Just
på denna plats hade en av de tidigaste nybyggarna för flera
hundra år sedan hängt av sig konten och röjt sig ett hemman.

Men sedan en tid tillbaka slogs inte ängarna längre. Lövslyet stack upp sina bastukvastar överallt. Platsen andades dysterhet, nedgång. Man kände sig inte välkommen. Där fanns en kyla, som hos en som blivit hunsad så hårt i barndomen att hon vänt ilskan inåt.

Ladugården stod kvar och hade med tiden byggts om till förråd och garage. Vi hade just slutat skolan, och jag hade följt Niila hem. För dagen hade vi bytt cyklar. Han hade fått låna min som var från med limpasadel och bakvänt styre. Själv trampade jag hans Rex, »som var lätt som ett kex«, som de elaka killarna i trean brukade skrika efter honom. Så fort vi kom fram drog Niila in mig i ladugården.

Vi smög oss upp på loftet längs den branta, handyxade trappan som polerats under seklets fötter. Det var halvmörkt däruppe, bara en liten glasad glugg släppte in eftermiddagsljuset. Överallt stod högar med bråte, skamfilade möbler, en rostig lie, emaljhinkar, hoprullade trasmattor som luktade mögel. Vid en sidovägg stannade vi till. Framför oss reste sig en kolossal hylla fylld av böcker med nötta, bruna läderryggar. Uppbyggelseböcker, postillor, kyrkohistoriska skrifter på både svenska och finska i rad på rad. Jag hade aldrig sett så många böcker på en gång, utom i skolbiblioteket på Gamla Skolans vindsvåning. Det kändes onaturligt på något sätt, rent av obehagligt. Alldeles för många böcker. Vem skulle någonsin orka läsa dem? Och varför stod de här, undangömda i ladugården, som om de bar på en skam?

Niila öppnade sin skolväska och drog fram läseboken om Li och Lo. Vi hade fått ett stycke i läxa, och han bläddrade fram stycket med sina vårdslösa pojkfingrar. Koncentrerad började han ljuda bokstav för bokstav och med oändlig möda binda ihop dem till ord. Sedan lessnade han och slog samman boken med en smäll. Därpå, innan jag riktigt hann fatta det, slungade han den med våldsam kraft nedför trappan. Den landade så pärmhörnet bröts mot de grova golvbräderna.

Jag såg tveksamt på Niila. Han log och hade röda fläckar på kinderna, påminde om en räv med sina långa hörntänder. Så tog han en katekes från den enorma bokhyllan, en ganska liten sak med mjuka pärmar. Trotsigt slängde han iväg den också. De tunna silkesbladen rasslade som löv innan den kraschade. Därefter följde raskt ett par samlade skrifter, bruna tunga klumpar som lossnade i ryggen med korta knäckar.

Niila såg uppmuntrande på mig. Jag kände hur hjärtat började banka upprymt och grep själv en bok. Hivade ut den och såg den släppa flera fladdrande sidor innan den störtade i en rostig harv. Det såg otroligt komiskt ut. Under stigande extas rev vi ner fler och fler böcker, eggade varandra, kastade virvlande lyror, gjorde våldsamma fotbollsutsparkar så sidorna yrde och skrattade så vi kiknade medan hyllorna tömdes.

Plötsligt stod Isak där. Axelbred som en brottare, stum och svart. Inte ett ord, bara grova, köttiga fingrar som darrande knäppte upp spännet på livremmen. Med en häftig gest pekade han iväg mig. Jag kilade som en råtta nedför trappan och ut. Men Niila blev kvar. När ladugårdsdörren for igen hörde jag hur Isak började slå.

För ett ögonblick lyfter jag blicken från skrivblocket jag började på i Nepal. Pendeltåget närmar sig Sundbyberg. Morgonrusning, lukt av fuktiga ytterkläder. I portföljen ligger min lärarpärm med tjugofem rättade skoluppsatser. Februarislask, och över fyra månader till Pajala marknad. Jag sneglar ut genom tågfönstret. Högt över Huvudstaleden flyger en flock kajor, runt runt i en upprörd cirkel.

Min blick vänder åter till Tornedalen. Kapitel fem.

Kapitel 5

Varje dag när Stickskolan haft sin sista lektion passerade hor-
der av sexton-sjuttonåriga tjejer vårt hus. Snygga brudar. Det
var ju sextiotal med mycket mascara och lösögonfransar,
kortkort och tajta plaststövlar. Jag och Niila fick till vana att
klättra upp på snödrivan utanför vårt hus och kolla in dem.
Småpratande i klungor passerade de, utan mössor hur kallt
det än var för att inte förstöra frisyrerna. De rökte kopiöst
och lämnade efter sig en äckelsöt doftblandning av askfat och
parfym som jag än i denna dag förknippar med åtrå. Ibland
sa de hej till oss. Vi blev otroligt generade och låtsades att vi
byggde en snöfästning. Man hade faktiskt ett visst intresse re-
dan som sjuåring. Att kalla det kåthet är helt fel, det var mer
en klamrande längtan. Jag skulle gärna ha pussat dem, varit
nära. Krupit intill dem som en liten kattunge.

Hursomhelst började vi kasta snöboll på dem. Mest för att
de skulle se oss som karlar, tror jag. Och otroligt nog funge-
rade det. Dessa resliga sextonåriga valkyrior flydde som re-
nar, tjutande och skrikande, och höll upp sina sminkväskor
som skydd. De blev helt hispiga. Ändå kastade vi bara lös-
kramade lyror som sällan träffade, mjuka snöblaffor som
singlade ner som lovikkavantar. Men det räckte för att impo-
nera. Vi var en kraft att räkna med.

Det fortsatte under några dagar. Vi gjorde i ordning snöbollsförråden i förväg så fort vi kom hem från skolan. Vid det här laget kände vi oss som Vittulajänkkäs vinterkrigare, två ärrade veteraner på stridsuppdrag på en främmande kontinent. Det kittlade i oss av förväntan. Striderna förde oss allt närmare njutningar som vi ännu bara anade. För varje batalj växte våra tuppkammar.

Där kom tjejflockarna. Flera klungor med ojämna mellanrum, mellan fem och tio i varje. Vi hukade oss bakom plogkarmen medan de närmade sig. Planen var noga uttänkt. Vi brukade släppa förbi den första gruppen, sedan slänga dem i ryggen medan de andra klungorna tvärbromsade framför oss. Skapa oreda och panik. Och beundran förstås för vår manliga dådkraft.

Vi väntade nedböjda. Hörde tjejrösterna närma sig, rökhostan, fnittret. I exakt rätt ögonblick reste vi oss. Varsin snöboll i högernäven. Som två vredgade vikingar såg vi tjejerna skrikande rusa iväg. Vi skulle just hiva varsin eftersläng mitt i gyttret, när vi plötsligt upptäckte att en av flickorna stod kvar. Bara några meter bort. Långt ljust hår, tuschade sminkögon. Hon stirrade stint på oss.

– Slänger ni mer så slår jag ihjäl er, väste hon. Jag spöar er så ni inte kan gå, jag sparkar in käften på er så era morsor grinar när dom ser er...

Jag och Niila sänkte stelt våra snöbollar. Tjejen gav oss en sista fruktansvärd blick innan hon vände sig om och följde sina kompisar.

Jag och Niila stod kvar. Vi tittade inte på varandra. Kvar låg bara känslan av ett jättelikt, ohyggligt missförstånd.

Som pojke i Pajala präglades barndomen av strykkedjorna. Det var via dem som maktbalansen reglerades mellan byns killar. Man drogs in i dem som grabb redan vid fem-sexårsåldern, och lämnade dem vid fjorton-femton.

Strykkedjorna uppstod på ungefär följande sätt. Ett par smågrabbar kom i gräl. Anders slog Nisse så Nisse började grina. Jag fördjupar mig alltså inte i grälets orsak, i tidigare fientlighet eller eventuella bakomliggande släktfejder. En kille har helt enkelt spöat en annan, och båda går hem. Det är nu som kedjan börjar.

Den slagne, alltså Nisse, talar genast om saken för sin två år äldre bror. Storebrodern går ut på byn och håller ögonen öppna, och nästa gång han ser Anders spöar han honom lagomt mycket som hämnd. Anders går då grinande hem till sin egen fyra år äldre bror som går ut på byn och håller ögonen öppna. Nästa gång brodern ser antingen Nisse eller Nisses bror spöar han dem ordentligt och uttalar hotelser också. (Hänger ni med?) Nisses fem år äldre och storvuxne förstakusin får en kort sammanfattning av läget och spöar Anders bror, Anders själv samt ett par kompisar som följt med ut på byn som livvakter. Anders båda kompisars sex år äldre storebrorsor går då ut på byn och håller ögonen öppna. Nisses övriga brorsor, kusiner och släktingar får en kort sammanfattning av läget, om vilka som spöat vilka och i vilken ordning, samma sak sker på Anders sida. Överdrifter i propagandasyfte är vanliga. Artonåriga kusinbröder och till och med fäder får energiska uppvaktningar, men förklarar sig skita i småungarnas bråk.

Så där höll det på. I de allra största strykkedjorna drogs klasskompisar, grannar och alla möjliga kompisar in, särskilt om de ursprungliga kombattanterna kom från olika bydelar. Då blev det Vittulajänkkä mot Paskajänkkä, eller Strandvägen mot Texas, och kriget var ett faktum.

En strykkedjas livslängd kunde vara från några dagar till månadsvis. Vanligast höll den på i ett par veckor och följde det ovan beskrivna förloppet. Första delen var alltså spöfasen då smällar utdelades och ungar lipade. Sedan kom hotfasen då de starkaste gick på byn och höll ögonen öppna medan småungarna låg hemma och tryckte. Fick man fast något av glinen blev det banne mig inte roligt. Just den fasen var värst tyckte jag själv, den där eviga skräcken mellan skolan och hemmets relativa trygghet. Sist följde nedrustningsfasen när ingen längre kunde eller iddes hålla reda på dessa krångliga straffkartor och förgreningar, och det hela rann ut i sanden.

Men innan dess alltså terrorbalansen. Det är vinter och man åker spark mot kiosken där man ska köpa en krona blandat godis, och det är eftermiddagsmörkt, och glesa snöflingor faller från den oändliga blygrå himlen och gnistrar under gatlamporna som stjärnor. Och man sparkar mellan plogvallarna, och medarna går lite trögt i den färska snön och på Kirunavägen hörs råmandet från plogbilen som stångar sig genom vintern. Och därborta, vid korsningen står plötsligt en av de stora grabbarna. En högstadiekilles svarta silhuett. Han närmar sig, man slutar sparka och försöker upptäcka vem det är. Och man tänker vända, men bakom kommer plötsligt en annan kille. Svårt att se vem i mörkret, stor är han åtminstone. Och man är inringad, en liten kille med sparkstötting. Man är chanslös och kan bara hoppas. Spänner axlarna och närmar sig den förste som noga granskar en, och gatlyktorna snöar och hans ansikte är skuggat, och nu tar han ett steg emot en och hjärtat stannar i bröstet. Och man försöker förbereda sig, snö i nacken och längs ryggen och i byxorna, örfilar så skallen tycks lossna, mössan slängd upp i en björk, grin och snor och förnedring. Man gör sig stel som en kalv i slaktfållan, och killen kommer allt närmare. Och nu står han där framför en så man måste bromsa. Och han är stor som en vuxen, och man känner inte igen honom. Och han frågar vems pojke man är och man tänker att det finns minst tre strykkedjor pågående i byn som man rabblar igenom i huvudet, och sedan säger man vem man är och hoppas det är rätt

svar. Och killen rynkar ögonbrynen och daskar mössan av en.
Och sedan säger han:
– Tur för dig!
Och man borstar snön av mössan och sparkar vidare och
längtar intensivt efter att bli vuxen.

Det började bli vårvinter, och den värsta vinterkölden mild-
rades. Dagarna var fortfarande korta, men på lunchrasten
kunde man skymta solskivan som en blodapelsin över de
frostiga hustaken. Vi drack ljuset med giriga strupar, och den
brandgula juicen fyllde oss med livslust. Det var som att kli-
va ur ett gryt, väckas ur en vinterdvala.

En vårvinterdag bestämde jag och Niila oss för att testa
Laestadiusbacken. Direkt efter skolan spände vi på oss våra
träskidor med kabelbindningar och genade över lekparken.
Det mörknade, skidorna sjönk ner ett par decimeter i det lösa
djupa snötäcket. Niila spårade och jag for efter honom, två
otydliga figurer i dunklet. Borta vid Laestadiuspörtet reste sig
raden av skyhöga, barriga granjättar som kyrkspiror. Tysta
och heliga urträd, uppfyllda av större tankar än våra.

Vi korsade den istäckta Laestadiusvägen med klapprande
skidor, gatlamporna var redan tända. Snabbt klättrade vi upp
på nästa plogvall och slank in i mörkret som sluttade allt bran-
tare ner mot älven. Tysta stakade vi oss förbi Lars Levis staty-
huvud. Han stirrade mellan björkarna, hjässan var täckt av en
snömössa. Snart skymdes gatlyktorna bakom oss, ändå blev
det inte helmörkt. Ljuset reflekterades av miljontals iskristaller,
det växte tills det tycktes sväva över marken. Långsamt vande
sig ögonen. Nedanför oss öppnade sig backen, lång och susan-
de ner mot älven. Men den var fortfarande omöjlig att åka i,
täckt av ett lårdjupt snötäcke. Vi tvärställde skidorna och bör-
jade trampa. Skidbredd för skidbredd tog vi oss nedför bran-
ten. Stampade samman snön, pressade ihop den med tyngden

av våra pojkkroppar i en ränna ner genom snömassorna, hela den långa backen ut på älvens is. Sida vid sida arbetade vi medan svetten strömmade under kläderna. Och när vi äntligen var nere så vände vi. Trampade tillbaka samma väg upp igen med tjurig envishet i våra egna spår. Packade snön ytterligare, gjorde den så jämn och hård vi förmådde.

Och äntligen står vi där. Tillbaka vid utgångspunkten efter ett fruktansvärt arbete. Benen vibrerar, lungorna häver sig, men nedanför oss ligger den färdigstampade backen. En bred och slät gata av tusentals skidtramp. Vi ställer oss bredvid varandra, jag och Niila. Spanar ner i dunklet. Backen lutar ner i en suddig och mörk drömvärld, försvinner som reven i ett pimpelhål. Otydliga skuggor, tysta rörelser i djupet. En tunn tråd ner i drömmen. Vi ger varandra en blick. Så vänder vi oss framåt, tar spjärn med bambustavarna. Precis samtidigt skjuter vi ifrån.

Vi är loss. Glider iväg. Susar allt snabbare ner i natten. Fraset. Kylan som bränner i kinderna. Två ångande pojkar, två nykokta paltar nedslängda i frysboxen. Allt fortare och vildare. Sida vid sida med gapande munnar, varma hål där vintern sugs in. Perfekt trampat, helt perfekt! Knän som fjädrar, fötter som spjärnar i hårdknutna pjäxor. Ett brus som växer i köttet, en fart som närmar sig det omöjliga, snö som blixtrar, vindtjut, virvlar.

Och så händer det. Ett ohyggligt dån rullar längs Torneälvens is ända bort till Peräjävaara och luften krossas som en spegel. Vi bryter ljudvallen. Himlen blir hård och spröd som grus, och vi störtar, samtidigt. Vi faller sida vid sida i varsitt snörykande moln, kastas runt i bolmande bollar med utspärrade armar, och våra stavar pekar uppåt, mot rymden, mot varsin lysande stjärna.

Kapitel 6

– om hur en kärring tar plats på Herrens högra sida,
och om det vanskliga i att fördela jordiska tillgångar

En kulen vårdag lämnade Niilas farmor det jordiska. Klar i
skallen hade hon legat på sitt yttersta och bekänt sina synder
med en skröplig viskning innan hon slickat brödet med sin le-
verbruna tungspets och fått de förtorkade läpparna bestruk-
na med vin. Sedan sa hon att det blev ljust, att hon såg äng-
lar dricka långfil ur skopor, och när hon dragit sin sista suck
lättade kroppen i vikt med två gram, ty så mycket vägde hen-
nes odödliga själ.

Man kallade till *ulosveisu* för de närmaste samma dag som
dödsfallet. Sönerna baxade runt hennes kista genom pörtets
alla rum med fotändan före och locket öppet för att låta hen-
ne ta avsked av hemmet, man sjöng psalmer, drack kaffe och
körde slutligen iväg stoftet till bårhusets frysfack.

Därefter lät man kalla till själva jordfästningen. Telefon-
växeln i Pajala gick varm och postverket började sprida flo-
der av kallelsekort över hela Norrbotten, Finland, södra Sve-
rige, Europa och resten av världen. Farmodern hade ju upp-
fyllt jorden så gott hon orkat och hunnit med. Tolv barn hade
hon framfött, samma antal som apostlarna, och liksom dessa
hade de givit sig ut åt alla möjliga håll. Några bodde i Kiru-
na och Luleå, andra i Stockholms förorter, någon i Växjö och
Kristianstad och Frankfurt och Missouri och Nya Zeeland.

En enda bodde kvar i Pajala, och det var Niilas far. Och alla kom de till begravningen, även hennes båda avlidna söner, det vittnade de synska tanterna i församlingen efteråt. De hade undrat vad det var för pojkar som stått och bockat vid kistan redan under ingångspsalmen innan man upptäckt att de var en aning ljusa i ytterkanterna och att fötterna svävade en fingerbredd ovanför golvet.

Sedan var det barnbarn och barnbarnsbarn, uppvuxna i hela världen, förunderligt finklädda varelser som pratade alla tänkbara dialekter. Barnbarnen från Frankfurt bröt på tyska, medan amerikanarna och Nya Zeeländarna snackade svengelska. De enda i den yngsta generationen som fortfarande behärskade tornedalsfinska var Niila och hans syskon, men de teg mesta tiden. Det blev ett myller av språk och kulturer som församlades i Pajala kyrka, en högst påtaglig sammanfattning av vad en enda bördig tornedalsk livmoder kunde ge upphov till.

Hyllningstalen vid båren blev många och utförliga. Man vittnade om hur den hädangångna arbetat i sitt anletes svett, i bön och försakelse. Hon hade lyft och burit, burit och lyft, matat kossor och ungar, krattat hö värre än tre hästdragna stålräfsare, vävt femhundra meter trasmattor, plockat tretusen hinkar bär, vevat upp fyrtiotusen vattenspannar ur gårdsbrunnen, huggit ved motsvarande åtminstone ett rejält kalhygge i Käymäjärvitrakten, tvättat ett Jupukkaberg av smutskläder, rullat skittunnor från utedasset utan att någonsin beklaga sig och grävt potatis så det smattrat som en finsk kulspruta i plåthinken. För att nu bara nämna något.

De sista åren sedan hon blivit sängliggande hade hon läst bibeln från pärm till pärm aderton gånger, den gamla finska översättningen naturligtvis, osmutsad av ateisterna i de moderna bibelkomissionerna. Visserligen var det skrivna Ordet ingenting mot det Levande, det som svingades med tvenne eggar under bönemötena, men när man nu ändå hade tiden.

Som vanligt vid tornedalska hjältebegravningar talade predikanterna mest om helvetet. De utmålade noggrant denna evigt flammande kolmila där syndarna och nådetjuvarna stektes som fläsk i tjära i Djävulens glödheta stekpanna medan han hackade dem med sin treudd så köttsaften skulle rinna ut. I kyrkbänkarna hukade folket, och särskilt farmoderns döttrar fällde många ormatårar i sina permanentfrisyrer och modekläder medan de ingifta karlarna satt och skruvade på sig med förhärdade hjärtan. Men här fanns nu chansen att i ett slag plantera ångerns och nådens frön över nästan hela jordklotet, och det hade varit oförlåtligt att inte försöka. Dessutom hade farmodern fyllt ett helt skrivhäfte om hur hon ville ha sin begravning, och det skulle vara mycket Lag och måttligt med Evangelium i predikan. Inget gottköpsförlåtande hit och dit.

Men när himmelrikets portar äntligen öppnades på slutet, när änglakörerna blåste in nådens söta andedräkt i Pajala kyrka och marken darrade och farmodern släpptes in till den Himmelske Fadern, då skalv tanterna i sina hucklen och lipade och rös och gav varandra Kristi omfamning i Jesu namn och blod, och det doftade nyslaget hö i läktare och gångar och hela kyrkobyggnaden lyftes en halv centimeter från sina grundvalar och dunsade sedan ner igen med ett mäktigt, råmande muller. Och de rättroende såg ljuset också, paradisljuset, som när man mitt i sömnen öppnar sina ögon en kort stund en ljudlös sommarnatt, man öppnar sina ögon mot fönstret och ser midnattssolens milda återsken på natthimlen, bara ett ögonblick i drömmen innan man sluter dem igen. Och på morgonen när man vaknar finns bara aningen kvar av något stort och oerhört. Kärlek kanske.

Efter jordfästningen bjöds alla till pörtet på kaffe och doppa. Stämningen var med ens lättad, nästan uppsluppen. Farmor var hos Jesus. Man kunde andas ut.

Det var bara Isak som inte släppte sin buttra stelhet. Han gick runt i sin gamla predikantkostym, och fast det var länge sedan han förhärdat sig hade man ändå förväntat sig ett litet gudsord vid båren. Ett vittnesmål från den förlorade sonen. Kanske skulle han rentav bli väckt igen, större under än så hade sannerligen skett vid föräldrabegravningar då ens förgänglighet och dödlighet kröp en generation närmare inpå skinnet. Guds pekfinger som stack sitt järnspett i det förhärdade hjärtat och bröt isen, rörelser från Den Helige Ande, syndabekännelser som tömde den ångerfulle som när man tömmer en plaskfull potta och sedan förlåtelsen som skurade den till en Himmelsk Dryckesbägare där Nåden kunde regna och droppa. Men Isak hade bara mumlat vid båren, helt lågt för sig själv. Inte ens på första bänken hade man hört vad.

Vid barnbordet serverades saft och bullar. Vi ungar fick äta i skift för vi var så många. Niila såg obekväm ut i den hårdknäppta söndagsskjortan. Medan gubbarna och tanterna satt kvar och kraxade som svartklädda kråkor kilade vi ut. Killarna från Missouri kom efter oss. De var tvillingar i åttaårsåldern och bar varsin gosskostym med slips. De snackade engelska med varandra medan jag och Niila pratade tornedalsfinska, emellanåt gäspade de av tidsomställningen och huttrade lite. Båda var snaggade som små marinsoldater och rödblonda liksom sin irländsk-amerikanske far. Man märkte att de var omtumlade av förflyttningen hit till Gamla Världen och sin mammas rötter. Det var maj och snösmältning, isen låg ännu kvar på älven. Björkarna stod ännu nakna, fjolårsgräset låg platt och gult på ängen där snötäcket just tinat bort. De trampade med sina lackskor och spanade osäkert runt efter arktiska rovdjur.

Nyfiket började jag småprata med dem. De berättade på rullande svensk-amerikanska att de på hitvägen mellanlandat i London och sett Beatles. Jag bad dem sluta ljuga. Men båda försäkrade envist att Beatles passerat utanför deras hotell i en lång Cadillac utan tak medan tjejer stått intill och skrikit. Det hela hade filmats från en lastbil som följde strax efter.

Tvillingarna hade köpt någonting också. Ur en papperspåse plockade de upp en singelskiva med engelsk prislapp.

– Beatles, stavade jag långsamt. Roskn roll musis.

– *Rock 'n' roll music,* rättade de flinande mitt uttal. Så räckte de över skivan till Niila.

– *It's a present.* Till vår *cousin.*

Niila tog skivan med båda händerna. Hänförd drog han ut den runda vinylbiten och stirrade på de hårfina räfflorna. Han höll den så varligt som om han var rädd att spräcka den, som en millimetertunn isskiva från en frusen vattenhink. Fast den här skivan var svart. Som synden.

– *Kiitos,* mumlade han. Tack. *Fänk joo.*

Han höjde skivan och luktade på plasten, höll sedan upp den mot vårsolen så spåren glittrade. Tvillingarna sneglade på varandra och log. Inom sig höll de redan på att formulera storyn om möten med urbefolkningen som de skulle dra för kompisarna i Missouri när de satt på hamburgerfiket och sörplade cola.

Niila knäppte upp ett par skjortknappar och gömde skivan under kläderna, mot huden. En stund tvekade han. Sedan vinkade han med sig tvillingarna bort mot landsvägen. Undrande följde jag dem över ängen mellan de sista smutsiga snödrivorna.

Vid diket stannade vi till. Genom vägbanken löpte en trumma av grova betongrör. När vi böjde oss ner såg vi den vita cirkelöppningen på andra sidan. Smutsgrått smältvatten strömmade genom trumman och plaskade ner vid våra fötter i en avlång sjö. Intill låg de smältande, krympande plogvallarna som högar av skitiga gamla lakan. Niila pekade ner i det dunkla vattendjupet.

– Present, sa han vänligt till tvillingarna.

De lutade sig fram. Strax under ytan låg stora slemmiga klumpar. På nära håll såg vi hur det rörde sig inuti. Svarta små foster vände sig och knyckte. I vattenmörkret utanför pilade redan kläckta varelser.

– Från kyrkogården, sa Niila korthugget.

Tvillingarna såg tvivlande på mig medan jag försökte begripa vad Niila var ute efter.

– När snön smälter rinner vattnet genom kistorna, skarvade jag med låg röst, och då sköljs döingarnas själar iväg hit.

Niila hittade en gammal rostig kaffeburk. Tvillingarna betraktade storögda ynglen i gölen.

– Änglar, förtydligade Niila.

– Om man sparar dom blir dom änglar och flyger till himlen, bekräftade jag.

Den ene tvillingen tog kaffeburken och började knyta upp sina lackskor. Den andre tvekade, men följde strax exemplet. Snabbt drog de av sig strumporna och kostymbyxorna med sina pressveck och ställde sig barfota i snökanten i sina pösiga, amerikanska knäkalsonger. Med korta, tveksamma steg klev de ner i sörjan. Och strax var de i full färd med att fånga själar. Snövattnet steg dem högt upp på låren. De började frysa så de skakade men var gripna av jaktens spänning. Inom kort jublade de och höll upp burken med några simmande grodyngel. Läpparna började skifta i blått.

Plötsligt spolades en mörk, sladdrig klump ur vägtrumman och föll med ett plask ner i gölen.

– Farmor! utbrast Niila.

Ena tvillingen stack snabbt ner armarna och grävde och sökte. Så halkade han och föll. Skallen försvann under den slemmiga ytan. Brodern grabbade tag i honom, men tappade själv balansen och drattade i med piskande armar. Frustande kravlade sig båda i land, så stelfrusna att de knappt längre kunde resa sig upp. Men kvar i gräset stod kaffeburken med sina simmande yngel.

Jag och Niila stod stumma inför all denna tapperhet medan tvillingarna klädde sig. De frös och huttrade så vi måste hjälpa dem att knäppa skjortknapparna. Kalsongerna drog de av sig och vred ur, sedan strök de skräpet ur håret med varsin elegant sköldpaddskam. Deras ögon glittrade när de kikade ner i kaffeburken. En handfull små yngel pilade runt med svängande svansar. Till sist gav bröderna oss ett stelfruset men hjärtligt handslag.

– *Thank you!* Tack! *Kitås!*

Med kaffeburken mellan sig vandrade de bort mot pörtet, ivrigt diskuterande på amerikanska.

Redan samma eftermiddag började arvstvisten. Man väntade tills begravningsritualerna var avslutade och grannarna och predikanterna gett sig av. Då stängdes pörtesdörrarna för utomstående. Släktens olika grenar, utskott och inympade delar samlades i det stora köket. Dokument lades på bordsskivan. Läsglasögon pillades fram ur handväskor och balanserades på svettblanka näsor. Man harklade sig. Man vätte läpparna med vassa, styva tungor.

Sedan brakade det loss.

I och för sig hade ju farmodern skrivit ett testamente. Det ingick i hennes efterlämnade skrivhäfte och var minst sagt omfattande. Detaljerna avlöste varandra med hennes darriga handstil sida upp och sida ner. Den och den skulle ha det och det under dessa villkor. Men eftersom tanten förberett sitt frånfälle under åtminstone de senaste femton åren, och dessutom varit lynnig, så vimlade det av ändringar, överstrykningar och tillägg i marginalen, förutom ett helt lösblad med gyttriga fotnoter. Några av släktingarna hade gjorts arvlösa vid ett flertal tillfällen vilket sedan återtagits i olika omgångar. Andra skulle få ärva på vissa bestämda villkor, som att dessa i släktens närvaro högt bekände sin levande tro eller avsade sig spritdjävulen eller bad de församlade plus Jesus Kristus om ursäkt för ett antal noggrant beskrivna synder som inträffat under årens lopp. Hela texten var bevittnad och undertecknad i flera omgångar, utom tyvärr det viktiga lösbladet. Dessutom var allt skrivet på tornedalsfinska.

Enbart uppläsningen i det kvalmiga pörtet tog ett par timmar. Vartenda ord var tvunget att tolkas till svenska, riksfinska, engelska, tyska och persiska eftersom dottern i Växjö gift sig med en invandrad sunnimuslim. Inte minst de religiösa avsnitten orsakade stora svårigheter. Ett grundvillkor för att få ärva var alltså att man bekände den levande tron, något som de flesta av tornedalingarna tolkade som laestadianism. Efter den översättningen protesterade både sunnimuslimen, den ingifte Nya Zeeländaren som var jude, och dottern i Frankfurt som konverterat till baptismen, alla dessa förklarade i turordning att deras tro var lika levande som någon annans i sällskapet. Farmoderns yngre bror från Ullatti slog dundrande fast att som västlaestadian var han den mest kristne i sällskapet, varpå en östlaestadiansk kusin, ytterligare en från de Förstföddas församling samt ett par gammeltroende med kraft protesterade. En tant från finska trosgrenen kom omedelbart i *liikutuksia* och började hoppa och härja i extas så svetten stänkte. Andra hakade på för säkerhets skull och bekände synder med fäktande armar, grät och omfamnade och snubblade på trasmattorna.

Till sist ställde sig Isak upp och vrålade om käftar som skulle hållas, på både svenska och finska. En alkoholiserad andrakusin från Kainulasjärvi togs på bar gärning medan han skrev ett egenhändigt tillägg i testamentet, och blev utkastad. En vapenvila utropades, och efter en serie protester och motanklagelser uppnåddes ett spänt lugn. Flera begärde att deras nyligen avverkade syndabekännelser och andra bevis på en levande tro skulle antecknas i protokollet, vilket efter omröstning beviljades.

Efter genomläsningen rådde en slutgiltig och grundlig förvirring. En stillsam ingenjör från Uppsala som sysslade med den nya räknemaskintekniken föreslog då att man kunde lägga in hela testamentet med samtliga tillägg och ändringar i ett hålkortsprogram, och efter ett antal genomkörningar med logikens hjälp rättmätigt kunna fördela arvet. Åtskilliga framhöll då genast att en sydlänning, *ummikko* och enbart ingift person framför allt skulle hålla sin stora trut medan släktens angelägenheter dryftades. Syskon, kusiner och bryllingar samlades därefter i mindre mumlande grupper för taktiska genomgångar. Ett ihärdigt tissel tog vid. Trevare sändes ut, förslag lades fram och förkastades, allianser bildades och bröts, mer eller mindre dolda hot skickades via budbärare mellan de viskande klungorna. Ett par av karlarna gav sig gemensamt ut för att pissa bakom knuten och återkom misstänkt förfriskade. Blickar utbyttes. Ärmar kavlades upp. Protokollföraren, en tunnhårig kanslist knackade nu sin penna mot kaffekoppen och manade till samling. Folket trängde sig fram mot köksbordet under upphetsade fnysningar och hyssjade andäktigt ner varandra.

Hrm. Härrruuuummm...

Såvitt kanslisten i sin opartiskhet kunnat utröna skulle arvet, nämligen det sammanlagda värdet av hemman, utbyggnader, tomt, bohag, lösöre, banktillgångar samt ett mindre skogsskifte delas i etthundrafyrtiotre likvärdiga delar, förutom spinnrocken som tillföll grannfrun.

En storm av upprörda röster.

Bisittaren, en pensionerad tullare, bad att få en reservation införd i protokollet. Enligt hans visserligen ringa, men i högsta grad opartiska uppfattning hade föregående talare inte beaktat tillägget på lösbladet, tredje stycket, om södra Sveriges ondska och syndfullhet, och att därför hemman och bohag skulle tillfalla sonen Isak, samt att de resterande tillgångarna skulle delas lika mellan enbart de av släktingarna som var mantalsskrivna inom Pajala kommun.

Larmet blev ännu värre.

Grannfrun frågade var spinnrocken stod men blev bryskt nedtystad.

En brorson som var gruvarbetare i Kiruna framhöll att hans hemort knappast kunde räknas till södra Sverige, och att han dessutom hade sommarstuga i Sattajärvi och därför krävde att protokollföras som Pajalabo.

En annan brorson från Kieksiäisvaara påpekade då att den förstnämnde glömt avsnittet på sidan fjorton där LKAB kallades Nordanlandets Babylon, att dess anställda var dömda till den eviga elden, och att svartbyggen i Sattajärvitrakten inte förändrade saken.

Den alkoholiserade kusinen slog ett vedträ mot ytterdörren och krävde att få bli insläppt.

Juden slet sunnimuslimen i kragen men blev knuffad mot gungstolen, de skrek och skällde medan fruarna stod intill och översatte. Allt fler begärde ordet, och kanslistens pennknackningar drunknade i oväsendet.

Sedan var det visst en knytnäve som höjdes. En söndagsskrubbad arbetarnäve som växte som en svamp ur den svartklädda myllan. Den vibrerade på sin breda stjälk, vred sig runt som en ugglas huvud. Den var väl mest tänkt som en markering. Om ett mått som inte ville bli mera rågat.

Omedelbart sköt en liknande utväxt upp. Sedan ytterligare en. Folket skrek nu i munnen på varandra. Svordomar utrålades på alla språk och dialekter, hotelser piskade som kättingar tills pörtesväggarna skalv som Babylons murar.

Sedan brakade det lös.

Av hänsyn till de anhöriga stannar jag här. Jag undviker att beskriva käftsmällarna, klösningarna, näsblodet, löständerna som virvlade, brillorna som knäcktes eller de lömska sparkarna och strypgreppen. Jag vägrar räkna upp tillhyggen som stekpanna, pinnstol, gummistövel, sopskyffel, hundens matskål och finsk familjebibel. Jag hoppar över alla hädiska uttryck, alla svordomar ur framför allt den outtömliga tornedalsfinskan liksom alla nedsättande anklagelser om dumhet, fulhet, fetma, inavel, senilitet, sinnessjukdom eller avvikande sexualitet som utväxlades i affekterade tonlägen.

Jag säger bara att det var Gehenna.

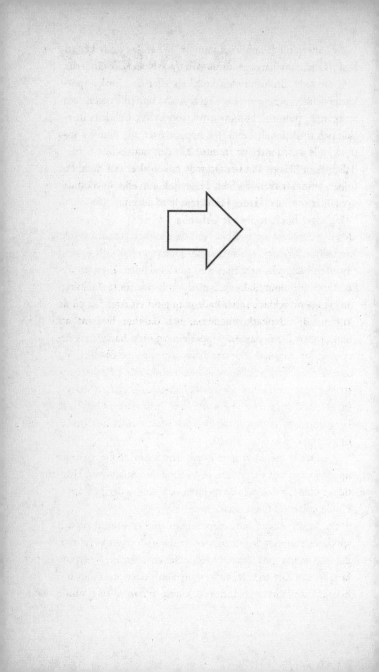

Kapitel 7

– om rockmusik, dess inverkan på det täcka könet,
och det vådliga i att kliva på utan att knacka

Mot kvällningen kom Niila hem till oss med handen tryckt mot skjortbröstet. Han var fortfarande finklädd, och skakad av eftermiddagens umgänge med tjocka släkten. Efter ett antal hot om polisanmälningar med åtföljande motanmälningar i långa invecklade serier hade man gjort ett överslag på de kommande advokatkostnaderna, och därefter beslutat att hålla saken inom släkten. Uppsalaingenjören hade getts utrymme att närmare förklara hålkortsprogrammeringen. Vidare alkoholkonsumtion inom hemmanets tomtgränser hade strängeligen förbjudits. Pajala sjukstuga fick plåstra om ett förvånande stort antal personer som halkat och slagit sig. Glasögon och tandproteser lagades provisoriskt med isoleringsband och kontaktklister.

Syrran var ute, så vi smet in på hennes rum. Niila knäppte upp skjortan och drog fram den kroppsvarma singeln. Högtidligt lade jag den på skivspelaren och sänkte ner pickupen. Höjde volymen. Det raspade svagt.

Ett brak! Åskan slog ner. En kruttunna brann av och sprängde rummet. Syret tog slut, vi slungades mot väggarna, låg fasttryckta mot tapeten medan kåken snurrade i rasande fart. Vi satt fast som frimärken medan blodet pressades in i hjärtat, samlades i en tarmröd klump innan allting vände och sprängdes åt andra hållet, ut i fingrarna och tåspetsarna, röda spjutlinjer av blod i hela kroppen tills vi gapade kvävda som fiskar.

Efter en evighet avstannade virveln. Luften susade tillbaks in genom nyckelhålet och vi splattade ner på golvet i små fuktiga högar.

Rock 'n' roll music.

Beatles.

Det var för bra för att vara sant.

Vi kunde inte tala på en lång stund. Vi bara låg där och blödde, tomma och lyckliga i den ringande tystnaden. Sedan reste jag mig och spelade den igen.

Samma sak igen. Det var ofattbart. Detta kunde inte vara skapat av mänskliga varelser.

En gång till.

Just i det ögonblicket stormade storasyrran in. Hon var urförbannad, klämde klonaglarna i min överarm och skrek så tuggummit träffade mig i ögat. Vad i helvete gjorde vi i hennes rum, djävla förbannade skitungar, och hennes flickarm höjdes till ett mördande karateslag.

I nästa stund blev hon stående. Musiken hann före. Den trängde in i henne, svällde som en lem, sprutade rött omkring sig. Det var magiskt, vi var tre däggdjur stelfrusna i olika positioner, och den där skrälliga lilla resegrammofonen.

När skivan spelat färdigt var det hon som startade om den. En sån låt var det. Man kunde inte sluta.

Samma kväll cyklade jag och Niila ner till Torneälven. Vi rullade ut på landsvägsbron, högt över vattnet, balanserade på betongens smala horisontstreck mellan de avlägsna stränderna.

Hela älven låg fortfarande tillfrusen. Men dagsvärmen hade smält snömassorna på skogsvidderna, bäckarna hade kilat in små blodådror under isens väldiga kistlock och fyllt den instängde med styrka. Muskler hade svällt, ett upptinat hjärta hade åter börjat banka.

Och nu, just nu höjer sig älvens bröstkorg i en enda långsam inandning, nu spänner den mot det metertjocka taket, fyller lungor och blodkärl som en utbrytarkung, spjärnar, sväller och pressar sakta upp tusentals ton tum för tum. Det pågår, men man ser det inte, det är underjordiskt, en spänning som i en dröm, en yta som buktar, en instängd yngling som fortsätter växa tills han fyller värmepannan med kött och muskler.

En halv tum till.

Man ser det inte, men känner det. Kanske är det luften, lufttrycket, en darrning i ljushavet bort mot Jupukka, en kråkas silhuett som plötsligt vänder om, eller kanske känns det genom bropelaren, genom betongen, ett skimrande skrik av vatten.

Inandning. Smält snö. Kråkan som vänder en gång till, oförklarligt.

Just då händer det. Två korta knäppningar. Och sedan knäcks ytan, en brakande spricka i den vita tyngden. Ett svart forsande. Dån, nya sprickor, långa krasande yxhugg över ismassan. Bågnande valv som splittras. Och allt blir rörelse, allt börjar röra sig. Hela detta ofantliga marmorgolv.

På ett ögonblick stiger älven åttio centimeter. Stränderna dränks, svarta vattenarmar slår sig fram. Jättelika flak, hundra ton tunga splittras, klyver varandra i den fruktansvärda trängseln. De pressas upp på högkant som gnistrande valar innan de frustande dyker ner i djupen. De skjuts över varandra som kontinentalplattor, bräcks, råmar och tjuter. Dundrar med pannan före i bropelarna, mals till klirrande ispipor. Ljud man aldrig annars hör, det brakar och smäller, knakar, sjuder, frasar, klingar, knarrar, det omger en som musik. Man är mitt i.

Strax kommer byborna. Parkerar vid brofästet och skyndar ut till oss, radar upp sig längs järnräcket; gubbar och tanter och karlar och flickor och småbarn som hålls i stadiga grepp. Kusiner och grannar och kompisar och till och med enstöringarna, som om älven gått runt och ropat i byn, som om alla samtidigt känt på sig.

Man bara står där. Det finns inte mycket att tillägga. Man bara tittar och lyssnar och känner den spröda betongen skaka under fotsulorna. Isflak i en oändlig ström, de tar inte slut, ett sönderbrutet, evigt brakande. Och till sist märker man hur bron börjar röra sig, den lossnar, den börjar stånga sig uppströms älven som en kolossal isbrytare, man står i fören medan den stampar sig fram genom packisen med fruktansvärd kraft i begynnelsen av en lång och äventyrlig resa.

– *Rock 'n' roll music!* skriker jag till Niila.

Han fattar.

När man väl upptäckt musikens kraft finns ingen återvändo. Det är som när man runkat första gången. Man kan inte sluta. Man har öppnat en kapsyl och skummet forsar ut i en väldig stråle, ett tryck som slår dörren ur näven på en, som sliter loss gångjärnen och bara lämnar ett gapande hål. Ni vet ubåtsfilmerna där sjunkbomberna träffat och oljiga karlar rusar fram mot stålluckan i det vattentäta skottet och försöker stänga den, men slungas som barkbåtar åt alla håll av den rasande vattenpelaren.

Nacka musikskola var däremot som torrsim.

Ungefär som när en gammal benig lågstadiefröken med planscher och kritmjöliga händer försöker lära gossarna onaniteknik. Och som avslutning sätter sig vid tramporgeln och sjunger den pedagogiska runksången.

Niila började hälsa på oftare än förut, och varje gång hade han skivan med sig. Och tack vare den blev syrran plötsligt mänsklig och lät oss spela den på hennes grammofon medan hon själv satt och lyssnade. På något sätt kom vi varandra närmare genom musiken, hon började väl fatta att jag inte skulle förbli en snorunge resten av livet. Ibland var hennes kompisar där. De satt på hennes säng och på golvkuddarna, snygga högstadiebrudar som luktade gott av hårspray och tuggade gummi så det tjaskade. De hade bröst i trånga jumprar. Svartsminkade ögon. De kollade in mig och Niila – småglinen, snorvalparna – och försökte psyka oss så vi rodnade. Frågade om vi hade tjejer. Om vi pussat någon. Sa hur man gjorde med tungan, det var rätt äckligt, man blev nästan kåt fast man var i latensperioden och knappt förstod vitsen med det motsatta könet.

En helgkväll klev vi in i syrrans rum utan att knacka sedan mamma och pappa åkt på bilbingo på fotbollsplanen. Brudarna skrek till. På golvet mellan dem stod mellanölsflaskor, en hel kasse full. Vi backade ut, men syrran slet in oss och låste hotfullt dörren. Sedan lovade hon oss så mycket stryk att mjölktänderna for in i hjärnan om vi skvallrade, hon skulle dessutom lugga oss så vi blev flintskalliga i förtid och klösa ut tarmarna med sina spetsiga rödnaglar och steka oss långsamt med blåslampa, en sådan som pappa tjärade skidorna med, och det var mycket mer också på samma tema.

Jag spelade dum för att rädda livet, det är en bra taktik i tornedalska omgivningar, och mumlade att Pommac fick dom väl dricka så mycket dom ville. Då flabbade tjejerna och sa att vi måste smaka så vi blev medskyldiga, det var enda sättet att täppa till käften på oss. De öppnade en flaska och kom alldeles nära, permanenthåret kittlade i ansiktet och jag kände varm andedräkt och munspray. En höll mig över kinderna, hårt och nästan spänt, en annan höjde buteljen och jag gapade. Hon kom så nära så jag kände tissarnas mjukhet, jag lutades bakåt som ett dibarn med nappflaska och sög och drack och sög igen som på ett spetsigt kvinnobröst.

Ölet smakade hö. Det stack i halsen, skummade och fräste. Jag halvlåg och tittade upp i tjejens vackra målade ögon, de var blå som älven, hon var minst fjorton och blickade ner på mig så varmt och milt. Jag ville bli kvar där, ville somna i hennes famn, tårar brände i ögonen. Hon märkte det och förde varligt undan flaskan. Jag hade sugit i mig hälften, och hon kom intill mig med läppstiftsläppar, och plötsligt kysste hon mig.

Tjejerna jublade. Syrran log oväntat kärleksfullt. Jag kände mig snurrig och satte mig mot väggen. Niila tvingades tömma resten av flaskan, han kämpade länge och fick sedan applåder. Andfådd knäppte han upp skjortan och drog fram skivan. Sedan satte han sig intill mig medan syrran startade grammofonen.

Tjejerna blev som tokiga.

Vi fick spela den säkert tjugo gånger.

Och jag lutade mig mot Niila och kände en lycka som nästan sprängde mig.

Efteråt stod vi på gården och liksom huttrade. Kvällskylan föll från den klara himlen, natten skulle bli råkall. Niila dröjde sig kvar, ville fråga om något, men tordes inte riktigt. Till sist drog han in mig i garaget. Stängde porten så tyst han kunde och kröp sedan tätt intill mitt öra.

– Hur gjorde hon? viskade han.

Jag grep honom om axlarna.

– Räck ut tungan, sa jag. Nej, inte så mycket.

Han drog in den så bara spetsen stack ut, rund och våt och skär. Jag stack ut min också. En stund stod vi så, helt stilla. Sedan lutade jag mig fram och kysste hans salta pojkmun.

Kapitel 8

Sextiotalet närmade sig sitt slut, och ute i världen explodera-
de popmusiken. Beatles for till Indien och lärde sig spela si-
tar, Kalifornien översvämmades av Flower Power och psyke-
delisk rock, och England kokade av band som Kinks, Procul
Harum, The Who, Small Faces och The Hollies.

Ganska lite av allt detta nådde Pajala. Syrran gjorde sitt
bästa för att hänga med, hon hängde upp en kopparlina som
mellanvågsantenn mellan tallarna på tomten och rattade in
Radio Luxemburg på vår gamla rörradio. Ibland for hon till
Kiruna eller Luleå för att se The Shanes från Tuolluvaara som
1966 uppträtt tillsammans med Beatles, eller Hep Stars när
de råkade ha vägarna förbi, men först efter långa varnings-
samtal med mamma i slutna rum.

Det var långt mellan Pajala och världen. Och när den sven-
ska televisionen äntligen sände en av sina sällsynta popkon-
serter, så var det en flera år gammal inspelning med Elvis Pres-
ley. Man fick helt enkelt ta vad som bjöds. Förväntansfull
bänkade jag mig. Syrran drog undan fanerluckan som täckte
glasrutan, och slog på strömmen i mycket god tid eftersom
bildröret måste värmas upp långsamt som ett bröd i ugnen in-
nan det började lysa. De elektriska signalerna sladdades ge-
nom Kaknästornet och började sitt långa ormande genom

77

landet. Relästationerna tog emot signalerna och föste dem vidare till nästa och nästa, och som ett jättelikt tågsätt med skramlande malmvagnar nådde de slutligen Pajala TV-mast uppe på Jupukka, växlades om och trillade ner som ärtor i vår svartvita soffburk.

Och där stod han. Elvis. Innan han skickades till Tyskland för att göra lumpen, på höjden av sin karriär, en spänstig, viril yngling med ett snett leende, oljig hårlock och ben böjliga som piprensare. Pappa fnyste och gick demonstrativt ut i garaget. Mamma satt kvar och låtsades sticka, men kunde knappt släppa blicken från detta svettiga handjur i svart läderjacka. Syrran bet ner sina naglar och låg och grät i kudden länge den kvällen. Och jag ville ha en gitarr.

Nästa dag efter skolan gick jag ner i snickarrummet i källaren och sågade ut en gitarrliknande form ur en masonitskiva. Spikade fast en bräda till hals. Spände resårband till strängar. Knöt fast ett snöre så jag kunde hänga åbäket över axeln.

Det enda stället där jag skulle få vara ifred var garaget. När ingen såg mig smög jag mig dit, ställde mig bredbent på betonggolvet och spanade ut i publikhavet. Jag hörde skriken och anade de tusentals flickor som tryckte sig mot scenkanten. Så drog jag igång *Jailhouse Rock* som jag kunde utantill från syrrans skiva. Prövande vickade jag på rumpan. Kände musiken svälla inom mig, stark och salt. Så greppade jag toalettpappersrullen som fick föreställa mikrofon och öppnade munnen. Och började sjunga. Men det var en sång utan ljud, det var bara läpparna som rörde sig, precis som under frökens musiklektioner. Jag mimade till musiken i mitt inre, juckade och studsade och slog ackord så det smattrade i plankan.

Plötsligt hördes en knäppning, och jag hejdade mig förskräckt. För en stund var jag övertygad om att publikvrålet hörts ända till kyrkan. Men jag var ensam i garaget, och snart var jag inne i filmen igen. Nedsänkt bland hyllningarna, om-

given av ljus och muller. Höfterna skälvde, scengolvet skaka-
de och jag böjde kroppen bakåt till en krampaktig båge.

Då stod Niila där. Som ett lodjur hade han glidit in och tyst
studerat mig, vem vet hur länge. Jag stelnade av skammen.
Väntade på hånleendet, mosandet med flugsmällan platt mot
väggen.

Bara en gång senare har jag upplevt samma nakenhet. Det
var på tåget mellan Boden och Älvsbyn på tågtoaletten. Jag
hade just skitit och stod och torkade mig i stjärten med byx-
orna nere när toadörren låstes upp utifrån och den kvinnliga
konduktören frågade om biljetten. Hon påstod att hon
knackat, men i helvete att hon hade.

Niila slog sig ner på en uppochnedvänd emaljhink och klia-
de fundersamt på en varskorpa. Till sist undrade han lågmält
vad jag höll på med.

– Spelar, mumlade jag, djupt generad.

Han satt tyst igen en lång stund och betraktade min klum-
piga masonitplanka.

– Får man prova? kom det till sist.

Först trodde jag att han drev med mig. Men så märkte jag
till min förvåning att han var uppriktig. Med stigande lättnad
hängde jag plankan över hans axel och visade greppen. Han
började härma mig, som själv härmat Elvis, han gungade prö-
vande fram och tillbaka.

– Du måste knega med benen också, instruerade jag.

– Varför det?

– För tjejerna förstås.

Han såg med ens blyg ut.

– I så fall måste du sjunga.

Nonchalant höll jag toapappersrullen mot läpparna och mi-
made tyst med slängande skalle. Niila såg ogillande på mig.

– Du måste sjunga på riktigt!

– Nä fan.

– Jo.

– Nä jag kan inte.

– Jo, för tjejerna! sa Niila på finska. Och jag brast ut i skratt, och det strömmade varmt mellan oss.

Det var så det hela började, där hemma i garaget bland skidor och snöspadar och vinterdäck. Niila spelade, och jag öppnade munnen och lät min röst ljuda. Hes och gäll och brölande. Jag gol och pep, och det lät värre än hunden, och det var den första gången jag vågade sjunga.

Ett par veckor senare råkade jag under en rast nämna att jag och Niila startat ett popband. Och visst kändes det så, vi hade ju stått i garaget varje dag efter skolan och blåst upp varandras drömliv till färgglada jätteballonger. Och eftersom jag alltid haft en alltför låg självbevarelsedrift, och dessutom en tunga som varit lös i båda ändarna, så slank det bara ur mig.

Sensationen spred sig med blixtens hastighet. Det här var som sagt i Pajala på sextiotalet, det krävdes inga världsnyheter. Jag och Niila blev omringade, det var på matrasten, vi hamnade mitt i en ring av lögnanklagelser och hån. Ringen pressades allt tätare, och till sist fanns det bara en utväg. Vi blev tvungna att uppträda på Roliga Timmen.

Vår lärarinna gick tyvärr med på förslaget. Hon lät skolvaktmästaren gräva fram en gammal skivspelare, och själv tjuvlånade jag syrrans *Jailhouse Rock*. Vi skulle mima, och jag lånade en av tjejernas hopprep till mikrofon. Jag skulle sjunga i handtaget.

Redan under repetitionen på rasten förstod jag att vi skulle misslyckas. Grammofonen var trasig på 45 varv, den gick bara att spela på 33 eller 78. Skivan lät antingen som begravningsbasuner i Tibet eller Kalle Anka på cirkus. Vi valde det senare.

Det ringde in, och klassen slog sig ner i bänkarna. Niila stod med gitarrplankan i ett järngrepp och såg panikslagen ut. Killarna satte sig och slängde suddgummin redan innan vi började. Jag greppade hopprepet och tänkte på döden. Fröken skulle just presentera oss, men jag tänkte att det var lika bra att ha det gjort och släppte ner pickupen.

Musiken smattrade igång. Och helsicke så vi hoppade. Golvet bågnade och den tunga nålen for runt som en hackspetts-näbb mot den värnlösa vinylen. Niila var så styvbent av nervositeten att han tappade balansen ideligen, han for in i katedern, knuffade till mig och dundrade sedan baklänges i svarta tavlan så krithyllan vek sig. Själv gick jag storslaget in i katastrofen, jag slutade mima eftersom skivan lät som när man skakar en spiklåda och började skrika i stället på hemgjord engelska. Jag gastade så djävulskt att till och med suddkastarna kom av sig, samtidigt som jag försökte hindra Niila från att hoppa sönder skivspelaren. Och eftersom pickupen skuttade fram och tillbaka tog låten aldrig slut. Niila gjorde ett kast så axelsnöret lossnade och gitarren slungades in i väggkartan, och det blev ett djupt hack i Finland i höjd med Jyväskylä, och äntligen uppfattade jag frökens skrik genom mina vrål medan Niila trasslade in sig i hopprepet och föll styvbent som en älg över mig, och tillsammans rasade vi över skivspelaren så pickupen for av och allting äntligen blev tyst.

Vi låg där i en hög. Niila hade tappat luften och kunde bara andas in och inte ut, han kippade och kippade medan lungorna fylldes till sprängningens gräns. Min läpp smakade blod och salt. Och det var så tyst att man kunnat höra en råtta nysa.

Sedan började tjejerna applådera. Glest men vänligt. Killarna muttrade avundsjukt, och jag fick en stor suddgummiklump i skallen.

Då förstod jag att det ändå inte varit helt misslyckat.

Dagarna som följde blev snärjiga. Niila fick stryk hemma när det avslöjades vad han gjort, men han sa tappert att det varit värt det. Även jag blev hotad till liv och lem av storasyrran när hon fick se sin sönderhackade skiva. Jag klarade mig nätt och jämnt genom att gå med på en stenhård avbetalningsplan där hon lade beslag på min veckopeng en avsevärd tid framöver.

Mera egendomlig var tjejernas reaktion. Som de flesta killar i den åldern upplevde jag mig som blyg och ful, med stripigt hår och potatisnäsa och alltför magra överarmar. Men plötsligt började vi få blickar. Korta, blyga ögonkast i matkön på bamba, snabba leenden från flickklungan utanför syslöjden. Vi fick inbjudan att hoppa långrep vilket vi blygt gick med på. Vi blev kallade tjejtjusare av de avundsjukaste killarna. Alltsammans var förvirrande och ganska skrämmande.

Samtidigt fortsatte vi att lira i garaget, låtar jag hört på radio och sedan återgav ur minnet. Niila hoppade med plankan och jag sjöng. Det lät mindre illa sedan jag kom på att inte spänna halsen, utan mera sjunga nedifrån bröstet. Rösten blev stadigare och kunde ibland faktiskt påminna om musik. Då brukade Niila le inåtvänt och knuffa mig vänligt. Ibland gjorde vi en paus mellan låtarna, diskuterade sambandet mellan flickor och rockmusik, drack Merry och kände oss nervösa.

Situationen drevs till sin spets ett par veckor senare när en tjej som bodde på Strandvägen ordnade klassfest. Efter läsk och popcorn drog man igång sanning och kånka. Innan jag och Niila hunnit smita var vi båda nerpussade, och jag blev ihop med en tjej i fyra dagar innan jag gjorde slut och lämnade tillbaka halsbandet och mässingsringen och fotografiet där hon hade på sig sin spetsblus och morsans läppstift.

Och kort därefter var allting över. Tjejerna hittade mer spännande objekt, äldre killar i sexan. Jag och Niila fann oss plötsligt i bakvattnet och försökte länge få göra en uppföljare till vår roliga timme men blev bryskt nekade av vår fröken. Jag frågade chans på tjejen jag ratat men fick nej. Tillvaron var outgrundlig.

Kapitel 9

*– där våra hjältar börjar på mellanstadiet och med
viss möda lär sig fingersättning*

Efter tre år i Gamla Skolan kunde de flesta av oss snorungar
läsa och räkna, och det blev dags för mellanstadiet i Pajala
Centralskola, en legoliknande låda byggd i gult tegel. Skol-
året inleddes med en kampanj för att vi skulle börja borsta
tänderna. Det fanns ett visst behov om man så säger, vid se-
naste tandläkarkollen hade jag haft sex hål och Niila nio. Det
var lika illa med de andra i klassen, kommunen hade fått
beställa upp en lastbil extra amalgam från Linköping. Nu
fick vi gå in gruppvis till expeditionen och käka färgtabletter
så placken blev äckligt röda, och sedan titta i en spegel och
göra tandborstningsgymnastik inför en allvarlig tant. Vrid
vrid vrid, minst tio gånger på varje ställe. Jag vet inte om det
var därför, eller om vi ska tacka fluorsköljningen, men resten
av grundskolan hade jag inte ett enda hål.

Tandläkarna märkte förstås att de fick borra allt mera
sällan, och såg sig snart om efter nya arbetsuppgifter. Rädd-
ningen blev tandställningarna. Varje vecka var det någon
stackare som skickades dit och kom tillbaka med käften full
av plast och ståltråd. Så fort en tand var det minsta *klinkku*
så skulle den rätas till. För mig var det en hörntand som inte
stod i givakt, och djävlar vad jag fick springa till Folktand-
vården. Tandläkarinnan hade alltid en bekymrad rynka i pan-

nan, hon drog fram tänger och spände ståltråden i betslet så hela skallen värkte. Så fort jag gick ut slackade jag tråden med min cykelnyckel, och så var det bara att vänta till nästa gång. Ibland kom Specialisten upp, en skallig farbror från Luleå. Enda skillnaden var att han spände ännu hårdare, och att hans fingrar smakade cigarill när han grävde runt i munnen.

Med mellanstadiet kom också puberteten närmare. På rasterna kunde man se vad som väntade. Enstaka par i sjätte klass som höll handen och pussades. Flickor som tjuvrökte bakom knuten. Sminkningen som för varje årskurs blev allt djärvare. Det kändes skrämmande, man förstod det inte riktigt. Skulle man själv bli så där förändrad? Jo, det fanns där inom en, man kände det, ett frö. Det svällde redan, och snart skulle man tappa kontrollen.

Eftersom det sades vara nyttigt att kunna flera språk fick vi börja lära oss engelska, medan vår gamla byfinska allt mera sällan hördes på skolgården. Jag började kopiera engelska poplåtar genom att lyssna på Tio i topp. Eftersom vi ännu inte hade någon bandspelare hemma fick jag skriva av sångtexterna så fort jag hann under direktsändningen. Jag förstod ännu inte orden utan stavade fonetiskt, lärde mig allt utantill och sjöng sedan för Niila i garaget låtar som *Åljo nidis lav* och *Övajtö schejd åvpejl*.

Niila blev oerhört imponerad. Vem hade lärt mig engelska?

– Jag själv, sa jag nonchalant.

Niila begrundade det en stund. I nästa ögonblick tog han ett djärvt beslut. Han skulle lära sig spela gitarr.

Av en morbror lyckades jag låna en akustisk som han köpt på en turistresa i Bulgarien. Därefter följde en hektisk tid med anskaffande av nybörjarnoter i en musikaffär i Luleå, introduktion i stämmandets gåtfulla konst, styva och korta pojkfingrar, siffror och prickar som skulle bli toner och inte blev det, fler insikter i stämmandets gåtfulla konst, det kulturfientliga klimatet i Niilas hem som tvingade honom att öva i vårt garage ända tills vinterkölden kom då vi flyttade ner i vårt pannrum, hur vi petade bomull under strängarna så mina föräldrar inte skulle höra och kunna skvallra, det första ackordet som var e-moll och lät som när någon hoppar på ett plåttak, det andra som var a-moll och lät som om hoppandet utfördes av två personer, mitt sjungande till Niilas kompande med så evighetslånga pauser för ackordbytena att jag tappade luften, hans totala brist på humor i de här sammanhangen som fler än en gång utlöste handgripligheter, min totala oförmåga att gissa namnet på den första låten Niila lärt sig trots åtta chanser och min därpå åtföljande dykräddning av gitarren ögonblicket innan den brakade i cementgolvet.

Det pinsamma var att jag själv lärde mig spela på en bråkdel av tiden. Mina fingrar är långa och spretiga, det är ett släktdrag. Handen fann sig hemma som en spindel på gitarrhalsen, den klättrade omkring och vävde ackord med en lätthet som förbluffade mig. Innan Niila slagit sitt första rena ackord hade jag lärt mig *House of the rising sun,* och skaffade mig sedan på krångliga vägar en bok över barré-ackordens klingande djungel. Niila lämnade alltid gitarren i källaren, och så fort jag sett honom försvinna hem kunde jag släppa loss.

Naturligtvis kunde jag inte visa mina färdigheter för Niila. Det skulle ha knäckt honom. Redan i den här åldern började han visa tecken på sina nattsvarta, självföraktande depressioner. Däremellan var han bäst av alla, helt döv för hur illa det lät, uppblåst och kaxig och säker på sin kommande berömmelse. Jag låtsades prova gitarren ibland och spelade fel med flit, och såg honom fnissa så hårt genom näsan att snoret trängde ut. Okej, såna gånger var jag nära att avslöja mig, det fanns en gräns även för mitt tålamod. Men med en kraftansträngning lyckades jag hålla mig.

Det var nu på mellanstadiet som en handfull av grabbarna i klassen började snusa. Plötsligt syntes runda lockmärken på jeansen, och på rasterna spreds en stark och typisk telukt. Ovana som de var blev grabbarna berusade och fick stora pupiller. De började gorma i hörnet där de satt och spred sedan ut sig i korridoren och försökte få flickor intresserade genom att kalla dem fittor och horor. Efter gymnastiklektionerna stod killarna i duschen och drog av förhuden inför varandra. Det började gå berättelser om sådana som knullat. Vi pojkar som var senare utvecklade eller bara rent allmänt blygare såg förfärade på. Förändringen kom så plötsligt. Samma gamla vanliga kompisar var nu påtända av snus och hormoner. Som knarkare ungefär, grälsjuka, oberäkneliga. Instinktivt drog vi oss undan.

Ju mer de snusade desto äckligare tyckte tjejerna att de var. Snus mellan tänderna, snusbruna fingertoppar, spottiga kletprillor på väggar och i handfat. Under lektionstid var snusning förbjudet men det sket de i. Tryckte prillan bara lite plattare innan det ringde in.

En gång blev en av snusarna helt oväntat beordrad fram till katedern. Han skulle hålla en muntlig redovisning som han glömt bort. Alla satt förväntansfulla. Så fort han öppnade käften skulle han vara avslöjad och bli utskälld av läraren vilket alltid var spännande och intressant att titta på. Killen var skraj, det syntes. Han blev vit i ansiktet och darrade lite. Sedan började han mumla. Hela klassen stirrade med spänt intresse. Killen höll munnen nästan stängd och fick en uppmaning av läraren att prata högre. Han lydde, men satte samtidigt papperet framför munnen.

– Du har väl inte lagt in snus? frågade läraren.

En huvudskakning.

– Du vet väl att det är förbjudet!

En snabb nick.

– Får jag titta!

Killen stod stelfrusen medan läraren lyfte på hans läpp. Det gick ett par sekunder. Sedan fick han överraskande gå och sätta sig. Inget skrikande och klander, inget hot om anmärkning eller samtal med rektorn.

Alla var både besvikna och förbryllade. Under rasten flockades klassen runt killen och undrade vad som hänt. Han såg sig lugnt omkring.

– Jag svalde snuset, sa han lågmält.

Han blev omtalad för det länge efteråt.

Redan nu i sexan började Niilas taffliga förhållande till tjejer bli tydligt. Det hade inte med hans utseende att göra, även om han inte var någon skönhet med sin finska potatisnäsa, utstående kindben och hår som blev fett hur ofta han än tvättade det. I kroppen var han gängligare än jag och kanske lite fumlig, spretig i rörelserna. Men motbjudande var han inte. Tvärtom hade han en sorts lågintensiv utstrålning, en energi som kilade runt som ett djur i bur och sökte en lucka. En inre eld är kanske för mycket sagt, snarare något varmt och sårigt. Det grodde i honom och flickorna märkte det, där fanns en vilja, en ryggrad som tjocknade till en rot.

Nu är det ju så med tjejer att de är olika. Många söker det stabila, de vill ha grabbar som stiger upp tidigt på morgonen, grabbar som kan greppa verktyg och vapen, som bygger egnahem på föräldratomten i Anttis eller Jarhois och bereder potatislandet med morbroderns jordfräs. Den sortens helylletjejer blev obehagliga till mods när de mötte Niila. Jag såg det hända flera gånger genom åren. Han skrämde bort dem genom att tiga och flacka med blicken, eller ännu värre, låtsas överlägsen. Jag försökte lära honom det mest elementära i friandets konst, inte för att jag själv hade så stora kunskaper i ämnet, men lika borta som han var jag då inte. Grundregeln var att välja tjejer som tyckte om en. Hur otroligt det än lät så fanns det alltid någon som var åtminstone lite intresserad. Det var dem man skulle satsa på. Niila gjorde alltid tvärtom, han blev alltid kär i tjejer som gjorde honom illa. Flickor som inte såg honom, som hånade honom inför gällt fnissande kompisar, flickor som var alldeles för snygga eller elaka och som bollade med honom som katten med en fågelunge. Det var plågsamt att se. Hela tiden fanns det andra tjejer i bakgrunden, inte min typ visserligen, men ändå. Tjejer som ville tappa fotfästet. Som ville ta risker, hänga i fingertopparna på en klippvägg, som ville dyka ut i natthimlen. Konstnärliga tjejer, tankfulla tjejer som skrev dikter i Evas Kalender, som funderade över Gud och sadomasochism, tjejer som läste vuxenböcker och satt i köket och lyssnade när farbröderna pratade politik. Det var en sådan han skulle behövt. En brådmogen och fingerstark kommunistflicka från exempelvis Aareavaara.

Det här var ju innan sexualiteten på allvar kom in i bilden. De där inledande pubertala åren när barndomens bästisrelationer och hackordning byttes mot en ny rangordning, grundad på attraktionskraft. Kutryggiga, rädda småflickor kunde plötsligt växa upp till slanka skönheter med höga kindben. Små fjunlockiga gossar med skrattgropar kunde förvandlas till stornästa babianer med utstående hörntänder. En stum Erkheikkikille kunde plötsligt börja tala och utveckla en lågmäld, oemotståndlig charm medan en pratglad Pajalatjej kunde försvinna i oförklarliga depressioner och sakta förvandlas till någon man inte längre räknade med.

Själv hörde jag till de barn som blev fulare med åldern medan min utstrålning däremot stärktes. Niila blev både fulare till utseendet och otrevligare att umgås med, och musiken blev väl hans enda andningshål i världen.

Jag försökte lära honom det enkla knepet att tänka på döden när man stötte på brudar. Det har hjälpt mig själv många gånger genom åren och är förvånansvärt effektivt. Jag kommer alltså att dö om några futtiga årtionden. Min lekamen ska utplånas för tid och evighet. Samma sak kommer att hända med tjejen, vi ska alla snart stampas ut och försvinna. Om tusen år är våra liv, alla våra ljuvaste drömmar och värsta rädslor upplösta i jord och aska. Vad spelar det då för roll om hon nobbar eller är snorkig eller skrattar en rätt i ansiktet? Tack vare denna krassa inställning har jag emellanåt uträttat märkliga ting på kärlekens område, vågat stöta på livsfarligt vackra kvinnor till exempel, och ibland faktiskt också fått leka med dem.

Det här var det enda rådet som Niila verkligen lyssnade på. Han började tänka på döden oftare än på tjejer. Grabben blev kort sagt riktigt outhärdlig. Inom kort skulle han behöva min hjälp, men om detta visste vi båda ännu ingenting.

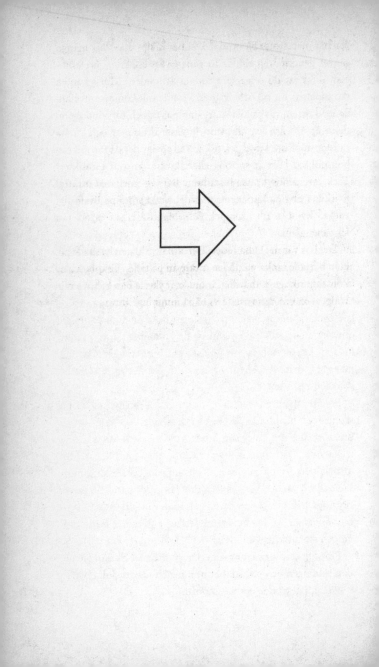

Kapitel 10

– om ovälkomna nattbesök, en benrangelstackare
med gåvor och hur man får hjälp i trängda lägen

Någonstans i min kropp slogs en strömbrytare om, och resan inleddes på allvar. Puberteten. Det var på vårterminen i sexan, och det var inget dramatiskt som inträffade, jag blev bara intensivt medveten om en förändring. Det var inte något i kroppen, ännu inga yttre tecken, utan det var i hjärnan. Något hände därinne, någon tog plats i den. En som påminde om mig men ändå var en annan. En lynnighet kom in i mitt liv som jag inte alltid kunde hantera. En otålighet som jag inte själv förstod. Och ett oväntat, ett verkligt överraskande starkt intresse för sex.

En eftermiddag i slutet på vårterminen i sexan låg jag på sängen och bläddrade i en Lektyr. Jag hade köpt den i smyg under ett besök i Luleå där ingen kände en och kunde börja trakassera. Det fanns inget värre än menande blickar från medelålders papiljottanter på Konsum som kände både morsan och farsan och vars snygga döttrar gick i parallellklasser. Att köpa Lektyr var att erkänna att man var kåt. Och därmed blottade man sig, hamnade i underläge och kunde börja rodna och stamma.

Plötsligt stod han i mitt rum. Jag ryckte till och slängde undan tidningen och vek snabbt upp benen för att dölja bulan.

– Fan, jag trodde det var morsan!

Niila svarade inte. Han hade glidit in på sitt vanliga, ljudlösa sätt och stod nu orörlig som en vägg. Jag försökte dölja min blyghet, och tänkte att anfall är bästa försvar. Buffligt slog jag upp veckans utvik. Svart spetsbehå, sugande blick och röda, högklackade stövlar.

– Sätt upp henne på väggen hemma, föreslog jag kallt.

Niila ryggade till vid den omöjliga tanken. Men han kunde inte släppa tjejen med blicken. Han gjorde ingen ansats att ta tidningen, så jag bläddrade åt honom och visade bild efter bild.

– Kolla, hon har bundit fast honom. Och titta där, gummikläder. Och det här brevet måste du Niila ha skrivit: *Jag miste svendomen på konfirmationslägret.*

Jag såg hur det kittlade i Niila. Men samtidigt var han stel, avvisande, mån om sin värdighet. Huvudet vibrerade en aning, som om han spände halsmusklerna till det yttersta. Ju räddare han blev, desto mer försvann min egen skam, han fick bära den åt mig. Ivrigt tryckte jag blaskan i hans händer.

– Du måste välja tjej, Niila! Nån från tidningen, vem skulle du ta?

Då var det som om han tappade luften. Han sjönk ner på en stol och suckade till, lutade sig framåt som om han blivit sjuk, ett inte alltför ovanligt beteende hos blyga tornedalingar när de känner sig tvingade att ta till orda. Han harklade sig och svalde så rösten fick plats i munnen.

– Farmor..., sa han och tystnade.

– Ja vad är det med henne? försökte jag hjälpa honom.

– Hon... hon är död...

– Jo jag vet, det var ju länge sen.

– Men hon har kommit tillbaka!

Och nu när proppen släppt kom resten också, stötigt, rosslande. Med stigande fasa hörde jag Niila lätta sitt hjärta.

Farmodern hade börjat spöka. Drygt tre år efter sitt frånfälle hade hon återvänt till sitt gamla hem. Trots att hon begravts under laestadianska hedersbetygelser hade hon inte fått frid.

Första gången han sett henne hade hon varit en suddig fläck, påminnande om de vandrande ljusprickar man kan se i ögats ytterkanter. Snart började han känna ett svagt vinddrag också, som om någon andades på honom. Med tiden hade hon tagit allt fastare form, svällt ut och även börjat ge ljud ifrån sig. Gradvis tog hon tillbaka sin plats i familjen. Hon vaggade nedför vindstrappan med styva höfter, bred och gisten. Flera nätter hade hon satt sig och ätit vid köksbordet, mosat potatis och morötter i den kvarblivna köttsoppan till en grå välling som hon ljudligt sörplade i sig. Hon luktade oerhört illa. Sötaktig tantsvett, blandat med odörer från en unken, underjordisk värld.

Det underliga var att enbart Niila tycktes lägga märke till henne. En gång hade tanten stått mitt på köksgolvet och fångat flugor, och sedan med sina gula fingertoppar mosat ner dem i pölsagrytan mitt på bordet. Alla utom Niila hade fortsatt äta med god aptit.

Niila delade rum med sin storebrorsa Johan i pörtets övervåning. Brodern hade växtvärk och därför ett enormt sömnbehov, på karlars vis sov han tungt och snarkande medan Niila däremot var mycket lättväckt.

En natt helt nyligen hade Niila varit mitt inne i en stark dröm. En mycket stark dröm, upprepade han svagt rodnande så att jag begrep vad det rörde sig om. Men mitt i njutningen hade en varningssignal nått in, och med ett ryck hade han slagit upp ögonen.

Tätt lutad över honom stod farmodern. Hennes kinder var skrynklade i en ursinnig vrede, hennes tandlösa mun stod öppen och glappade kring ohörbara ord medan en sur vätska droppade ner i hans ansikte. Niila hade skrikit så högt att Johan slutat snarka och vänt på sig. Men då var vålnaden redan borta.

Och nu i natt hade han väckts igen. Denna gång hade gumman lagt sina klohänder runt hans hals. De hade varit kalla som järn. Hon hade börjat pressa, men saknat den avgörande kraften, panikslagen hade han lyckats sparka sig fri. Fram till gryningen satt han inlåst på toaletten med lyset tänt och en morakniv till försvar. Han hade hört knäppningar från låskolven och sett självlysande gas tränga in vid tröskeln, men den hade försvunnit när han stänkt hett vatten.

Niila vek undan skjortkragen, och jag upptäckte en blåröd rand över halsen, som om någon dragit åt ett rep. Det påminde om en frostskada, en döende ränna i huden.

Jag hade lyssnat på Niila under stigande fasa. När han var klar ville jag säga något, försöka trösta lite, kanske muntra upp honom. Men jag kunde inte. Hans ansikte var tomt och förslappat, det liknade en gammal människas.

– Det här är för stort, mumlade jag.

Niilas huvud darrade ännu värre. Så drog han fram den gamla Beatlessingeln och räckte över den. Jag fick ärva den meddelade han kort, något annat av värde ägde han inte.

Jag bad honom tiga, men kände hur jag smittades av olusten. Rädslan steg längs benen, och jag reste mig hastigt.

– Du får sova hos mig.

– Sova? viskade han som om ordet saknade innebörd.

Jag sa att det var enda chansen. Så snart alla lagt sig skulle Niila smyga sig ut genom fönstret, klättra nedför brandstegen och tillbringa natten i mitt rum. Sedan kunde han återvända i gryningen när faran var över. Inga föräldrar behövde underrättas, om vi bara skötte det snyggt.

Därefter skulle spadar anskaffas, en grav uppgrävas på Pajala kyrkogård och en spetsad furukäpp med kraft drivas igenom ett vrångsint kärringhjärta.

Niila som inte hade TV hemma och därför saknade den mest grundläggande allmänbildning vägrade gå med på det. Jag insåg också själv svårigheterna, inte minst nu under de alltför ljusa vårnätterna.

Då återstod bara en möjlighet. Både jag och Niila visste att det måste komma. En av oss skulle till sist föreslå det. Det blev jag.

– Vi får gå till Ryssi-Jussi.

Niila bleknade. Blundade. Tog sig om halsen som om han lagt huvudet i en snara.

Ryssi-Jussi var en av Tornedalens sista riktiga gårdfarihandlare, och en av bygdens mest fruktade personligheter. En kråkliknande, framåtlutande gubbe, skrynklig som en sättpotatis med kinderna täckta av leverfläckar. Hans näsa var böjd till en näbb, ögonbrynen hopväxta och läpparna flickaktigt stora, röda och våta. Till humöret var han besk och hånfull, långsint och hämndlysten. En man undvek om man kunde.

Fågelskrämman trampade runt under långa turnéer mellan skogsbyarna på en damcykel med en resväska av hårdpapp på pakethållaren. Han klampade in i köken som en myndighetsperson och fyllde köksborden med skosnören, dragkedjor, hårvatten, knappar, tygnäsdukar, rakblad, trådrullar och råttfällor. Men längst in i väskan, i ett särskilt fack, hade han det som gjorde honom efterfrågad, ja rent av efterlängtad. Det var små burkar med en brun, simmig sörja som på tornedalsfinska kallades *nopat*. Extraktet hade den egenheten att det kunde väcka sexlusten hos den mest söndertröskade kärring och bota den mest hopplösa gubbslaka. Ryktet berättade att dropparna kom från en särskild svamp som Ryssi-Jussi hämtade i norra Finland, och som av vittnesmålen att döma måste ha innehållit åtskilliga hallucinogener.

Jussi var född som oäkting i den dåvarande ryska provinsen Finland strax före sekelskiftet. Modern som var ladugårdspiga hade uppfostrat honom till hat mot den överhet och de storbönder som kunde våldta sina tjänstekvinnor utan påföljd, och som tonåring hade han 1918 gått in i kampen på de rödas sida i inbördeskriget. Efter nederlaget hade han som så många olycksbröder flytt till det nyfödda arbetarparadiset Sovjetunionen. Men det dröjde inte många år förrän Stalin började härja, och eftersom varje utlänning började betraktas som spion hade Jussi blivit arresterad och skickad till Sibiriskt arbetsläger. Där samlades de finska och tornedalska kommunistbröderna och försökte intala varandra att de var offer för ett fruktansvärt misstag som landsfadern Josef inom kort i sin visdom skulle upptäcka, och att de vilket ögonblick som helst skulle friges under högtidliga ursäkter och hedersbetygelser.

En av medfångarna var en lappgubbe från Kolahalvön. Redan vid fängslandet hade han varit avmagrad av svält eftersom samebyarna ersatts av kolchoser, och inget ont sagt om Stalin, men någon hejare på renskötsel var han då inte. Benrangelstackaren kände slutet närma sig, och eftersom han delade brits med Jussi blev denne hans förtrogne. På en blandning av skoltsamiska, finska och ryska frammumlades berättelser om gåtfulla krafter och händelser. Om bölder som helats, om galenskap som läkts, om renhjordar som letts oskadda genom vargtäta nätter. Det fanns ord. Det fanns ögon som reste genom luften som två testiklar medan ägaren låg under en renfäll. Det fanns blod som rann baklänges in i såret tills bara ett vitt märke återstod. Det fanns, kort sagt, en möjlighet att ta sig härifrån.

Under långa köldnätter undervisade lappgubben Jussi hur denne skulle rymma, och hur han på det sättet kunde rädda med sig den urgamla visdomen in i den okända framtiden, där den med all säkerhet skulle behövas.

– När jag dör, rosslade gamlingen, bär du ut mig i snödrivan. Vänta tills jag blivit stelfrusen, det går nog ganska fort, vänta tills jag är stel och hård. Då bryter du av mitt vänstra lillfinger. Där har jag samlat kraften. Bryt loss fingret och svälj det innan vakterna ser dig.

Kort efteråt dog gubben, så mager att han skramlade när Jussi ruskade på honom. Jussi följde då anvisningarna och ställde ut gubben i den Sibiriska frysboxen. Med en snärt bröt han av det smutsiga lillfingret vid leden, stoppade det raskt i munnen och svalde det helt. Och aldrig mer blev han densamme.

Jussi väntade till en vårvinterkväll i slutet på april. Tidpunkten hade blivit den rätta, skaren var hård och lättgången. Medan lägervakterna hade haft en av sina dystra, sentimentala vodkafester hade Jussi gått på avträdet. Där förtrollade han sig till kvinna. Hon klev ut. Hon stod där, smutsig och trasig men vacker. Försynt knackade hon på hos vakterna. Med mild älskvärdhet hetsade hon dem mot varandra tills knogar och munnar blödde och flyktvägen stod fri. Med två torra brödbitar och ett avbrutet knivblad påbörjade hon sin långa färd mot Finland.

Nästa morgon tog karlarna upp en hänsynslös klappjakt. Men när soldaterna hann ifatt henne förvände hon deras lukt så de slets sönder av sina egna hundar. Av de döda männen skar hon sedan till sig ett ordentligt köttförråd, och med deras skidor på fötterna dröjde det mindre än två månader innan hon kunde krypa under taggtråden vid finska gränsen. För säkerhets skull fortsatte hon över hela Finland också, genom de väldiga skogarna tills hon kom till Torneälven. Och där, på andra stranden stannade hon. I svenska Tornedalen.

Först nu i säkerhet försökte Ryssi-Jussi trolla sig tillbaka till man, men lyckades inte helt och hållet. Det hade gått för lång tid. Och resten av sitt liv klädde han sig därför i kjol. Oftast en grov och lång av stampad ull, men till helgerna brukade han byta till en finare svart. Dessutom bar han alltid en sjal över sina långa vita hårtestar, och under sina viloperioder

i pörtet dessutom ett hemsytt förkläde, men inte ens i Torne-
dalens allra råaste byar tordes någon enda flina. I stället vek
man undan blicken och lämnade vägen fri när Ryssi-Jussi
kom cyklande, framåtböjd och kraftigt vaggande från sida till
sida med stickande ögon och fladdrande kjol. En basröstad
häxa, axelbred som en skogsarbetare men med en kvinnas
hela genomträngande slughet.

Vi slank ut i den klara vårkvällen och skyndade oss hem till
Niila. Vid ladugårdsknuten stod storebroderns flakmoped.
Niila frikopplade och rullade den bort genom det gula fjol-
årsgräset mot en upptrampad stig. När vi kommit utom hör-
håll trampade Niila igång motorn. Blåvita avgaser hostade
ut. Jag satte mig tillrätta på flaket. Niila petade i ettan med
handväxeln och styrde ovant upp oss på landsvägen. Lång-
samt fick vi upp farten, och med rasslande växlar och bol-
mande tvåtaktarrök puttrade vi ut genom Pajala.

Vi valde den gamla grusvägen på andra sidan älven som
var minst trafikerad ifall Gällivarepolisen var ute med sina
trafikkontroller. Saven steg i markerna, det var strax innan
sommarens gröna örfil. I mossan ruttnade fjolårslöven, björ-
karna stod kala med svällande knoppar, och på solsidan av
diket hade värmen väckt spirande fräkenstänglar som på ett
kusligt sätt liknade långsmala ståkukar. Älven låg blåsvart
och bred efter islossningen. Vi smattrade uppströms längs
den smala grusvägen, branta backar upp och sedan ner föl-
jande skogsåsarnas former, porlande diken, spirande starr-
gräs i gölkanterna. Jag halvlåg på flaket och fyllde mina pojk-
lungor med sav och vårkådor. Kvällskylan steg ur sänkorna
och jag kände den sila sig in genom långkalsongerna. En enda
gång mötte vi en bil, en kille som pressade fartrekordet hos
sin trimmade Amazon på den laglösa raksträckan en bit in-
nan Autiobron. Gruset smattrade mot plåten när han dånade

emot oss. Jag satte mig oroligt upp, han lyfte inte ens ögonen från mätaren när han passerade oss som en trumpetstöt.

Vi korsade älven via landsvägsbron och fortsatte längs den bredare, asfalterade Kirunavägen. Erkheikki och Juhonpieti gled förbi med sina rödmålade pörten och slåtterängar innan skogen åter tog vid. Här och där skymtade vi älven bland trädmassorna som en speglande plåt. Den låg utsträckt på rygg och stirrade upp i den vårljusa rymden med sina sträckande flyttfåglar.

Slutligen vek vi av på en knölig skogsväg. Vi guppade och krängde i en svag nedförsbacke medan skogen glesnade och ljusnade. Till sist låg älven där med en sista issträng på stranden. Längre upp låg några magra ängar, en gång framhackade ur vildmarken men nu översållade av småaspar och spädgranar. En bit upp i backen, utom räckhåll för vårfloden, låg ett gammalt timmerpörte. Det var gråtimrat med svarta fönsterglas. Vid farstubron stod en damcykel.

– Han är hemma, mumlade jag nervöst och klev av flaket. Stjärten ömmade efter den långa åkturen. Niila slog av motorn, och det blev oerhört tyst i nejden. På darriga ben tassade vi över gårdsplanen och bort till brotrappan. Gardinerna rörde sig i fönstret. Jag knackade på och sköt nervöst upp den gistna ytterdörren. Så klev vi in.

Ryssi-Jussi satt vid köksbordet. Han var klädd i ett solkigt förkläde som en gång varit vitt, och över hjässan bar han en brunaktig, slarvigt knuten huvudduk. Flottiga grå hårtestar stack fram och hängde över axlarna. Det luktade starkt i köket av gammal människa, en syrlig och kväljande odör, en blandning av vidbränd mjölk och härsket fläsk. Där var också den typiska pörteslukten man kunde finna i hela Tornedalen, en svagt unken täv från jordkällare och trasmattor, köld och gammalt ylle. Fattigdomslukterna som trängt in i själva husstommen och som aldrig helt försvann hur mycket man än renoverade.

– *No nykkös tet tuletta.* Så det är nu ni kommer.

Han pekade mot bordet där två rykande kaffekoppar redan stod framdukade. Han måste ha känt på sig att vi närmat oss. Blängande under lugg började vi sörpla i oss kaffet som hade en underlig bismak av det sura brunnsvattnet.

Efter en barsk uppmaning började Niila mumla fram hela sin berättelse på finska. Det var allt ifrån farmoderns bortgång för tre år sedan till hennes ohyggliga återkomst och försåtliga mordförsök med händerna kring Niilas strupe. Ryssi-Jussi rafsade långsamt i skäggstubben med ett långsmalt pekfinger. Nageln var utväxt och noggrant filad till en spets. Vid nagelbandet satt rester av rött lack.

När vi tystnat gav gubben oss en underlig blick. Ögonen stelnade, blev glasartade och hårda. Ansiktet skrynklade ihop sig till en knut. Och mitt bland rynkorna vidgade sig pupillerna till svarta bössmynningar. Hans vänstra hand började skaka, lillfingret började slå som en vimpel i alla riktningar innan det plötsligt styvnade rätt ut. Långsamt mjuknade ansiktshuden och blev blåaktigt mörk av blodådror. Vi tordes inte röra oss.

– Jo det finns ett sätt, sa en lugn och mycket vacker stämma på finska.

Gubbknarret var borta. I stället hördes en överraskande varm och fyllig altröst. Och med ens såg vi kvinnan. Hon hade funnits där hela tiden, gömd under ytan. Nu lutade hon sig fram därinne som bakom ett mörkt fönsterglas, tryckte sig mot gubbens rynkor och slätade ut dem inifrån. Hon var en skönhet. Fylliga kvinnoläppar, en hög och slät panna, välvda ögonbryn, bittra och mycket sorgsna ögon.

– Det finns ett sätt..., upprepade hon dröjande och vände sig bort till hälften. Kärringen ska jorda sig... kärringen försvinner om ni skär bort kuken på henne...

Hon tystnade. En skälvning drog genom den långa kroppen som när snön rasade av en gammal gran. En frustning slapp ut mellan läpparna, och vi ryggade för den hartsluktande andedräkten. Sakta kom Ryssi-Jussi tillbaka. Han verkade trött och frusen, slog armarna omkring sig.

– Ni sover väl över, sa han bedjande och såg plågsamt ensam ut.

Vi tackade nej så artigt vi förmådde.

– Nog fan att ni stannar! befallde han med vresigare stämma och drog samman ögonbrynen till ett ogenomträngligt snår.

Vi tackade och tömde kaffekopparna, tackade, och tackade igen medan vi drog oss baklänges mot dörren. Ryssi-Jussi reste sig och började följa efter oss. Han log inbjudande med våta läppar och sträckte ut armarna till en kram. Vi vräkte upp dörren och rusade bort till mopeden. Skräckslagna slängde vi oss upp. Den startade inte. Niila chokade och trampade men inget hände. Motorn var stendöd. Jag försökte knuffa igång den. Ryssi-Jussi klev nedför trappan i tofflorna med en vädjande blick.

– Hålla lite…, bara känna lite…

Plötsligt hade jag hans spetsnaglar i ryggen. De började trippa som klor, nedåt mot midjan.

– *Hiiri tullee*… Råttan kommer…

Ner på stjärten. Jag vände mig häftigt om. Och hans mun var över mig, stor och våt som en påse, den rann över ansiktet och jag höll på att drunkna. För blött, alldeles för blött…

Långsamt smekte han mig och blickade mig djupt i ögonen. Han måste märka det. Han måste se att jag inte ville!

Jag vred mig. Han höll emot, gjorde sig hård. Handen som sökte och sökte.

Men sedan brast det. Masken gick sönder. Tårar vällde fram och svämmade över. Han lät mig se det, han stod vidöppen i sin smärta och väntade att jag skulle rädda honom.

Men jag var inte där. Hukande vände han sig om och hasade tillbaka in i pörtet.

I samma stund startade motorn. Uppjagade gasade vi bort över gårdsplanen mot skogsbilvägen. Pörtet försvann bakom tallarna. Skogen omgav oss med sitt lugna dunkel, trädtopparna glänste högt däruppe i aftonsolen. Jag höll fast mig i flaket av alla krafter för att inte skumpa av i farten. Kände hur spänningen släppte, hur krampen i mellangärdet smälte.

– Vi klarade oss! skrek jag genom motordånet. Niila sänkte farten. Jag kände fortfarande smaken av gubben och hans unkna kaffe och spottade i det förbirusande gruset. Farten minskade ännu mer, vi rullade allt långsammare och till sist stod vi stilla. Motorn slocknade och blev tyst. Jag såg undrande mot Niila. Han stirrade frånvarande mot den närmaste vägkröken.

– Det brinner, sa han.

Jag förstod ingenting. Han började tugga med käkarna som om han åt, jag hörde tänderna gnissla mot varandra.

– Vi dör nog, konstaterade han med svajig röst. Så klev han av sadeln och började trippa på tårna. Ner i diket, vinglande.

– Vänta! skrek jag och for efter. Då märkte jag hur svårt jag hade att nå ner till marken. Den hade sjunkit en decimeter, strax utom räckhåll för mina fötter. Jag fick inget grepp när jag försökte gå, utan började glida i stället med osäkra skridskoskär. Niila var redan inne i skogen, jag väjde för grenar och grenslade en risig spädbjörk som nästan fick mig att falla.

– Niila, stanna!

Han stirrade intensivt på sin vänstra hand som om den var en främmande, obehaglig organism som fastnat på hans kropp.

– Rött, sa han.

I den stunden såg jag det också. Från hans fingrar steg hetsiga röda eldsflammor. När han vred handen lossnade skinnbitar som antände hans kläder. Skräckslagen såg jag mig om. Det var för sent. Hela skogen hade börjat brinna. Vi var omringade av en rasande men alldeles ljudlös skogsbrand. Niila hade haft rätt, vi skulle dö. Och samtidigt var det så vackert. En sådan omtumlande skönhet. Mitt i rädslan fick jag tårar i ögonen, ville omfamna trädstammarna medan vi förtärdes. Färgerna växte och vidgades. Smörgult, brandgult, köttrött och små violetta spjutspetsar som regnade mellan trädtopparna. Nu lyfte jag ännu mer från marken, jag fick grabba tag i Niila för att inte flyga iväg. Jag kände hur huvudet var lättare än resten av kroppen, en ballong som slet mig uppåt. Elden tryckte sig tätare och nådde oss från alla sidor. Vi stod där som svarta rör i denna glödande smälta och väntade på smärtan.

I samma stund drog Niila fram kniven. En glänsande fickkniv, platt som en liten fisk. Med tumnageln petade han upp bladet. Och när jag höjde blicken kände jag is i hjärtat, en köld som spred sig ut i lemmarna fastän elden pressades mot huden. Jag stod som en istapp i en kokande köttsoppsgryta och skrek, och det kom luftbubblor.

Där stod kärringen. Niilas farmor. Hånskrattande närmade hon sig med sin tandlösa mun, en skrumpen vålnad i liksvepning med armarna utsträckta som till en kram. Längst ut vaggade hennes gula stryparhänder. Niila högg, men hon fångade hans handled med en huggorms snabbhet, hon greppade den hårt och bröt den sakta bakåt. Och hela tiden skrattade hon och det droppade som korvfett i elden. Niila slog desperat med sin fria hand och fick grepp om hennes hårknut. Han ryckte av alla krafter i den gråa, tjocka bullen. Hon började yla och nöp fast naglarna kring hans struphuvud. Kände hans puls därinne, den lilla pickande fågeln, och tryckte till. Som när hon smulade en insekt, en knäppning och lite safter. Niila luggade hårknuten som ett skatbo. Jag försökte lossa hennes strypgrepp, men näven satt som en tång. Niila tomgapade, tomskrek, ögonen svällde av blodstockningen. Så slet han desperat snett bakåt. Raaatsch! Hårknuten lossnade som en grästorva. Den singlade iväg med bitar av den murkna svålen. Kärringen släppte sitt grepp med ett vrål och famlade efter hårbullen. Hastigt slet Niila upp hennes särk. Hon var naken under. Två gamla rynkiga kvinnoben, en svart hårbuske emellan. Och mitt i hårbusken satt något ohyggligt. Ett skaft. Det levde. Ett slingrande ormdjur. Det högg mot Niila och spottade. Han grep om det knotiga huvudet, höll det hårt och skar med ett raskt snitt av kuken vid roten.

I samma stund öppnade kärringen gapet. En rasslande vindstöt drog genom eldhavet, och under henne öppnades marken. Som om någon slitit i fötterna drogs vidundret ner i mossan. Till midjan, bröstkorgen, ner till halsen. Men inte förrän det hårlösa kraniet helt försvunnit tystnade hennes fasansfulla skrik.

Niila stod med den drypande lemmen i näven. Jag vidrörde den med en rysning, kände de styva svarta stråna. Fortfarande fanns det liv kvar i stumpen, den gjorde ansatser att ta sig loss. Men han släppte den inte.

Och sedan tog det slut, sedan kom mörkret. Sedan slutade det äntligen brinna.

När vi vaknade hoprullade i mossan frös vi som hundar. Skogen omgav oss grå och råkall. Kniven låg nedsolkad i gryningsljuset, men lemmen var spårlöst försvunnen.

– *Nopat*, stönade Niila.

Jag nickade huttrande. Gubbfan hade kryddat kaffet. Under stelfrusen tystnad körde vi hemåt. Flera gånger tvingades vi stanna och göra åkarbrasor, intensivt längtande efter våra varma sängar.

Veckan efter fick vi våra första könshår.

Kapitel 11

– där två tjurskallesläkter förenas genom giftermål,
varvid muskler sväller och bastun eldas

Min farsa var av det tysta virket. Han hade haft tre mål i livet och lyckats med samtliga, och utstrålade ibland en självbelåtenhet som retade mig allt mer ju äldre jag blev. För det första hade han velat bli stark, och skogsarbetet hade gett honom svällande muskler. För det andra hade han velat bli ekonomiskt självförsörjande. Och för det tredje hitta en fru. Eftersom han lyckats med allt detta var det nu min tur att föra facklan vidare, och jag kände hur trycket på mig ökade för varje dag. Gittarplinkandet stod i varje fall inte högt i kurs. Däremot satte han mig gärna att såga ved med den slöaste såg han kunde finna för att stärka mina överkroppsmuskler. Då och då kollade han att jag inte maskade, sköt fram sin stora underkäke som liknade en träsko och vred till skärmen på kepsen som fick dåligt fäste på hans låga och bakåtlutande panna. Han hade svag skäggväxt vilket är ganska vanligt bland tornedalingar, så hans kinder var ljust feta och nästan babyaktiga, och mitt i denna vetedeg stack näsan upp. Den liknade en rädisa som någon slängt så den fastnat en aning snett, och jag hade alltid lust att nypa och vrida till den.

Han stod där utan att säga något medan jag sågade och svettades. Till sist sträckte han fram näven och mätte mina överarmar mellan tummen och pekfingret, och tänkte att jag borde blivit en flicka.

Själv var farsan skapt bredaxlad, precis som hans åtta bröder, de hade alla samma bulliga muskelfästen över skuldrorna och samma grova tjurhals som stack ut liksom på framsidan av kroppen så att de verkade lätt kutryggiga. Det är synd att jag själv inte ärvde mer av detta, om inte annat så för att slippa höra gubbdjävlarnas kommentarer i fyllan på släktens högtidsdagar. Men merparten av musklerna var väl ändå, precis som hos farsan, resultatet av hårt kroppsarbete ända sedan trettonårsåldern. De hade alla börjat i skogen då. Huggit och slitit under vintrarna för att fylla ackordet. Därefter flottningen när våren kom, och så höbärgning och myrslåtter och dikningsprojekt för att få några kronor i statsbidrag, och sedan på sin lediga tid hade de yxat ihop en kåk åt sig själva och stått och handsågat brädor hela natten. Det var ett slit som gjort dem sega som smidesjärn från Kengis.

Min yngste farbror Ville hade alltid varit ungkarl, och många trodde att han så skulle förbi. Många gånger hade han varit i Finland och friat, men det nappade inte, och han förstod inte vad han gjorde för fel. Till sist hade en granne gett rådet:

– Du måste köpa bil.

Ville följde rådet och köpte en gammal Volvo. Sedan körde han till Finland ännu en gång och blev förlovad på direkten, och förundrade sig över att han inte kommit att tänka på en så självklar sak tidigare.

Bröllopet hölls mitt i sommaren under semestern, och föräldrapörtet fylldes av släktingar. Jag skulle snart fylla tretton och fick för första gången sitta vid vuxenbordet. En mur av tigande karlar, skuldra vid skuldra som stenblock, och här och var deras vackra fruar från Finland som blommor i en klippvägg. Som brukligt var i våran släkt sa ingen ett ord. Man väntade på maten.

Måltiden började med hårdbrödmackor och lax. Varenda en av karlarna vände på brödet så hålen kom nedåt innan de började bre. Man skulle spara smör som de fattiga föräldrarna lärt dem. Sedan på med nyskurna skivor av den gravade sötsalta laxen, tjuvfiskad på nät i Kardistrakten. Iskallt öl. Inga onödiga kommentarer. Bara brudparet som satt vid kortänden uppmanade alla att ta mer. Hårdbrödknaster från malande tjurkäkar, breda hukande ryggar, hopdragna ögonbryn och koncentration. De inlånade tanterna i köket hivade upp fat och flaskor från matkällaren. Brudens mamma som var från finska Kolari och alltså kände traktens seder sa att så ynkligt lite hade hon aldrig sett arbetskarlar äta, varpå alla tog en ny portion.

Sedan kom köttsoppsgrytan på bordet, ångande som om den brann med möra renköttsbitar som smekte gommen, gyllene rovor, kryddsöta morötter och smörgul mandelpotatis i tärningar i en mustig buljong som smakade svett och skogsmarker där fettet låg smält i cirklar på ytan som vakringar i selet från harrar en andlös sommarnatt. Intill ställdes ett tråg med nykokta märgben. Ändkotorna var avsågade och träpinnar låg bredvid så det bara var att peta ut det gråfeta därinne, långa märgsträngar så mjälla att de smälte på tungan. Karlarna log inte men fick en ljusare ton i hyn och suckade inom sig av lättnad över att det var mat man kände igen och uppskattade, mat som fyllde buken och som gav must och styrka. Vid högtidliga tillfällen som framför allt bröllop kunde den mest pålitliga och förnuftiga släktmedlem få stolliga idéer om vad som dög och var fint nog, och börja servera gräs som benämndes sallad och såser som smakade tvål och lägga för många gafflar vid tallriken och servera en dryck kallad vin, så sur och besk att läpparna skrumpnade så man kunnat ge vad som helst för ett glas kärnmjölk.

Man började sleva och munna. Det var ett mäktigt sörpel

som gladde koktanterna in i själen. Man fyllde mungrottan med buljongsälta och skogsvuxet kött och rotfrukter som svällt och mognat i hemmajorden, man spottade kotor och senor och sög märgben och kände fettet droppa från hakspetsen. Tanterna sprang runt med rieskafaten, fyllda av nygräddade brödkakor med en kvardröjande arom av björkrök från bakugnen, ett bröd ännu så hett att smörklickarna smälte, bakat på mjöl från norrländskt korn som fått mogna i vind och sol och starka regn, ett fylligt bröd som fick en bondkäft att stanna i ren salighet och ögonen att vändas uppåt medan tanterna sneglade stolt mot varandra och flinade och klappade mjölet från sina knådarhänder.

Nu var rätta tidpunkten för första snapsen. Flaskan bars fram tassande långsamt av den gumma som var minst religiös. Karlarna hejdade sig, vaggade sedan lite från sida till sida och luftade röven, strök av matresterna från hakan och följde reliken med blicken. Enligt instruktionerna var den fortfarande förseglad, men nu i allas närvaro vreds korken upp så flänsarna knastrande bröts och alla fattade att här bjöds på köpesprit och inte hemkört, här hade man sannerligen kostat på sig. Flaskan immade och dropparna klirrade som ispärlor i glasen under en andäktig tystnad. Breda tummar och pekfingrar nöp tag i den lilla frusna skvätten. Brudgummen gav sina bröder syndernas förlåtelse varpå alla lutade sig bakåt och slungade den kalla spjutspetsen djupt ner i strupens kötthål. Ett sus genomfor församlingen och den pratgladaste av karlarna sa amen. Tanten med flaskan stultade runt ett andra varv. Brudens mamma hojtade ilsket med sin basröst att nog var det typiskt att just hennes dotter skulle gifta sig med den matkräsnaste släkten på hela den finsktalande landmassan, och att mat skulle ätas med käften om ingen förut fattat det, varpå tanterna kånkade fram nya sjudande köttgrytor och

märgfat, och alla tog en till portion.

Karlarna snapsade andra varvet och fruarna också, utom de som skulle köra bil. Mitt emot mig satt en slående vacker finska från Kolaritrakten. Hon hade bruna, nästan arabiska ögon och korpsvart hår, säkert var hon av samesläkt med en stor silverbrosch i halslinningen. Hon log med vassa, vita tänder och sköt över sitt halva snapsglas till mig. Inga ord, bara en djärv, öppen blick som om hon hotade. Alla karlar hejdade sig med skvimpande soppskedar. I ögonvrån såg jag hur farsan varnade, men då höll jag redan i glaset. Kvinnans fingertoppar strök snabbt som en fjäril över insidan på min handled, det kändes så skönt att jag nästan spillde.

Och äntligen började karlarna samtala. För första gången på hela dagen inleddes något som liknade en konversation. Det var väl spriten som smält tjälen i tungan, och det första som diskuterades var om pojkstackaren skulle spy eller hosta ut spriten över bordsduken, så ynklig och spädväxt som han såg ut. Farsan reste sig till hälften och ville avbryta, trots brödernas förväntansfulla blickar, och jag visste att här gällde det att skynda sig.

Raskt lutade jag mig bakåt och sköljde i mig allt, som medicin ungefär. Och det for ner i kroppen som en pisstråle i snö, och karlarna log. Jag inte ens hostade, jag kände bara en smältande eld i magsäcken och en lust att kräkas som inte syntes utåt. Och farsan såg elak ut men insåg att det var försent, medan bröderna sa att nog är grabben släkt med oss alltid. Sedan började de skryta över våran släkts oerhörda sprittålighet vilket därefter grundligt bevisades i flera målande berättelser och episoder. När ämnet var uttömt, vilket det inte var förrän efter en lång stund, kom samtalet in på våran släkts ofattbara bastutålighet vilket bevisades lika grundligt som det föregående. En av karlarna skickades ut för att sprängelda rökbastun på gården, och man diskuterade förvånat med varandra varför ingen kommit att tänka på en sådan självklar sak tidigare. Därefter kom samtalet in på våran släkts rent otroliga förmåga till hårt fysiskt arbete som var omtalad på båda sidor om gränsen, och för att bevisa att man inte skröt eller förhävde sig började man återge ett lämpligt urval av de historier som berättades om oss i stugorna.

Brudens släktingar började nu visa tecken på en lätt otålighet. Särskilt ett par av deras mer storväxta karlar hade nu tydliga ambitioner att lossa tungans band. Till sist öppnade den talföraste av dem truten för första gången denna kväll i andra avsikter än att äta. Därpå höll han ett förvånansvärt spydigt inlägg om släkter som tror att dom är nåt och låter käftarna glappa i onödan i offentliga sammanhang. Farsan och brorsorna nonchalerade inlägget och fördjupade sig i hur en anfader burit en femtiokilos mjölsäck plus en järnspis och sin värkbrutna hustru på ryggen i fyra mil utan att ens ställa ner packningen under pisspauserna.

Tanterna kom nu in med jättefat med berg av hembakta läckerheter. Där var vetebullar lena som flickkinder, frasiga vita kangoskakor, saftiga smörbakelser, krispiga kringlor, äggmilda sockerkakor, flottyrkokta ringar, rulltårtor med himmelsk åkerbärsfyllning för att bara nämna något. Dessutom kom bräddfulla skålar med vispgrädde och nyvärmd hjortronsylt som smakade guld och sol. Porslinskoppar skramlades ut i mängder och kaffe hälldes sotsvart ur mäktiga kokpannor som var och en kunnat utspisa ett större bönemöte. Gyllene kaffeostar stora som vinterdäck rullades ut över bordet, samtidigt med den yppersta finessen i allt detta gottesöta, ett brunhårt stycke torkat renkött. Man skar salta skivor och lade i kaffet, blandade med kaffeost och stack vita sockerbitar mellan läpparna. Så, med darrande fingertoppar hällde man på fat och sörplade sig in i himmelriket.

Så fort jag fick kaffet i mig försvann spykänslan. Det var som om allting klarnade. Ett disigt regnmoln lyfte och avslöjade plötsligt landskapets skönhet. Ögonen kändes som varma ballonger, och jag såg farbrödernas runda tjurskallar svälla till enorm storlek. Kaffet ändrade smak i munnen, blev svartare och tjärigare. Jag fick en oerhörd lust att skryta. Sedan började jag skratta, det hjälptes inte, det bara kom från rötterna och måste ut. Så fick jag syn på den underbara finskan och tänkte på fitta, det kom helt oplanerat, och hennes skönhet var närmast drömaktig.

– *Mie uskon että poika on päissä.* Jag tror pojken är full, sa hon på finska med en djup, lite hes stämma.

Alla skrattade, även jag så jag nästan ramlade av stolen. Sedan tuggade jag torrkött och kaffeost och spillde från fatet och tänkte att jaha ja, nu är man racerförare. Brudens mamma klagade på alla gråsparvar kring bordet som vägrade äta, att det var obegripligt hur en sådan matkräsen släkt lyckats fortplanta sig, och att en sådan bortskämdhet inför tornedalsk frikostighet hade hon aldrig hört talas om sedan svenske kungen nekade supen i Vojakkala. Alla tog då genast mer. Brudens mamma utbrast då att skulle de smådoppa så ynkligt för att låtsas vara artiga så kunde de stoppa brödet i ett annat hål, för även hennes tålamod hade en gräns. Alla höll nu på att fullständigt spricka, livremmarna var utsläppta till sista hålet, men ändå tog man mera doppa. Och påtår och tretår. Till sist var det stopp, tvärstopp. Helt omöjligt att få ner en smula till.

Då erbjöds mer konjak. De flesta avböjde, utom ett par av de finska fruarna. Men om det däremot fanns mera renat så tackade man inte nej, eftersom *kirkasta* hade den märkvärdiga egenskapen att den inte tog upp plats i magsäcken utan tvärtom befrämjade matsmältningen och välmåendet och fördrev den slöhet som gärna infinner sig efter en lyckad måltid. Brudgummen nickade återigen till den minst kristna gumman som gick in i köket med alla tomflaskor. När hon återvände var de på ett magiskt sätt fyllda, men när jag nu höll fram glaset slog farsan mig på handen så det sved.

Någon erinrade sig plötsligt ett samtalsämne som blivit slarvigt behandlat, och genast var alla bröder igång igen. Som då när farfar kört hästen halt på skarsnön och därefter själv dragit hem timmerlasset med hästen fastsurrad ovanpå. Eller kusinen som endast åtta år gammal stakade forsbåten uppströms de nio milen från Matarenki till Kengis. Eller mostern till farmor som mött björnen i bärskogen, dräpt den med vedyxan och burit hem köttet på ryggen i det hopknutna skinnet. Eller tvillingbröderna man var tvungen att binda vid sängen på kvällarna i skogsarbetarkojan för att de inte ensamma skulle kalhugga hela Aareavaaratrakten. Eller kusinen som betraktats svagsint och antagits till flottningen med bara en halv karls lön, men som den första natten på egen hand lossade hundrametersbröten vid Torinen. För så var det nu en gång för alla med våran släkt att maken till starka, uthålliga, envisa, tålmodiga och framför allt blygsamma arbetskarlar väl aldrig skådats inom hela det finsktalande området. På detta skålade brorsorna högljutt och drog sig sedan till minnes storbamsestenarna som rubbats, de ofantliga myrarealer som dikats ut, de fruktansvärda uthållighetsproven i lumpen, lastbilen som fått motorstopp och handknuffats trettio kilometer mellan Pissiniemi och Ristimella, de oändliga ängsmarker som blivit lieslagna på rekordtid, alla fruktansvärda slagsmål som avlöpt till släktens fördel, femtumsspiken som bankats i med knytnäven, skidlöparen som vunnit mot malmtåget samt alla andra oöverträffade stordåd som utförts med yxa, hacka, handplog, fogsvans, spade, ljuster och potatisgrepe.

Sedan skålade man igen. Inte minst för kvinnofolket i släkten och deras bedrifter inom handmjölkning, smörkärning, bärplockning, vävning, rieskabakning och höräfsning som orsakat liknande oslagbara rekord inom kvinnosysslornas område. Maken till envisa arbetsvilliga kärringar hade aldrig skådats utanför denna släkt. Karlarna prisade dessutom sin klokhet i att välja hustrur från Finland eftersom dessa var sega som vidjor, tåliga som renar och vackra som björkstammar vid blånande sjöar, och dessutom hade stora arslen som ofta och med lätthet födde välskapta ungar.

Brudens manliga släktingar hade under allt detta surrande suttit tysta på finnars vis och retat upp sig. Den mest storväxte och flintskallige av dem, Ismo, ställde sig nu upp och sa att så här mycket svammel inte yttrats på finska i dessa trakter sedan Lapporörelsens dagar. Farsan sa då på ett utmanande sätt, helt olikt hans vana, att allt vad som återgivits var allmänt erkända fakta, och att om somliga släkter kände sig avundsjuka eller underlägsna så var han den förste att beklaga.

Ismo sa sammanbitet att ingen människa slår flera kvadratkilometer ängsmark på bara en förmiddag, ingen plockar hundra liter hjortron på tre timmar, ingen varelse av kött och blod kan dräpa en älgtjur med knytnäven och sedan flå och stycka kroppen med locket av en snusdosa. Farbror Einari, som var äldst av bröderna, sa mulnande att nedklubbade älgtjurar var alls inget jämfört med alla de makalösa dåd som utförts av släktens knogar, inte minst under bröllop, och inte minst mot bredkäftade viktigpettrar som kom med anklagelser om lögn. Han skulle sagt mer också, så fantastiskt pratsam hade han blivit, om inte frugan tryckt handflatan över hans mun. Ismo lade då upp sin underarm på bordsskivan. Den var grov som en telefonstolpe. Sedan sa han att slagsmål var vanskliga och slumpartade som styrkemätare, men att armbrytning alltid gav ett snabbt och pålitligt resultat.

Det blev alldeles tyst en stund. Sedan reste sig bröderna som en enda man, farsan också, och alla trängde sig fram som fnysande björnhannar. Äntligen var det sluttjatat, äntligen skulle man få spänna och bända med sina grovarbetar-muskler. Först fram hann Einari, han tog av sig kavajen, lossade slipsen och kavlade upp skjortan. Underarmen var nästan lika bred som motståndarens. Kaffekoppar och nubbeglas plockades hastigt undan. De båda karlarna greppade tag i varandra, händerna slöt sig som tänger. Ett plötsligt ryck i båda kropparna, och blodet steg i ansiktet. Kampen var igång.

Redan från början syntes att det skulle bli en oviss strid. Armarna reste sig som två pytonormar med darrande huvuden, hårt fastbitna i varandra. Små, nästan omärkliga skälvningar fortplantades genom köksbordet och ner i furugolvet. De dörrlika ryggtavlorna böjdes framåt i kramp, axelmusklerna svällde som jäsdegar, skallarna blev blodröda med utstående svarta ådror, svett trängde fram och började droppa från nästipparna. Bröderna trängde sig nära, gapade och skrek. Det gällde släktens ära, hedern, stoltheten, det gällde att en gång för alla sätta sig i respekt hos den ingifta flocken. Motståndarna skrek på samma sätt. Nävarna skakade och började luta. Alla gormade ännu värre. Sedan ett motryck åt andra hållet. Karlarna hoppade jämfota av iver, gav råd, spände de egna musklerna i tron att det hjälpte. När det blev tydligt att kampen skulle dra ut på tiden blev otåligheten för stor. Hormonerna pumpade och ville ut, skogsarbetarkropparna krävde sysselsättning. Strax var hela långbordet täckt av en skog av ådriga trädstammar som svajade av och an som i en kraftig vind. Då och då föll de ner som väldiga stormfällen, brakade ner så bordsskivan bågnade. Segraren flinade belåtet och blev utmanad av näste. Även fruarna greps av upphetsningen, började skrika och gasta. Några hade ju snapsat, och de andra blev rusiga av den testosterontjocka luften. Snart började två av de äldre finska kärringarna dra fingerkrok under ålderdomliga, nästan bortglömda svordomar. De spjärnade med näbbskorna på brädgolvet, stönade och gnisslade löständer, och en av tanterna släppte pisset men fortsatte ändå, plaskande i pölen under sina vida kjolar. Fingrarna var brunfläckiga och rynkiga, men hårda som hovtänger. Bruden påstod att starkare nypor hade hon aldrig sett, här stod kärringar som mjölkat både kossor och karlar, varpå medsystrarna föll in och ivrigt började framhålla kvinnosläktets överlägsenhet gentemot männen vad gällde uthållighet, fingerfärdighet, envishet, tålamod, sparsamhet, bärplockningsteknik och motståndskraft mot sjukdomar, vilket sammantaget gjorde dem överlägsna alla karlslokar. Ena kärringen, Hilma, vann med en vildsint knyck och satte sig tvärt på rumpan, dock utan att bryta lårbenshalsen vilket alla tyckte var tur. Uppretad började hon nu utmana karlarna, ifall det fanns några sådana i närheten vilket kunde betvivlas. Farsan och de andra var nu upptagna i ett stånkande, prestigefullt brödramästerskap med ett förvirrat system av delfinaler där alla snart blandat ihop resultaten och stod och grälade. I mitten av karlhögen satt Einari och Ismo i den ännu oavgjorda kampen. Farbror Hååkani bad tanten hålla käften vilket borde vara kärringars huvuduppgift här i jämmerdalen, särskilt när karlar var närvarande. Hilma blev då ännu mera förbannad, sköt fram den kolossala bysten så Hååkani snubblade baklänges och sa att han gärna fick suga tissen om han inte hade något viktigare att säga. Kvinnorna flabbade rått medan Hååkani rodnade. Sedan sa han att fingerkrok drar han bara om kärringen tar supen. Eftersom hon var kristen nekade hon. De diskuterade fram och tillbaka. Till sist, i rena ilskan, tog Hilma ett stort glas hembränt, tömde det tvärt, och sträckte sedan fram sin långa klo. Alla tystnade och stirrade förfärade mot gumman. Laestadius vände sig två varv i mullen på Pajala kyrkogård. Hååkani trädde förvånat in sitt breda långfinger i hennes krok för att visa vem som bestämde. Den bastanta men kortväxta tanten lättade som en lovikkavante från golvet men hängde kvar i fingret och dinglade. Hååkani släppte då ner henne och började tvärrycka i stället. Hilma flängde och slängde runt väggarna men utan att släppa taget. Irriterat ställde sig Hååkani och funderade. Då hävde sig plötsligt kärringen bakåt med hela sin tyngd, och med en snärt slet hon upp Hååkanis finger och satte sig åter på rumpan. Kvinnfolket jublade så väggarna darrade. Hilma satt kvar utan ett ord. Till sist började man oroligt undra om hon denna gång brutit lårbenshalsen, för så tyst hade inte kärringen varit sedan hon sövdes vid strumaoperationen. Då vände hon käften åt sidan och spottade ut spriten i en lång stråle. Under öronbedövande bifall försäkrade hon att hon inte svalt en droppe.

Jag gick omkring där i myllret och började fundera på hur jag skulle bli mera full utan att farsan märkte något. Till sist såg jag en flaska med bottenskvätten kvar, tog den och några tomflaskor och låtsades hjälpa tanterna städa undan. Sedan slank jag ut i farstun. Där i halvmörkret höll jag för näsan och började kolka i mig.

I samma stund slogs starka armar runt min bröstkorg. Jag tappade flaskan. Någon stod tätt bakom mig och andades. Skrämt vred jag på mig men satt hårt fast i livtaget.

– Släpp mig, kved jag, *päästä minut!*

Som svar blev jag lyft och ruskad som en hundvalp. Samtidigt kittlade något i mitt ansikte. Hår. Långt mörkt hår. Sedan en fnissning och jag blev nersläppt med en duns.

Det var hon. Pälsmjuk så här på nära håll. Kattaktig. Jag väntade på tänderna i nacken. Hon andades djupt och log med blanka läppar. Sedan slet hon upp skjortan på mig och stack in handen. Det gick så snabbt att jag inte hann värja mig. Sedan kände jag hennes värme. Hennes sköna smekrörelser, de lena fingertopparna som fann min bröstvårta.

– Blir du kåt när du är full? sa hon på riksfinska och kysste mig innan jag hann svara. Hon doftade parfym och friskt av armsvett, och hennes tunga smakade *lenkkimakkara*. Gnyende tryckte hon sig intill mig, och det var overkligt att en kvinna kunde vara så stark.

– Jag spöar upp dig! viskade hon, jag slår ihjäl dig om du skvallrar!

Sedan öppnade hon mina byxor och pillade fram min styvhet fortare än jag hann andas. Lika kvickt drog hon undan kjolen och trosorna. Jag hjälpte henne, trosorna var blöta. Skinnet var skimrande vitt, låren långa som på en älgko med en svart och vildvuxen buske. Jag visste att rör jag så bits den. Hon smekte mig och skulle just styra in mig, men då brast det, då sprack världen och föll i våta trasor och blev röd och öm, och hon svor och släppte ner kjolen och gick snabbt in i köket.

Jag var ännu så ung att det inte kommit sperma. Pirren slokade och kvar fanns det dunkande minnet som när man pissat på ett elstängsel. Jag knäppte brallorna och tänkte att till köket tordes jag aldrig återvända.

I nästa stund brakade dörren upp, och karlarna fyllde farstun som en stångande renhjord. Alla var fulla och trampade snett och tog stöd mot väggarna. Sist kom Einari och Ismo som motvilligt enats om oavgjort, och haft så fastkrampade armar att de fått bändas isär. Farsan ropade åt mig att hänga med, för nu skulle bastuhjälten koras. Ytterdörren slogs upp och alla klev uppspelta utför brotrappan, och snart skälvde gårdsplanen under dussintals tunga pisstrålar. Farfar höll på längst av alla och hånades ivrigt av sönerna som undrade om det var snor som kom droppande så sakta, eller om gubben fått mul- och klövsjuka sedan han bolat med kvigan, eller om sista utlösningen hade fastnat i bösspipan, och ifall man skulle peta hål i loppet med en strumpsticka. Gubben sa bistert att gamla får man skämta med men inte invalider, och tillade sedan att han hellre borde doppat kuken i tjära och fjädrar än knullat fram en så djävlig generation.

Bastun var timrad och av den gamla rökmodellen, den stod som brukligt var lite avsides ifall den någon gång skulle råka fatta eld. Ovanför dörren var väggen svart av sot. Det fanns ingen skorsten, röken från stenmagasinet fick leta sig ut genom rökhålen i väggarna. Karlarna började hänga av sig kläderna på spikar eller lägga dem på träbänkarna utanför medan myggen bet som galningar. Såsom husfader och bastuvärd gick farfar in först och skottade ut den sista glöden i en plåthink. Sedan slog han flera skopor vatten på det enorma stenmagasinet för att rensa luften. Ångan bolmade upp, band de stickande rökpartiklarna och vällde vidare ut genom dörren och de tre rökhålen. Sist tog han bort säckarna från lavarna som skyddat mot sotet och täppte till rökhålen med trasor.

Jag slank in med karlskocken och blev uppträngd i översta hörnet. Det doftade gott av tjärved, och när jag snuddade vid väggen fick jag svarta märken. Lavarna, både den övre och den nedre, fylldes till bristningsgränsen av vita tunga gubbrumpor. Några blev utan plats och fick sitta på golvet, klagande att det var ett öde värre än att nekas tillträde till paradiset. Myggen hängde som en grå gardin i dörröppningen men tordes inte in. Den siste drog igen dörren mot sommarkvällen och det blev plötsligt mörkt. Och alla blev tysta, som gripna av andakt.

Långsamt vande sig ögonen vid dunklet. Ugnen glödde som ett altare. Värmen kändes som från ett stort hopkrupet djur. Farfar grep träskopan och muttrade för sig själv. Karlarna bökade sig tillrätta, sköt rygg som inför aga. Trävirket knakade under tyngden. Sakta doppade gamlingen skopan i det kalla brunnsvattnet och öste sedan med förbluffande precision nio raska skopor över stenhärden, en i mitten, en i varje hörn och en mitt på varje lång- och kortsida. Ett vildsint fräsande steg emot oss, åtföljt av en piskande hetta. Karlarna stönade njutningsfullt. Svetten bröt fram på axlar, lår, kön och flintskallar och sipprade salt och kliande. Björkruskan plockades ur hinken där den legat i blöt och vändes nu på de glödheta stenarna. En doft av sol och sommar uppfyllde bastun, och karlarna började le inåtvänt och sucka längtande. Brudgummen grep riset och började stönande slå sig över hela kroppen. Han försäkrade med skälvande röst att det var skönare än sexualakten, vilket fick de andra att otåligt vrida sig av och an. Farfar öste nio nya skopor på exakt de ställen som blivit över efter första omgången. Hettan fyllde basturummet som ett skönt kok stryk. Stönet och pustandet ökade i styrka, och flera bad nu kvidande om bastukvasten innan klådan fick huden att spricka på kroppen. Motvilligt lämnade brudgummen ifrån sig den och sa att man borde haft kökstanterna här för att piska upp ryggen eftersom ingen kunde hantera en *vihta* lika obarmhärtigt skönt som en gammal kärring. Riset smattrade och svetten stänkte i skurar. Farfar öste och mumlade, ångan bolmade som ett andeväsen. Några började klaga på kylan i bastun och sa att kallare *löylyä* hade man sällan upplevt, vilket alla visste betydde att bastun börjat uppnå sin mognadstemperatur. Ösandet var skoningslöst som en laestadiansk predikan. Karlarna hukade och spjärnade mot hettan och njöt. Gommen började smaka blod. Örsnibbarna sved, pulsen dundrade som en trumma. Närmare Eden kunde man knappast komma på den här sidan graven, stönade någon.

Sedan de första känslostormarna lagt sig började man diskutera bastumodeller. Alla enades om rökbastuns absoluta överlägsenhet både gentemot vedeldade järnugnar och elaggregat. Särskilt de sistnämnda blev utsatta för hån och kallades brödrostar och kupévärmare. Några mindes med rysningar de torra, dammiga värmeskåp som de suttit i vid olika besök i södra Sverige. En berättade om sitt bastubad i Jormliens Fjällhotell där elugnen varit norsk och liknat en gammaldags tvättcentrifug. Stenmagasinet hade varit av en tekopps storlek med plats för endast två stenar om den ena ställdes på högkant. En annan berättade med fasa om ett byggjobb han utfört på Gotland i tre månader. Inte en enda gång hade han kunnat sköta hygienen eftersom bastukulturen inte nått dit ner. I stället låg man där och plaskade i sitt eget smutsvatten i så kallade badkar.

Farfar gjorde då en paus i ösandet och påpekade att flera av sönerna själva installerat elektriska bastuaggregat vid byggandet av sina egnahemsvillor, och att den tornedalska kulturen därmed var dömd till sin snara undergång. De utpekade sönerna protesterade och sa att aggregaten var inköpta i Finland och därför av oöverträffad kvalitet, fullt jämförbara med vedeldade kollegor, och att de fått betyget fem basturuskor av fem i den finska bastutidskriften *Saunalehti*. Farfar sa då buttert att elektriciteten var det löjligaste påhittet av allt som kommit från södra Sverige, det som klemat bort både folk och fä, som minskat muskelmassan hos arbetskarlar och kvinnfolk, som sänkt köldtåligheten, fördärvat mörkerseendet, gjort ungarna bullerskadade och oförmögna att äta skämd mat och som bäst höll på att utrota den tornedalska uthålligheten och tålamodet eftersom allting numera utfördes i rasande fart av motorer. Inom kort skulle säkert samlaget också ersättas av elektricitet eftersom detta var en både svettig och ansträngande syssla, och allt sådant som bekant numera ansågs gammalmodigt.

Farfar öste en ny omgång utan att lyssna på sönernas försäkringar om att de fortfarande bestod av det hårda finska kärnvirket. I stället sa han att latmaskar, det var vad alla hade blivit, att Tornedalen hade erövrats av *knapsut* och *ummikot* och att det han ångrade mest var att han inte gett dem mera stryk när de var små. Men nu var det försent. Ingen förstod längre känslan av att sitta i en bastu där man själv blivit född, där ens fader blivit född, där ens faders fader blivit född, där släktens lik blivit tvättade och svepta, där *kuppari* tappat blodet ur sjuklingar, där ungar blivit tillverkade och där släktled efter släktled renat sig efter veckans arbete.

Rösten sprack och han började tårögd säga att livet, pojkar, är köld och smärta och svek och lögner och svammel. Tag bara en sån sak som revolutionen som han väntat på sedan vägstrejken 1931, när fan skulle den komma, hade den kanske synts i trakten på sistone, va? En enda gång hade hoppet tänts då han kört till finska Kolari för att handla mat, och i kundvimlet på Valinta Friberg skymtat Josef Stalin med en kundvagn full av kött. Men åt det här hållet hade han tydligen inte haft ärende.

En flaska langades upp till farfar som fick trösta sig i hettan och som stänkte en kapsyl på ugnen också. En pust av finkelolja vällde emot oss. Farfadern skickade flaskan vidare, torkade näsan med underarmen och sa att det bara var skit alltihopa och snart skulle man dö. Men kommunist, det var han fortfarande, det ville han då säga en gång för alla, och om han någon gång på dödsbädden började surra om syndernas förlåtelse och Jesus, så var det bara yrsel och senilitet och skulle bemötas med en plåsterlapp över käften. Det löftet krävde han av alla här och nu, i släktingars och vittnens närvaro. För dödsrädslan var blott intet jämfört med rädslan för att bli gaggig och ligga och svamla på Pajala sjukstuga inför vidöppna dörrar.

Sedan öste han nio gånger nio skopor tills karlarna kvidande klättrade ner och skyllde på att de måste pinka, och bara de allra hårdaste satt kvar med brännblåsor som enkronor på axlarna. Farfadern ifrågasatte sitt faderskap till alla dessa ynkryggar. Sedan lämnade han över skopan och sa att slutstriden fick de själva avgöra för han var less på att pina dem och att behöva lukta på deras körtlar. Värdigt klev han ner och började tvätta sig vid varmvattenbaljan. På gubbars vis tvålade han bara in de tre viktigaste områdena på kroppen; flintskallen, magen och pungen.

Nu började den grymma finalen. De båda släkterna skulle slutgiltigt mäta sina krafter. Einari övertog ösandet medan de andra klagade över kylan. Som alltid var kampen till stor del psykologisk. Alla visade med övertydligt kroppsspråk hur oberörda de var, hur lite hettan bekom dem, hur länge man med lätthet skulle kunna uthärda. Einari tömde hinken över de fräsande stenarna och fick den genast påfylld igen. En ny, våldsam omgång. De första av finalisterna raglade ner och hamnade flämtande på golvet. Farfar slängde kallvatten på dem. Ångan piskade mot ryggarna, brände i lungorna. Ännu en gav sig. De andra satt kvar som stubbar med glasartade ögon. Någon vinglade till, höll på att ramla och blev nedhjälpt. Mera ånga, mera smärta. Nu gav farsan hostande upp som om han höll på att kvävas. Kvar var bara Einari som öste, och den flintskallige Ismo som satt och dinglade med huvudet. De besegrade kurade ihop sig på golvet för att kunna stanna och se utgången. Ismo verkade svimfärdig men höll sig märkligt nog ändå uppe. För varje skopa ryckte han till som en försvarslös boxare som sakta drevs mot knockouten. Einari kippade efter andan och öste med skakande högerarm. Ansiktet var blårött, överkroppen vinglade oroväckande. En ny skopa. Och ännu en. Ismo började hosta kvävt och dräglade över hakan. Båda svajade nu kraftigt och lade armarna till stöd om varandra. Plötsligt skälvde Einari till och föll styvt åt sidan mot Ismo som också rasade. Som två slaktkroppar föll de och dunsade mot nederlaven där de blev liggande, fortfarande med armarna om varandra.

– Oavgjort! ropade någon.

Det var först nu som jag skinnflådd hasade fram ur det mörka hörnet på översta laven. Alla stirrade utan att fatta. Tyst höjde jag segernäven.

Medan jublet steg mot det sotiga taket knäföll jag på golvet och kräktes.

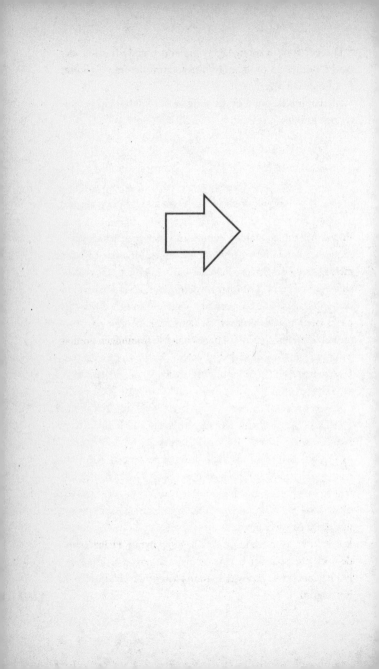

Kapitel 12

En grå och mulen majdag kom en rask och mager karl vand-
rande in i Pajala från Korpilombolohållet. Han bar en gam-
meldags soldatryggsäck, huvudet var väderbitet och rynkigt
som en runsten med stubbat silvergrått hår. I Naurisaho gjor-
de han halt, grinade mot den blytunga himlen och drack dju-
pa klunkar ur en fältflaska. Sedan knackade han på i när-
maste kåk. När dörren öppnades hälsade främlingen goddag
på en knagglig riksfinska med en exotisk brytning. Mannen
presenterade sig som Heinz, tysk medborgare, och han und-
rade nu om något obebott torp möjligen fanns till uthyrning
i trakten över sommaren.

Några telefonsamtal gjordes, och redan till kvällen hade
Heinz fått tag på ett illa isolerat timmerpörte strax utanför
byn. Änkan som bott där hade varit sinnessjuk de sista åren
och lagt blomjord och hö över hela golvet, så allt fick skuras
med kokande såpvatten innan tysken godkände det. Man bar
dit en madrass och porslin, ställde basvaror i skafferiet, satte
upp gardiner och tippade av ett lass ved på gården. Strömmen
kunde kopplas in igen mot ett tillägg på hyran. Heinz avböj-
de dock eftersom det redan var maj och någon elektrisk be-
lysning inte skulle behövas, nätterna skulle ju förbli ljusa ända
in i augusti.

Däremot ville han gärna se bastun. Den stod i skogsbrynet, grå av ålder och sotig kring dörren. Heinz slog upp dörren. Andades djupt. Ett vemodigt leende växte i hans ansikte när han kände rökbastudoften.

– *Sauna,* mumlade han på sin exotiska finska brytning. Jag har inte badat bastu på över tjugo år!

Och redan samma kväll kunde jag och Niila från vårt spiongömställe se honom naken springa ner till Torne älv, slänga sig ut bland de sista drivande isflaken och simma halvvägs till andra sidan innan han vände och kom tillbaka. Sedan stod han blåfrusen på stranden och gjorde gymnastiska hopp med hopskrumpet kön innan han spänstade tillbaka in i värmen.

Nästa dag anskaffade han en utrangerad skrivmaskin från tullens överskottsförråd, en gammal Halda av gjutjärn. Han riggade upp den på farstubron och satt sedan och dunkade i timmar med utsikt över ängarna med sina spirande späda strån, och med storspovarnas drillande flöjttoner i öronen.

Men vem var han egentligen? Vad gjorde han här? Snart började ryktena gå om denne egendomlige främling. Heinz skulle ha varit SS-soldat i Finland under kriget. Det var där han hade lärt sig finska och lärt sig uppskatta bastubadandet. Under fortsättningskriget hade hans kompani tvingats retirera undan den finländska armén, norrut genom finska Tornedalen, där landskapets vilda skönhet hade gjort ett outplånligt intryck på honom.

Samtidigt hade man bränt allt. Det hade varit order på det, den brända jordens krig. Vartenda pörte och ladugård i by efter by, till och med kyrkorna hade dränkts i bensin tills hela trakten blivit ett flammande eldhav. Hela norra Finland hade lagts i aska. Heinz hade varit med om det. Och nu hade han återvänt för att teckna ner sina minnen.

Så berättades det. Heinz höll sig dock för sig själv. Gick raska promenader i knäkorta träningsbyxor, gjorde militärisk knyckig morgongymnastik på gårdsplanen medan ungdomarna fnissade i buskarna, och lade sedan ark till ark vid sina disciplinerade skrivpass.

Det enda som störde honom var råttorna.

Huset var fullt av dem. Änkan hade visserligen haft flera katter, men sedan hon blivit intagen hade råttorna fått fritt fram. De hade gjort sig hemma bland smutsen, gnagt ut bon i sängmadrassen, gjort gångar i trossbottnen och fött upp kommande generationer. Heinz klagade hos hyresvärdarna och fick låna en gammal bondkatt, men den sprang hem igen så fort den kunde. Råttgift förkastades av Heinz, eftersom många av råttorna skulle dö i sina gömslen under golvet och sedan förpesta hela huset med sin stank.

En kväll under den första sommarlovsveckan spionerade jag på Heinz medan han satt på förstutrappan och bankade på sin skrivmaskin. Dunket lät som en gammaldags motorcykel. Jag smög längs husväggen och närmade mig knuten där jag försiktigt kikade fram. Han satt där i profil. En lång och lätt böjd, spetsig näsa, stålbågade glasögon, en gles svärm av nyväckta myggor kring hjässan som en gloria av gamla minnen.

– *Tule tänne sinä!* Kom hit du, sa han på riksfinska utan att sluta skriva.

Jag stelnade till, skräckslagen.

– *Tule tänne!* upprepade Heinz, och det var en order. Han slutade knattra, trädde av sig brillorna och vände sina isgrå ögon emot mig.

Jag klev fram på darrande ben. Stod där som en beväring, skamsen, överlistad.

– Du får femtio öre per råtta, sa han.

Jag förstod inte. Kände mig dum och rädd.

– Det är för många råttor här, fortsatte han. Svårt att sova med allt pip och prassel.

Han granskade mig för att se vad jag gick för, reste sig från den knarrande stolen och kom närmare. Jag rörde mig inte, det kändes nästan högtidligt mitt i rädslan. Han var den sortens man som pojkar vill ha beröm av. Med en smidig gest drog han upp en brun, läderdoftande plånbok och petade ut en tiokronorssedel. Han höll den framför min näsa, alldeles stilla, som om den varit en väldig fjäril. Sedeln var färsk och ovikt, sådana såg man inte ofta. Hur hade den oskadd lyckats ta sig upp genom hela Sverige? Gamle kungen kisade i profil. Gråsilvrig färg, hårfina linjer, kvalitetspapper med vattenstämpeln som ett blåmärke i motljuset. Och bakom den skymtade jag plötsligt något annat. En elgitarr. En riktig, alldeles egen elgitarr.

Jag tog emot sedeln. Jag knölade inte ner den i fickan. Jag bar hem den försiktigt mellan tummen och pekfingret, fortfarande utan ett veck.

Som alla byungar kunde jag tekniken för att slå ihjäl råttor. Man lade en rå skalad potatis vid husväggen och ställde sig intill med en käpp. Med ljudlöst tålamod väntade man sedan tills råttan kom framkrypande. Då slog man ihjäl den. Om man hittade ett färskt råtthål i marken kunde man hälla i några hinkar vatten. När råttan höll på att dränkas och kom utspringande var det bara att drämma till.

Första dagen dödade jag tre råttor på dessa sätt, och nästa dag två. Heinz betalade ur sin stora läderplånbok, men verkade missnöjd. Metoderna tycktes honom gamla och ineffektiva. Samma eftermiddag inhandlade han åtta bygelfällor på Pajala Järnhandel med stålfjädrar som snärtade av ryggen på de små liven. Jag lärde mig ladda utan att smälla av mig fingrarna och agnade med svålbitar, ostkanter och vad som fanns till hands.

Nästa morgon fann jag sex råttkroppar. Den sjunde fällan var orörd och den åttonde hade slagit igen tom. Jag slängde de ulliga liken i skogskanten och laddade fällorna igen. När jag vittjade på kvällen fann jag fyra kroppar till. Heinz granskade belåtet de avskurna svansarna, betalade genast och uppmuntrade till fortsatta insatser.

Den närmaste veckan vittjade jag både morgon och kväll, och dagsfångsten höll sig omkring tio kroppar. Jag flyttade fällorna regelbundet, lade dem i skafferiet, i matkällaren, på vinden men även utomhus under farstubron eller på baksidan vid vedstapeln. Liken var egendomligt slappa, små mjuka pälspåsar med avslagen ryggrad och tillplattade revben. Ibland hände det att den vassa stålbygeln slog hål på skinnet så att tarmarna rann som violetta alger över gillret. Då gällde det att stålsätta sig och skölja rent. Göra sitt jobb även om det var äckligt.

Och visst blev det lugnare i huset på nätterna. Men aldrig helt stilla. Hur många råttor som än dräptes kom det alltid fler, nya kullar föddes, nya gäster flyttade in sedan de gamla försvunnit.

Dessutom började liken bli ett problem. Räven åt så många han orkade, men överflödet började snart lukta illa. Inom kort var skogskanten översvämmad av kråkor. De kom särskilt i gryningen, skrek och väsnades i sin krångliga kråkrangordning och förstörde nattsömnen ännu mer än råttorna. Heinz gav mig en spade från förrådet och lät mig gräva en grop utom hörhåll inne i skogen där jag fick börja tömma fällorna.

Sommaren tog nu i av alla krafter. Sånglärkan hängde i rymden som en fransig propeller, starrarna visslade och ljög i asparna, sädesärlan drog sega maskar ur potatislandet medan hussvalorna satt på luftledningarna och plockade löss ur sina metalliska vingpennor. Och i underjorden förökade sig råttorna med svindlande hastighet.

Med tiden fick jag en allt större kunskap i råttors beteende. Många tror att råttor är små kaotiska nystan som skräckslaget och planlöst kilar runt hur som helst. Men medan jag pysslade med fällorna runt huset hade jag upptäckt åtskilliga råttstigar. De var ofta svåra att få syn på, ringlade sig som små tunnlar i det torra fjolårsgräset närmast marken. Råttor hade sina vägar precis som myror och människor, och snart fann jag att fällor utplacerade vid dessa vägar nästan alltid gav utdelning. Bästa sättet att hindra nya råttor från att besätta huset borde alltså vara att minera dessa transportleder.

Taktiken fungerade dock bara delvis. Bygelfällorna hade ett grundläggande fel i sin konstruktion, när de slagit igen blev de ofarliga, ända tills de åter laddades. Och under den tiden kunde råttorna oskadda strömma förbi. Jag funderade ett slag över problemet, och gav sedan ett förslag till Heinz. Han gav sitt entusiastiska bifall.

Från en granne lånade vi några buckliga hinkar av förzinkad plåt. Jag grävde ner dem på strategiska ställen mitt på råttstigarna, så djupt att kanten var i jämnhöjd med markytan. Sedan fyllde jag dem till hälften med vatten. Över hinken lade jag ett tunt lager styva grässtrån och löv och försökte få allting att se naturligt ut.

Nästa morgon vittjade jag. Sex råttor hade fallit i den första hinken. De hade simmat utan att vare sig bottna eller kunna klättra upp, och så småningom blivit utmattade och drunknat. I den andra hinken låg fem lik. I den tredje ytterligare sju. Den sista hinken hade läckt, och på bottnen sprang två skräckslagna krabater som jag trampade ihjäl med klacken. Tjugo kroppar, en fantastisk siffra! Bygelfällorna gav ytterligare fyra, så när jag klippt av svansarna och visat upp dem fick jag hela tolv kronor av en imponerad Heinz. Hans smala mun drogs ut i ett leende, det såg ovant ut, som när en varg försöker skratta. Råttliken slängde jag i gropen i skogen, den trasiga hinken byttes ut och ytterligare spannar och burkar grävdes ner på lämpliga ställen.

De närmaste veckorna gav ett strålande netto. Råttorna plaskade ner i mängder, kloklöste mot plåtkanten tills de inte orkade mer och drunknade. Liken blev mycket prydligare än de från bygelfällorna. I början var dock själva mängden rätt äcklig, ett par kilo att bära varje dag. Men man vande sig. Och det hjälpte att tänka på pengarna som droppade in i plåtburken därhemma, pengar som med en allt större hastighet växte till en gitarr.

Nu kunde Heinz märka hur kriget äntligen började ge effekt. Bara sällsynt kunde det stillsamma knaprandet höras från någon djärv liten kämpe som tagit sig in genom minfältet. Men för det mesta fastnade stackaren i en bygelfälla redan efter någon dag. Heinz sov gott numera, skrivmaskinen dunkade som ett gammaldags maskingevär och hela farstubron luktade djungelolja eftersom myggen nu kommit på allvar. Ibland drog han ut papperet och läste högt med sin Wagnerstämma för att prova rytmen och klangen i texten. En stram och kraftfull prosa om strapatser och truppförflyttningar, skarpa bilder av den finska krigsvintern, frost och nålvassa granbarr bland filtarna, här och var en barsk soldathumor, sexuell nöd i illaluktande förläggningar, emellanåt romantiska avsnitt där finska kvinnliga skönheter utspisade bandagerade krigshjältar eller smekte en tysk soldatkind på kvällen i det släckta marketenteriet.

Under tiden fortsatte jag med att effektivisera hanteringen. Till exempel märkte jag att det var onödigt att täcka vattenhinkarna med gräs. Råttorna föll i ändå. De tycktes inte hinna bromsa där de rusade längs stigarna, utan ramlade i trots att öppningen låg fullt synlig. Däremot slutade de gamla råttstigarna att användas allt eftersom trafikanterna dog. På andra ställen bildades nya, så man fick spana runt och flytta hinkarna hela tiden.

Likgropen i skogen fylldes med rasande fart. Jag skottade

över den och grävde en ny. Snart var även den fylld. Gravarna krafsades upp av rävarna som drog halvruttna slamsor åt alla håll. Snart var råttbukarna fyllda av fluglarver som kokade under det tunna skinnet. Värmen gjorde sitt till, och när vinden låg på från skogen kunde man trots avståndet känna en sötsur, avskyvärd stank.

Heinz fann på råd. Han letade upp en bensindunk och tankade den full. Med jämna mellanrum fick jag släpa ut den i skogen och spilla i gropen. Sedan slängde jag ner en tändsticka. Med en dov suck tog likhögen eld och brann med en nästan osynlig låga. Pälsarna sveddes med ett fuktigt knastrande, morrhåren korvade ihop sig och smälte, myrorna kom utrusande ur ögonhålorna och skrumpnade samman med spretiga ben, fluglarverna ormade sig uppåt men stektes och vätskades, pupporna sprack och halvfärdiga blinda spyflugor sparkade med mjuka leder. Röken var svart och oljig, den stank ylle och bränt blod och fastnade i kläderna om man stod för nära. Den bredde ut sig bland trädtopparna som en hotfull andevarelse, en krigsgud, en svällande dödsbringare som sakta drog iväg och löstes upp tills bara smaken av fet aska låg kvar i munnen. När allt brunnit ut skyfflade jag igen gropen med jord och mossa och staplade tunga stenar ovanpå tills inte ens rävarna tyckte det var värt besväret.

Man skulle tänka på pengarna. Då blev det lättare. Räkna svansarna, samla dem i ett nystan och kvittera ut kontanterna av den prydlige herren som i kvällningen satt på farstutrappan och smuttade på sitt kaffe. Det var ett sommarjobb helt enkelt. Inte värre än att exempelvis skura dassen på Pajala campingplats.

Efter kvällsvittjandet brukade jag sätta mig på mitt rum och starta den gamla rullbandspelaren där jag fångat de bästa låtarna från Tio i Topp. Med vällustiga rysningar hörde jag de märkliga, fantastiska ljud som en elgitarr kunde frambringa, vassa jamanden, vargyl, tandläkarborrar eller en trimmad mopeds brölande längs byvägen. Jag imiterade dem valhänt med min gamla akustiska. Samtidigt, borta vid torpet, föll den första råttan i vattnet. Den började simma. Simma. Och simma.

En morgon i mitten av juli stötte jag på en råttstig, bredare än någon jag dittills sett. Den löpte bortifrån skogen till potatislandet längs ett grunt dike, väl dold av spretigt lövsly. Här och var anslöt sig fler stigar från pörtet och dasset, tills det bildats en imponerande landsväg. En vältrampad råttränna, en råttornas huvudled. Jag följde den under stigande spänning. Förbi den gamla ladan som ännu var halvfylld av gammalt hö. Här blev jag stående. Från ladan löpte en ny råttstig. Nästan lika stor. Jag var säker på att den inte funnits där förut. Stigen löpte runt en sten, ner i en svacka, upp på andra sidan. Och där, några meter före potatislandet förenade sig de båda stigarna. Löpte samman till en väldig, flerfilig motorväg.

Jag förstod att det var potatisen. Blasten stod hög och grön, det var änkans släktingar som fortsatt att odla sedan hon blivit inlagd, och nere i jorden svällde knölarna, gula och mjälla. Råttorna sprang och käkade potatis hela nätterna igenom. Mumsade och gnagde och lunkade sedan proppmätta hem till sina gömställen.

Det fanns ingen tid att förlora. Inom en halvtimme hade jag fått tag på ett rostigt bensinfat, och ägnade en god del av eftermiddagen åt att såga itu det med en bågfil. Sedan var det bara att gräva. Mitt på autobahn. Jorden lastade jag i en skottkärra och tippade i skogen. Efter mycket slit och svett kunde jag sänka bensinfatet i hålet och täta med jord runt kanterna. Sedan bar jag hink efter hink med vatten från brunnen tills fatet blev drygt halvfullt.

Det hade åter hunnit bli kväll. Skrivmaskinen hade tystnat,

farstutrappan låg öde. Jag knackade på med dagens råttsvansar i näven och möttes av Heinz i full färd med att packa. Ryggsäcken stod mitt på golvet, kläder hängde över stolar och bord. Heinz grävde fram pengarna i förbifarten, och förklarade att han skulle till Finland någon vecka för att gräva i arkiv. Han behövde studera husens inbördes ordning i en by innan den blivit bränd och gå igenom befolkningslistor. Som skribent var han noggrann med detaljerna, något som varje sann författare borde vara men vilket det enligt hans mening slarvades oerhört med, särskilt bland de yngre prosaisterna. Under tiden kunde väl jag ta hand om huset?

Jag lovade, och fick veta var nyckeln skulle ligga. Samtidigt kände jag mig lite illamående. Det värkte i huvudet framme i pannan och kändes stelt i armhålorna. Kanske åska på gång. När jag gick ut på farstutrappan såg jag mycket riktigt en rullande molnbank närma sig bortifrån Finland. Den liknade röksvampen från bränngropen men var bredare, mäktigare. Ett dovt muller hördes som av en front ryska stridsvagnar. Heinz kom ut och ställde sig bredvid mig. Oväntat lade han armen om min rygg, nästan faderligt. Luften tycktes bli kvavare, trögare att andas. Svett trängde fram i pannan. I mörkret under molnmassan syntes blixtar glimma som snabba fiskar.

– Där! pekade Heinz.

En rökpelare slog upp åtskilliga kilometer bort. Ett träd, en skogsdunge? Eller ett hus? Var det ett hus som brann? Och för ett ögonblick förvandlades åskmolnen till brandrök, hela Finland stod i lågor, förintades i ett flammande inferno. Heinz stod orörlig. De isgrå ögonen var fixerade i fjärran, uppspärrade. De liknade mynt. Så strök han sig lätt över mustaschen med fingertopparna. Ett av stråna lossnade. Han höll det mellan tummen och pekfingret, blicken återvände till nuet. Strået var styvt och krokigt som en bränd tändsticka.

Han snurrade det tyst. Släppte det sedan, lät det falla ned bland minnena.

Samtidigt som regnet började falla fick jag de första frossbrytningarna. Jag cyklade hem och rasade omkull i kökssoffan, drog upp knäna för att inte slå i gavlarna. När åskan började skrälla stängde mamma alla fönster och dörrar och drog ur alla stickkontakter. Molnbanken föste sin kusliga skymning över oss. Regnet smattrade mot takpappen, hällde grå gardiner utanför fönsterrutorna. Nya brakanden. Jag drog täcken och filtar över mig, frös och svettades om vartannat. Mamma kom med vatten och en samarinpåse eftersom samarinets botekraft var förunderlig och sträckte sig långt utöver det som stod på förpackningen. Trots detta steg febern i takt med åskan. Ovädret pressade sin våta fot över bygden tills min hjässa höll på att spräckas. Konstiga bilder kom ut, häxvarelser med lysande kanter som sakta sprang i luften. De hade knivar och skar skivor ur varandra, platta som klippdockor. I en långsam dans stympade de varandra och smälte samman med bitarna så att de ständigt förändrades, blandade sitt kött med varandra. Scenen gjorde mig illamående, äcklad, men den var omöjlig att hejda. Som om någon annan tänkte med min hjärna, som om jag bar på en inkräktare.

Mamma försökte behålla lugnet, men oron lyste igenom. Hon dolde den under en barsk min där hon putade med underläppen så man såg den blanka slemhinnan. Hon hade nått den ålder när huden i ansiktet började hänga, som en lite för stor tröja. När hon skrattade stramade skinnet i en massa veck så hon liknade en huggkubbe, och fler ansiktsuttryck än så använde hon inte. Det som var vackert på henne var håret, rödbrunt och tjockt en bit ner på ryggen. När hon borstat det fylligt och lät en lock falla över ena ögat kunde hon likna en filmstjärna.

Jag frös så jag skakade. Mamma gick ut i vardagsrummet och gjorde upp eld i öppna spisen, trots att det var mitt i sommaren. En stund hörde jag henne riva näver och slamra med eldgaffeln. Sedan blev det egendomligt tyst.

Ett skinande ljus föll in i köket. Som om solen brutit fram genom molnen. Men därute föll fortfarande regnet. Mödosamt satte jag mig upp. Kikade förbryllad, och upptäckte att skenet kom från vardagsrummet.

– Vad är det? ropade jag men fick inget svar. På febersvaga ben stapplade jag dit. Framför brasan stod mamma som en fäktare med eldgaffeln styvt utsträckt. Ljuset kom från eldstaden. Gulvitt, skarpt.

– Backa mamma! ropade jag.

Mamma tog ett kort steg bakåt med eldgaffeln. Men ljuset följde efter. Ut ur brasan svävade ett lysande klot. Det gnistrade som vitt, smälthett järn och guppade svagt, som om det flöt i luften. Klotet stannade med en darrning, tätt intill eldgaffeln. Jag såg hur mamma började lysa. Ett blått sken kring huden. Hennes hår reste sig och började spreta åt alla håll.

– Släpp den! Släpp eldgaffeln!

Men hon tycktes som hypnotiserad. Backade bara steg för steg medan hon svängde gaffeln i sidled. Klotet följde efter. Hon svängde snabbare, men klotet drogs som till en magnet.

– Släpp den morsan, satan!

I stället började hon snurra med gaffeln. Roterade som en släggkastare för att försöka skaka av sig främlingen. Men den följde med. Hon ökade farten. Tog i så det frasade i luften. Små blixtar knastrade kring skaftet. Men klotet satt kvar vid spetsen. Hon flåsade, gapade och snurrade allt vildare. Snart omgavs hon av en ring, en gloria, en cirkel av elektricitet. Hon kunde inte sluta. Snurrade och snurrade tills det susade, sjöng, tills hela rummet sprakade av blåa lågor. Hon ökade ännu mer. Och ännu mer. Tills det borde varit omöjligt.

Då tappade hon greppet. Eldgaffeln och klotet for rätt ut. Smällde i väggen, kabraaaaakkk! Ett dån så öronen korvade sig, träflisor smattrade över oss. Och sedan tystnad.

Jag hade slungats omkull på golvet. Vimmelkantig lyfte jag huvudet, skakade loss skräp ur håret. Mamma satt kvar på rumpan med utbredda ben och munnen spänd till ett litet o. Vi insåg att vi överlevt. Ostadigt kom vi på fötter och stapplade fram till väggen.

Där var ett hål. En gapande öppning genom ytterväggen, som om någon sprängt en knytnäve rätt igenom. Av eldgaffeln syntes inte ett spår. Den låg varken härinne eller ute på gräsmattan, och länge trodde vi att den på något sätt dematerialiserats.

Men samma höst återfanns den oväntat. Djupt insnärjd bland vinbärsbuskarna hos grannen, två hus längre bort, rostig och vriden som en korkskruv.

Jag mätte noggrant upp avståndet. Nittioåtta komma fem meter. Släggvärldsrekord för kvinnor.

Ovädret drog bort, men jag låg däckad kvar. Febern höll i sig i två hela dygn och förvandlades sedan till en migränliknande huvudvärk. Lederna kändes stela, ögonen blev överkänsliga för ljus, halsen kändes lös och fjällig. Kroppen verkade tung som ett järnskrov, torpederad, sakta sjunkande ner i havsdjupen. Det gick knappt att lyfta en arm, och jag hade svårt att svälja. Som seden var i Tornedalen undvek vi i det längsta att gå till doktorn eftersom det var det säkraste sättet att få en snabb begravning. Pappa gick i stället till en granne som hade en läkarbok på finska och gjorde diagnoserna hjärnhinneinflammation, mässling, nässelfeber, hjärncancer, påssjuka och ungdomsdiabetes. Sedan kom hostan och snoret och det blev tydligt att det var en sommarinfluensa. En rejäl sådan med värkande bihålor, men på det stora hela taget ofarlig. Niila kom för att hälsa på, men vände om redan i dörren när han kände pestlukten.

Ute kom nu högsommarvärmen. Åskfronten hade röjt hål i lufthavet, plogat rent och gjort vägen fri för kontinentalvärmen från Sibirien. Nu reste sig högtrycket över oss som ett ofantligt cirkustält med blått, blått tak och en stillastående hetta. Myggen kläcktes i miljonmoln på myrarna, linfärjan drogs oupphörligt över älven till badstranden på Esisaari, och Altenburgs Casino hade slagit upp sin rödgula saloon på ängen med skyttebanor, enarmade banditer och allehanda frestelser för byungarnas veckopengar. Casinodirektören stegade runt med bar överkropp, luden som en gammal björnhanne med en cowboyhatt över sin gråa hårman och hojtade:

– Tio lotter för en femma! Tio femmor för en lotta!

Men själv låg jag hemma, svettades i floder och bad att få en vattentillbringare ställd vid sängen. Jag drack och drack, men lyckades bara pissa mörkgula droppar. Ansiktet var svullet och uppumpat av grönt slem som jag snöt ut tills näsan fick skavsår. Emellanåt försökte jag spela lite på gitarren men blev genomsvettig och yr. I stället dåsade jag. Lyssnade på humlan som irrat sig in och stångade mot myggnätet, dovt surrande, medan myggen stack från andra hållet i maskorna med sina snablar.

Långsamt gav förkylningen med sig. En tidig gryning när solen börjat steka satte jag mig upp och trevade efter tillbringaren. Jag drack girigt och strök små droppar ur mungipan.

Det var då jag mindes. Det som funnits i bakhuvudet, som jag trängt undan i min feber och mitt hostande.

Med en rysning klädde jag på mig. Hörde pappa snarka i sovrummet. Tyst smög jag mig ut i det starka morgonljuset. Jag försökte räkna ut hur länge jag legat sjuk, hur många dagar som gått. Med en obehaglig föraning cyklade jag bort mot tyskens torp.

Redan från landsvägen kändes lukten. Kvalmig. Syrlig. Den blev starkare ju närmare jag kom. Sötare och hemskare. Jag satte handen för ansiktet. Såg potatislandet med sin höga blast. Ladan och råttstigen. Bensinfatet.

På trettio meters håll höll jag på att storkna. Jag drog ett djupt andetag och rusade fram den sista biten.

En grå gröt. Så många att de dött ovanpå varandra.

Jag böjde mig ner så skuggan föll över ytan. Det blixtrade till. En tjock fäll av flugor surrade upp. Jag ryggade häftigt bakåt. Men hann se hur det rörde sig därnere. Böljade som ett hav. En gungande matta av larver.

Chockad stapplade jag ut på ängen. En kväljning drog genom kroppen. Jag harklade och sprang tills jag ramlade. Spottade framstupa ner i några maskrosblad, försökte spy men kunde inte.

Till sist lyckades jag samla mig och sparkade av mig skorna. Drog loss strumporna, fuktiga av fotsvett. Så band jag fast dem över näsa och mun. Lukten var unken, men den var min egen. Med förtvivlad energi kom jag på fötter.

Jag letade fram skottkärran och började fylla den med jord. Jag skulle skotta igen hela massgraven där den låg. Det var enda sättet. Gräva över allt. Täcka med jord och försöka glömma.

När kärran var full sköt jag den framåt och flåsade lungorna fulla med syre. På med strumpan och få det gjort. Inte tänka. Bara göra det, så fort som möjligt.

Om det bara inte varit för en sak.

Pengarna.

För så var det ju, om man försökte se på det hela nyktert och sakligt, vilket visserligen inte var lätt. Tunnan var full med pengar. Där låg femtioöringar i högar. Som jag nu skulle begrava.

Jag ställde ner kärran. Tvekade. Sedan, med förtvivlad beslutsamhet, letade jag fram en kratta i förrådet. Efter ett djupt andetag störtade jag fram till tunnan. Stack ner krattan i sörjan så flugorna flydde undan. Fiskade runt och lyckades sila upp ett par lik. Skinnet sprack och fluglarverna föll som vita droppar i gräset. Kväljande rusade jag bort för att andas. Hämtade fårsaxen och drog på mig ett par trasiga arbetshandskar. Sedan tvingade jag mig att rusa tillbaka.

På nära håll syntes detaljerna. Nej, det gick inte. Det blev för mycket.

Jag låg framstupa i skogsbrynet och kände febern återkomma. Pengar! Man måste tänka på pengarna! Sjuttio kroppar var det minst. Eller kanske till och med åttio. Gånger femtio öre gjorde fyrtio friska, klingande kronor.

Det var ju ett arbete. Så fick man se det, ett sommarjobb.

En ny rusch tillbaka. Knips, femtio öre. Knips, en krona. Ner med liken i slaskhinken, och så bort och andas.

En krona. Fan en krona, fan i helvete.

Ner med krattan igen. Knips, en och femtio.

Det trängde in i munnen, det blev en smak där.

Knips, två kronor. Två och femtio.

Om det bara inte varit för stanken.

Fyra kronor. Fem. Sex och femtio.

Nä nu räckte det klart borde sluta fan...

Det gick ohyggligt sakta. Vissa var färskare, fortfarande stela. Andra föll sönder i delar. Små tassar med spretande klor, gula glimmande gnagartänder. Bland råttorna låg även några åkersorkar, stora som kattor och groteskt uppsvullna. De flöt i förvridna ställningar, stelnade i sin hemska dödskamp.

En god stund av förmiddagen passerade innan den första slaskhinken var fylld. I korta ruscher släpade jag in den i skogen. Innehållet skvalpade och bubblade. Jag tömde sörjan i likgropen. Återvände till tunnan.

I de mindre vattenfällorna var offren färre, men lika ruttna. I bygelfällorna var kropparna nästan uppätna av myror och hade redan börjat torka. Jag kämpade större delen av dagen, och kände hur kläderna klibbade av stänket. Tömde slaskhinken borta i skogsgropen. Ännu en hink. Tillbaka igen, knips, knips. Det kittlade kallt i handsken och jag tömde ut några fluglarver. Flugorna svärmade kring ansiktet, satte sig överallt. Om man åtminstone haft en mössa. Hinklass för hinklass. Bort och andas. Allt djupare ner i tunnan.

Till sist återstod bara en grå, luddig liksaft på bottnen. Jag silade med krattan, och det var tur, för där låg fyra avslitna svansar, två kronor, och när jag såg närmare efter fann jag en till, femtio öre, det var då för väl att man var noggrann.

Sist av allt rullade jag fram skottkärran, tippade ner jorden i tunnan och plattade samman ytan hårt med spaden. Sedan fanns knappt ett spår kvar av massakern. Bara en kal jordfläck där det snart skulle växa gräs.

Febern kom över mig igen när jag vimmelkantig gick efter bensindunken. Bara det sista kvar nu.

Likgropen i skogen var överfull. De sista hinkarna hade runnit ut i det soltorra riset. Flugorna for upp i tjocka moln men slog sig snart ner igen som en luden filt och sprutade in ägg i den solvarma förruttnelsen. Lukten var värre än jag någonsin kunnat föreställa mig, en dödens jäsdeg där miljarder mikrober svällde och förökade sig.

Jag sprang undan igen för att få luft. Skruvade locket av dunken och sniffade i öppningen. Bensinen rensade näsan, söt och stark. Jag samlade mig inför det sista, det enda som återstod innan allt var klart. Innan det kunde släppas och glömmas.

Vimmelkantig sköljde jag bensinen över liken, skvalade, dränkte in. Som en helig handling, som att försöka sona något, ställa tillrätta. Jag strök eld på en sticka och kastade.

Med en djup, sorgsen hostning började högen brinna. En nästan osynlig låga reste sig styv och knastrande. De närmaste buskarna sveddes, markriset fattade eld. Jag stampade ut lågorna. Då märkte jag att jag stänkt bensin på byxbenen, flammor klättrade upp mot knäskålarna. Med ett skrik slängde jag mig omkull och hasade ner byxorna. De fastnade runt skorna som också brann. Frenetiskt sparkade jag av mig dem och släckte genom att slå med handflatorna.

Vid gropen hade elden fått fäste i den torra undervegetationen. De närmaste buskarna stod redan i lågor. Jag bröt en lövruska och försökte piska ner eldtungorna, men de spreds obevekligt i torkan. Snart nådde de fram till det närmaste trädet. Desperat försökte jag hejda katastrofen. Och nu gick plötsligt en pust genom skogen, en mild bris som började blåsa in mot härden. Det var elden som sög till sig syret, eldens egen andning, en vind som växte sig starkare medan flammorna letade sig upp genom grenverket. Och längst därinne, i hjärtat av förintelsen, bubblade krematoriet.

Jag stod som förlamad. Med förbluffande hastighet spred sig lågorna i skogen, kastade sina facklor från träd till träd. Jag började piska igen med lövruskan, kämpade skräckslagen, men för varje minut växte katastrofen.

– Brandkåren! tänkte jag och ville fly efter hjälp. Men jag kunde inte, någonting höll mig kvar, jag slog och slog med svidande ögon. Obevekligt sträckte sig elden fram mot skogskanten, en rasande krigsfront. Höladan började pyra och var snart utom all räddning. Och i vindriktningen låg torpet. Gnistregnet föll allt tätare. Vassa eldnålar regnade ner. Och snart fick de fäste i tjärtaket.

Det var kriget som kommit. Ett vilddjur som väckts och inte längre gick att hejda. Och det var jag som bar skulden, felet var mitt.

I den stunden stod Heinz där. Uppspärrade ögon. Panik.

– Manuskriptet! röt han och vräkte upp ytterdörren. Taket var övertänt och röken bolmade tät, men han hukade sig. Han skulle in, han stångade sig fram. Tomhänt, med rinnande ögon tvingades han retirera. Snabbt in igen, och nu brann det i röken, nu såg man ett gult sken. Och denna gång kom han utrusande med en pappersbunt i famnen. Han höll den tätt emot kroppen som ett barn, tryckte den mot bröstet och sjönk hostande ner i gräset.

Jag gick fram till honom. Sotig och stinkande, klädd i bara kalsongerna. I näven höll jag snöret med de ruttna svansarna. De var buntade tio och tio, enkla att räkna. Lätta att kontrollera.

– Etthundraåttiofyra stycken, stammade jag. Nittiotvå kronor.

Heinz stirrade tomt på mig. Så grep han snöret med de stinkande svansarna och slängde häftigt in dem i eldhavet.

– Det var ditt fel!

Ingen läderbrun plånbok. Inga pengar. Ingen gitarr.

Förtvivlat slet jag åt mig hans pappersbunt och vräkte in den i hettan. Och sedan sprang jag min väg, sprang allt vad jag förmådde.

Heinz störtade upp med ett långt rytande. Han försökte huka sig in, men denna gång tvingades han backa.

När brandkåren äntligen anlände satt han på brunnslocket, den gamle soldaten, och grät.

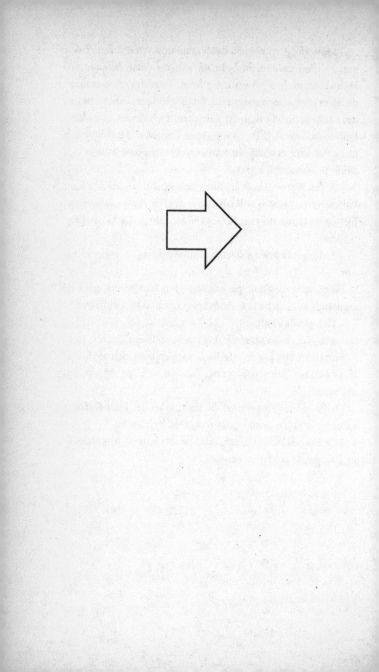

Kapitel 13

– där en musiklärare anländer med
tummen mitt i handen, och hur vi lär känna
en oväntad begåvning från Kihlanki

I sjuan fick vi en ny musiklärare. Han hette Greger och var från Skåne, en lång och bredläppad bonddräng som tappat alla högerfingrarna i en remskiva. Bara tummen var kvar, stor som en ledad mandelpotatis. Efter olyckan hade han omskolat sig, och som nyutexaminerad musikmaje hamnat i Pajala. Det var svårt att förstå vad han sa. Annars var han en glad prick med egendomlig humor. Jag glömmer aldrig första lektionen, han kom in med näven dold i fickan och började skorra:

– Härrr harrr ni en med tommen mitt i handen!

Med välplanerad chockeffekt drog han upp sin stympade näve. Vi flämtade av fasa. Han vred handen, och vi såg hur tummen och de håriga knogarna i en viss vinkel liknade ett manligt könsorgan. Fast hemskare och knotigare, med en övernaturlig rörlighet.

Greger förde med sig en ovanlig nyhet till Pajala, en tolvväxlad tävlingscykel. Den var bland det mest extrema och onyttiga man sett med stenhård lädersadel och cigarrsmala däck, och den saknade både stänkskärmar och pakethållare. Den såg närmast oanständig ut, rent av naken. Han började susa som en raket längs vägarna i en röd träningsoverall, skrämde tanter och byungar och orsakade UFO-rapporter i

Haparandabladet. Dessutom gjorde han hundarna galna. Det måste ha varit något med hans lukt, nånting skånskt i tarmfloran. Så fort han svoschade förbi blev de vansinniga. De slet sig lösa och kutade efter i mil efter mil, skällde som tokiga i en allt större flock. En gång efter en träningstur till Korpilombolo kom han hemcyklande med två norrbottensspetsar, en stövare, en jämthund, två gråhundar plus några till av blandras. Alla var vitögda av mordraseri. Greger bromsade in vid polisstationen och blev genast anfallen av den kolsvarta labradoren som fått en ledarfunktion i den hysteriska flocken. Greger avvaktade det rätta tillfället. Sedan kickade han lugnt sin smäckra cykeldoja mot nosen så jycken skrikande tumlade bakåt mot sina polare. Värdigt stegade han sedan in på stationen. Vakthavanden fick koppla fast hela drevet i broräcket, utom labradoren som fick veterinärtillsyn. Resten av dagen kom tysta karlar körande från småbyarna för att hämta jyckarna. Greger blev efter detta en omtalad person.

En annan diskussion gällde hur fort man egentligen kunde cykla på en sådan där anordning. En eftermiddag berättade Staffan i nian hur han föregående kväll testat toppfarten på sin nytrimmade moped åt Kengishållet till. Han hade suttit framåtböjd över styret med skrikande motor, och han försäkrade att moppen gått sextiotvå kilometer i timmen. Då hade Greger dykt upp bakifrån. Med spänstiga, fjäderlätta tramptag hade han passerat och försvunnit bortanför nästa backkrön.

En ekonomiskt sinnad Vittulajänkkäpojke ordnade då en ovanlig vadslagning. Greger skulle tävla mot skolbussen till Kaunisvaara. Den var inte precis känd för sin hutlösa hastighet, men i alla fall. Killen myglade med oddsen och tog skamlöst i provision, men lyckades ändå få både folk att satsa och Greger att ställa upp.

Tävlingen gick av stapeln en onsdag i slutet av september.

Bussen stannade som vanligt på Centralskolans baksida och

eleverna strömmade in. Chauffören, som inte kände till tävlingen, trampade på gasen och märkte samtidigt hur en rödklädd varelse passerade honom på yttersidan.

Nästa gång den rödklädde syntes till var i Mukkakangas. Han stod uppsträckt intill Gällivarepolisens patrullbil medan bussen körde om. En av poliserna fyllde i uppgifter i en anteckningsbok, den andre slog med batongen mot en anfallande jämthund.

I höjd med Jupukka var Greger ikapp igen. Bussen höll god fart, men den rödklädde låg i baksuget och pinnade på. I en nedförsbacke segade han sig förbi och passerade medan eleverna kved av upphetsning. Chauffören torkade näsan av förvåning och trodde inte sina ögon.

Åtta kilometer senare stod den rödklädde vid vägkanten och bytte slang på bakdäcket. Då och då hötte han med cykelpumpen mot en studsande rödräv.

Efter det syntes han inte till. Eleverna samlades vid bakrutan och stirrade genom smutsen. Men vägbanan var tom. Myrar och skogar drog förbi, Kaunisvaara kom allt närmare. Till sist dök vägskylten upp därframme, och alla började inse att det var för sent.

Då syntes en prick. En röd figur. En farkost som närmade sig, men alldeles för långsamt. Samtidigt framför bussen dök en puttrande traktor upp. En pensionär satt vid ratten. Som kepsgubbe körde han mitt i vägen, bussen bromsade och tutade. Traktorn drog sig en aning åt sidan. Bussen påbörjade omkörningen med ett par centimeter till godo. Vägen blev helt blockerad av fordonen. Och bakifrån kom den rödklädde allt närmare.

Traktorn puttrade på.

– Greger hinner aldrig!

Vägskylten var redan där. Kaunisvaara. Och vägbanan igentäppt, omöjligt att köra om.

– Där! skrek Tommy i sjuan.

Nere i diket. Något rött som segade sig fram. Genom sly och grus. Fram längs bussen. Och förbi, i samma ögonblick som vägskylten passerade.

Ett ögonblick satt alla som lamslagna. Försökte fatta vad man sett. Och sedan växte jublet i bussen.

– Skåningen vann!

En fet lapphund ryckte omkull en tant med en bärhink och rusade efter den rödklädde, ursinnigt skällande.

Greger hade en annan märkvärdig förmåga. Han kunde tornedalsfinska. Som skåning hade alla tagit för givet att han var en *ummikko*, alltså okunnig i ärans och hjältarnas modersmål, men nu kom bekräftelser från flera oberoende källor. Gubbar och kärringar försäkrade att de haft långa givande samtal på *meän kieli* med denne skorrande utböling.

Greger var en glad prick, och på sydlänningars sätt hade han ett onormalt utvecklat kontaktbehov. När han fräst iväg några tysta mil på sin racercykel brukade han alltså stanna och samtala med lokalbefolkningen. Förvånade karlar och tanter i Anttis, Kardis, Pissiniemi, Saittarova, Kivijärvi eller Kolari kunde plötsligt bli hejdade helt utan anledning. Framför dem stod en svettig marsmänniska och pladdrade så spottet stänkte. Orden var obekanta, men man svarade för säkerhets skull på finska att man inte skulle köpa något.

Sedan upptäckte man att man konstigt nog förstod vad han sa. Det var rent overkligt. Denna rabblande rotvälska med ljud som bara en drucken kunde frambringa! Och när man svarade *joo varmasti*, eller sa *niinkö*, så förstod denne främling precis på pricken.

Mysteriet utreddes av en äldre tullare som ett par år i sin ungdom tjänstgjort i Helsingborg. Som en av få tornedalingar behärskade han därför både tornedalsfinska och skånska.

Av en händelse passerade han Conrad Mäkis lanthandel i Juhonpieti just när Greger stod där och surrade med några pensionärer. Tullaren ställde sig i utkanten och lyssnade diskret men noggrant. Efteråt redogjorde han för sina iakttagelser på ett objektivt och detaljerat sätt för alla intresserade. Av gammal vana skrev han också ner sitt vittnesmål som jag själv har fått läsa, i laga ordning undertecknat av honom själv och bevittnat av två oberoende personer.

Helt klarlagt var att konversanten G (alltså Greger) under hela samtalet pratat en skånska av grötig karaktär, förutom ett mindre antal tornedalska kraftuttryck (se bilaga ett) med mestadels felaktigt uttal. Konversanterna A, B samt C (två gubbar och en tant) hade lika uppenbart under hela samtalet hållit sig till tornedalsfinska. Det underliga var att samtalet följt helt logiska banor där båda parterna till fullo tycktes begripa den andre. Samtalsämnena hade varit i turordning:

1. Den senaste tidens regn och kyla.
2. Potatisens framväxt under sensommaren, mandel-potatisens smakfördelar gentemot rundpotatisens, och huruvida det myckna regnandet skulle orsaka potatisröta.
3. Sommarens höbärgning, hässjornas antal och kvalitet, och huruvida den sena våren påverkat höets närings-innehåll.
4. Djurbesättningen i byn, utfodringen av mjölkkor förr och nu, jordbrukets mekanisering samt huruvida traktorer var billigare på svenska eller finska sidan.
5. Ett flertal nyligen funna snedväxta morötter som liknade kukar, och huruvida det var en naturens nyck eller en varning från vår skapare avseende ungdomarnas dans-tillställningar.
6. Förhoppningar om väderförbättringar samt avskeds-fraser.

I vetenskapligt syfte hade tullaren hejdat Greger just innan denne trampade iväg, och i neutral ton på finska frågat vad klockan var:

– *Mitäs kello on?*

– Detsamma, hade Greger vänligt svarat.

Av allt detta drog tullaren följande slutsatser:

Greger behärskade inte finska (förutom de illa uttalade svärorden, bilaga ett som sagt.) Lika lite begrep pensionärerna skånska. Den gåtfulla förståelsen dem emellan kunde i stället tillskrivas två orsaker: Gregers kroppsspråk som var påfallande yvigt och tydligt, samt hans synnerligen omfattande jordbrukskunskaper.

Tullarens son var språkvetare i Umeå och påbörjade en avhandling i ämnet: *Bilingual understanding in a northern Scandinavian multicultural environment*, men började supa och fick den aldrig färdig.

Greger själv bara flabbade när ämnet kom på tal. Dom är ju såna, skåningarna. Flabbiga.

Redan den första skoldagen inventerade Greger musikförrådet med dess klassuppsättning av rytmpinnar i björk, två tamburiner varav den ena var sprucken, två trianglar, en träxylofon där fiss och a saknades, en maraccas som läckte frön, en gitarr med tre strängar samt en avbruten filtklubba. Dessutom fanns en klassuppsättning av Nu ska vi sjunga 1, samt en handfull Fosterländska Sånger av Olof Söderhjelm.

– Fy fään va rälit! muttrade Greger.

Och innan någon visste ordet av hade han pressat belopp ur skolbudgeten som ingen ens anat hade funnits där och köpt ett trumset, elbas, elgitarr och förstärkare. Plus en splitterny grammofon. Under den följande lektionen visade han sig vara en oväntat duktig gitarrist. Den friska väldiga vänsternäven studsade runt som en hårig sydamerikansk fågelspindel på greppbrädan medan den ensamma högertummen slog fram dim- och susackord och flageoletter hur lekande lätt som helst. Sedan gick han över till blues och låtsades sjunga som en neger, vilket ju var enkelt eftersom han var skåning. Han drog ett klagande gitarrsolo med tumnageln som plektrum. Klassen bara gapade.

När det till sist ringde ut stannade Niila och jag kvar.

– Så där kan jag aldrig spela, sa Niila dystert.

Greger lade undan gitarren.

– Håll upp händerna! beordrade han.

Niila gjorde som han sa. Greger höll upp sina egna framför och betraktade sina fingrar.

– Räkna, befallde han.

Och Niila räknade. Sex fingrar.

– Och hur många har du själv?

– Tio.

Ja, så kunde man ju också se det.

Eftersom Greger märkt vårt intresse fick vi tillstånd att börja jamma på rasterna. Niila fingrade på elgitarren med stora ögon, förundrad över hur lätt det var att trycka ner strängarna. Själv greppade jag elbasen. Den kändes oväntat tung där den hängde som en mauser i axelremmen. Sedan slog jag igång de båda förstärkarna. Niila frågade oroligt om man kunde få ström i fingrarna. Jag sa att det nog inte var någon fara eftersom strängarna ju var isolerade från varandra.

Sedan började vi spela. Det kändes pirrigt och underbart, och det lät för djävligt. Men från denna stund blev spelandet verkligare på något sätt. Från en hemsnickrad träplanka i garaget, via en skrällig akustisk i källaren så stod vi nu där med riktiga grejer. Blänkande lack, kromade rattar och knappar, svagt surrande högtalarmembran. Det var stort. Det var på allvar.

Första uppgiften blev att hålla takten. Först var och en för sig, vilket var svårt nog. Sedan tillsammans vilket var ännu värre. Nästa uppgift blev att byta ackord. Helst samtidigt. Fortsätta hålla takten. Och byta tillbaka.

Ni som själva spelat förstår hur det var. Det tog lång tid innan det kunde börja kallas musik.

Greger lyssnade ibland och gav oss vänskapliga råd. Hans största tillgång var hans enorma tålamod. Som den där lunchrasten när han lärde oss att börja samtidigt. Han räknade in oss gång på gång, men jag började alltid på tre och Niila på fyra. Ett tag var det tvärtom. Till sist när vi äntligen båda började på fyra sa Greger att man skulle börja på ettan. Den andra ettan. Den som aldrig uttalades högt.

– Ett, två, tre, fyr – (nu!)

Niila sa att något mattesnille hade han aldrig varit. Greger höll då upp sin handikappnäve och bad Niila att räkna på fingerstumparna.

– Fyra fingrar är borta, och då är ni tysta, förklarade Greger vänligt. Åsså börjar musiken på tommen!

Märkligt nog fungerade det. För första gången kom vi igång rätt. Och än i dag när jag hör någon räkna in en låt så händer det att jag ser Gregers fingerstumpar inom mig.

Vi jammade hela hösten. Passade på varje ledig tid. Rasterna, håltimmarna och efter skolan. Och äntligen, under en lunchrast, lyckades vi till sist hålla igång ett någorlunda blueskomp.

Greger lyssnade och nickade gillande.

– Fortsätt, manade han.

Så öppnade han salsdörren. In kom en skygg kille med vekt ansikte och en lång, hängande pannlugg. Han tittade inte åt oss. Öppnade bara den avlånga låda han släpade på. Insidan var fodrad med röd plysch. Med sina långa fingrar plockade han fram en röd-vit elplanka, kopplade in den i en av förstärkarna och vred upp volymen. Sedan drog han ett solo till vårt grundkomp som nästan slet hjärtat ur bröstkorgen, ett skrikarsolo fyllt av skärande sorg. Det dånade så fönsterrutorna skallrade. Ljudet var helt annorlunda än vi var vana vid, sprucket, skärande, tjutande. Som en förtvivlad människa. Han mixtrade med en liten låda på gitarren så ylandet blev ännu värre. Sedan drog han ett solo. Ett knastrande och brölande gitarrsolo, djuriskt manligt, ofattbart för att komma från denne späde trettonåring. Fingrarna flög mellan strängarna, plektrumet snärtade fram våldsamma tonkaskader, örat hann inte med, bara hjärtat, kroppen, huden. Till sist gjorde han något jag aldrig sett förut. Han tog loss gitarren och höll den mot högtalaren, och strax började den spela av sig själv, skärande visslingar, vargyl och flöjter på samma gång.

Sedan log killen. Mjukt, nästan flickaktigt. Han strök bakåt den blonda luggen och slog av strömbrytaren. Ansiktet såg mycket finskt ut med isblå ögon.

– Jimi Hendrix, sa han kort.

Vi drog isär gardinerna. Ett tiotal elever tryckte näsorna mot rutan, tätt hoptryckta skuldra vid skuldra. Ljudet hade hörts över hela skolan.

Greger såg drömmande mot oss.

– Nu börjar det likna nåt, grabbar! Det här är Holgeri.

Jag vände mig mot Niila och mumlade med en kuslig föraning:

– Fy fan vad dom kommer att spöa honom.

– Va? sa Greger.

– Nä, ingenting.

Det var på högstadiet som mobbningen brutit ut på allvar. Pajala Centralskola var den här tiden en hemsk plats att hamna på om man stack ut på fel sätt. Man kunde trott annat om man kom utifrån. En glesbygdsskola i en stillsam by. Bara drygt ett par hundra elever. En tystlåten stämning i korridorerna, blyg skulle man nästan kunna få för sig.

Sanningen var att det fanns farliga elever. De hade börjat härja så smått redan på mellanstadiet, men det var först nu de riktigt blommade ut. Kanske var det puberteten. För mycket kåthet, för mycket ångest.

En del hade som nöje att stämpla blåmärken i korridorernas undanskymda hörn, de körde upp sina benhårda knän mot låret eller skinkan. Mjukdelarna. När man vände sig om, illamående av smärtan, stod de där och flinade. Ibland bar de synålar gömda i handen, och stack in dem djupt genom kläder och hud när man passerade. Vanligt var också slag mot överarmsmusklerna som gjorde helvetes ont i timmar efteråt.

Mobbarna gick på vittringen. De kände direkt när någon var annorlunda, de plockade ut enstöringarna, de konstnärliga, de alltför intelligenta. Ett av deras offer hette Hans, en tystlåten kille som gärna umgicks med tjejer. Förföljarna lyckades kontrollera hela hans liv, skrämde upp honom så att han inte längre tordes gå ensam i korridorerna. Han försökte gömma sig bland kompisarna, hålla sig mitt i hjorden som en svag antilop. Först flera år senare kunde han flytta till Stockholm och gå ut med sin homosexualitet.

Ett annat av offren var Mikael. Även han var blyg och inåtvänd, oförmögen att slå tillbaka. Han var annorlunda, det märktes, han trodde innerst inne att han var nåt. Vid ett tillfälle omringade gänget honom i metallslöjden medan läraren var ute. Med klassens sadist i spetsen, Uffe, började man träna strypgrepp på Mikael. Uffe klämde långsamt hårdare och hårdare med snusfingrarna runt den smala halsen tills killen kväkte som en groda. Klasskompisarna stod och såg på, men ingen protesterade. I stället betraktade man allt närmast nyfiket. Är det så där att bli strypt? Kolla vad svullen han blir i ögonen! Snart ville flera grabbar intresserat prova. De behövde inte ens hålla fast offret, han satt där förlamad av skräcken. Titta nu spyr han nästan, bäst att släppa. Någon mer som vill? Kom och testa bara. Kolla in pluggisen, vad rädd han är! Tryck där, längre ner, det tar bättre då. Host, host, uuuhhhuuurhhh... Prova du också, han vågar aldrig skvallra! Där är halsen, djävlar vad smal den är!

Lärarna anade nog vad som skedde i korridorerna, men vågade inte ingripa. Flera av dem blev själva illa åtgångna. En lärarinna från södra Sverige psykades systematiskt och sprang gång på gång gråtande ut från lektionssalen. Eleverna hånlog mot henne vad hon än sa, vägrade fylla i hennes stenciler, gömde hennes böcker, kom med sexuella anspelningar eftersom hon var ogift, lade porrbilder i hennes väska och liknande. Fler och fler elever hakade på när de såg chansen. Helt vanliga killar och tjejer. Klasskompisar. Så uppspelta att de darrade inifrån. Det fanns tillfällen då luften i skolsalen inte längre gick att andas.

Så snart jag hört Holgeris solo förstod jag att han låg illa till. Det var just hans sort som mobbarna plockade ut, klena killar som utmärkte sig för mycket. Tidigare hade jag skymtat honom i skolkorridorerna men aldrig på allvar lagt märke till honom. Han var undanglidande men inte ovänlig. En av alla dessa tysta elever från utbyarna som helst höll sig för sig själva, de stod i små klungor i korridorhörnen och mumlade till varandra på finska. De kände sig aldrig hemma i Pajala centralort. Holgeri berättade för mig hur svårt det var de första veckorna varje hösttermin. Hela den långa sommaren hade han pratat finska, och plötsligt måste hjärnan ställa om till svenska. Det tog ett par veckor, han kom inte på ord och sa fel, och därför var det säkrast att tiga.

Holgeri kom från Kihlanki, och vi brukade småprata medan han väntade på skolbussen. Oftast snackade vi om musik.

Jag undrade hur han lärt sig spela gitarr, och han sa att det varit pappan. Denne var död sedan några år, och exakt vad som hänt honom ville Holgeri aldrig berätta. Det han mindes bäst från sin barndom var hur han satt i faderns famn medan denne spelade Liikavaaralåtar och sjöng med frejdig stämma i berusningens euforiska stadium, hur han torkade saliv ur mustaschen som han brukade ansa med nagelsaxen, och sedan bjöd sonen på pix. Och när fadern avlidit hade gitarren hängt kvar. Holgeri hade tagit upp den, börjat fingra på strängarna och tyckt sig höra faderns röst, någonstans inifrån de djupa skogar där han numera vistades.

Mamman blev förtidspensionerad på grund av nerverna och sonen var allt hon hade kvar. Och när Holgeri önskade sig en elgitarr med förstärkare så fick han det, trots att hon knappt hade råd med skor och kläder.

Precis som jag hade han suttit framför radion. Med hemmagjord fingersättning hade han spelat solo till låtarna, och i sin fantasivärld blivit den stora stjärnan, geniet, den som ensam förstummade publiken. Det här skapade en del problem i bandet. Niila stretade på med sin kompgitarr men hade fortfarande rätt svårt att hinna byta ackord. Holgeri var mycket skickligare rent tekniskt, men tycktes i gengäld döv för vad vi andra gjorde. Hans insatser kom för tidigt eller för sent och passade sällan ihop med låten. Jag försökte säga det till honom på ett vänligt sätt, men han lyssnade inte eller log bara inåtvänt. Holgeri var en av dessa personer som har svårt för att vara enkel. Han liksom knypplade med musiken. Ville man ha en ton kom det ut ett ackord, gick man med på ackordet kom det ut ett riff, gillade man riffet bröts det upp i ett solo eller förvandlades till slingor i parallelltonarter. Det var omöjligt att få grepp om honom. Niila avskydde Holgeri den första tiden, mycket förstås på grund av avundsjuka, men han insåg samtidigt att vi inte kunde vara utan honom.

Ibland om kvällarna brukade Holgeri sätta sig på utdrags-
soffan hemma i Kihlanki och ta fram den döde pappans gi-
tarr. Med sina tonårsfingrar strök han fram ackorden som
stora fjärilar. De fladdrade ut över pinnstolar och trasmattor,
steg vid spisen där potatisen kokade, girade över väggalma-
nackan, pendelklockan, den vävda ranan, tidningssidan med
kungafamiljen och idolbilden av Honken Holmqvist, sniffade
över brödfatet och grytorna, störtdök mot pottan och golv-
kvasten, strök förbi skolväskan och gummistövlarna, upp
igen mot mamman i gungstolen, ett varv runt hennes klirran-
de lovikkastickning och yllegarn, sedan bort mot krukväxter-
na, begoniorna och svärmors tunga, uppåt över fönsterglaset,
en kort skymt av slåtterängar, björkar och spenvarm kvälls-
sol, förbi trampsymaskinen, trälådradion, klädskåpet med
den skeva dörren, och sedan tillbaka in i gitarren, in i det
mörka klanghålet där andra fjärilar trängde och ville ut.

Mamman brukade inte säga något, inte berömma men hel-
ler inte störa. Bara finnas där som en kropp. En kroppsvärme.

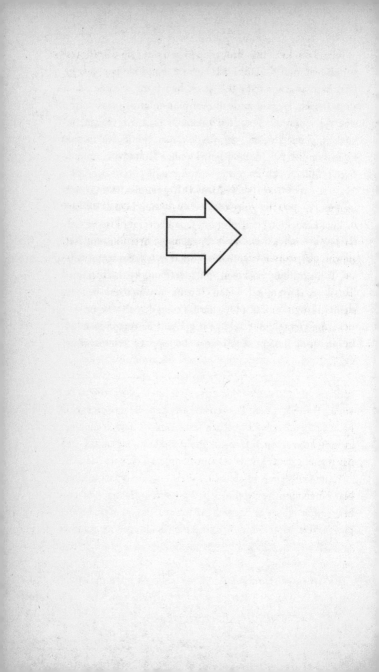

Kapitel 14

Trots Laestadius förmaningar, trots läkarvetenskapens varningar och trots många avskräckande exempel bland släkt och bekanta började flera av mina skolkamrater att helgsupa. Tornedalen tillhör det vodkabälte som sträcker sig via Finland djupt in i Ryssland, och på högstadiet var ett av de största fritidsintressena att bli full. Det var många frälsta nybörjaralkoholister som under skolrasterna predikade sjuttiofemmans evangelium, och när en hade provat ville andra följa efter.

Det var vid denna tid som Kaunisvaarapojkarna började sprida ut ryktet att de tålde mest sprit i hela Norrbotten. Bevisen var odiskutabla. Det senaste året hade de gjort resor till både Gällivare och Kiruna och festat omkull hela kompanier av gruvarbetarsöner från alkoholdränkta rallarsläkter, och när inte ens dessa kunde stå emot borde saken vara klar.

Kauniskillarna började helt enkelt bli väl styva i korken. När omgivningen tvivlade sa de sig kunna utmana vem som helst. Efter vissa överläggningar tog två Paskajänkkäbröder tag i saken. Eftersom de tyckte sig ha både insikter i ämnet samt arrangörsförmåga, utlyste de sålunda ett Kommunmästerskap i Supning.

Ryktet spred sig mellan grabbgängen ut i kommunen. Reglerna var enkla, det var ett ungdomsmästerskap, man fick högst gå i nian. Via skolbussar, kusiner, pokergäng och inte minst via idrottsföreningarna fördes budkaveln vidare. Eftersom varje ort bara fick skicka en deltagare hölls först stenhårda lokala uttagningar. Och så småningom, en fredagkväll i början på oktober, var det dags för själva finalen.

Tävlingen skulle hållas i Pajala gamla reningsverk. Det låg vid den här tiden nere på älvbrinken inte långt från kyrkan och utgjordes av en röd tegelbyggnad, omgiven av en svag men tydlig skitlukt. Av just den anledningen hade kåken blivit centralpunkt för kvartergrabbarnas mäsktillverkning. Genom en taklucka hade de smugit sig in på vinden och hittat en lugn vrå där dunkarna kunde puttra i fred medan jästdoften doldes av kloakodörerna.

Eftersom jag kände Paskajänkkäbröderna fick jag hjälpa till med förberedelserna, mot löfte att jag och Niila skulle få bevittna tävlingen. Vi bar dunkar och fyllde på vatten medan själva receptet blandades till av mer kunniga personer. Bakjäst och socker, och i en del kärl även potatis och russin. Det hela fick mogna ett par veckor till lämplig arom och styrka. Destillering var inget för Paskajänkkäkillarna. Tre från kvarteret hade visserligen framställt HiLaGu-brännvin, döpt efter de inblandades förnamn med egentillverkad etikett och allt, men finkelhalten hade fått nackhåren att resa sig. Den mer tekniskt sinnade äldre brodern hade även han gjort ett försök med en anordning som smygsvetsats på verkstadsskolan. Han hade ställt den på en kokplatta i garaget, men på grund av otäta kopplingar hade etanolångorna antänts och hela fanskapet exploderat. På sjukstugan förklarade han de omfattande brännskadorna med att potatisgrytan vält från spisen, och att jästlukten i kläderna kom från morsans degvätska som han hällt över för att kyla sig. Som minne av detta fick han hädanefter heta Leipä och hade en rödfnasig och hårlös underarm.

Bröderna hade efter denna incident enats om det löjliga med destillering, en onödig och svamlig procedur som både förstörde smaken och tog kål på värdefulla B-vitaminer. En karl skulle tåla mäsk, och det var med den förutsättningen som deltagarna bjöds in.

Man väntade till kvällen då de intet ont anande renings-verksarbetarna gått hem. I skydd av kvällsmörkret klättrade ett tiotal killar in genom takluckan och samlades i skitlukten i ett ostädat förrådsrum på övervåningen. Alla deltagare slog sig ner i en ring på golvet. Avvaktande började de spana in varandra.

Korpilombolokillen var finnig i pannan och melankolisk med hängande svart lugg. Junosuandokillen flinade hela tiden med utstickande underläpp som folk ofta gör i den delen av kommunen. Tärendögrabben hade tudelad haka och drop-pande potatisnäsa. Muodoslompologossen hade en brunlock-ig fårfrisyr och småspottade oavbrutet av nervositeten. Pajalas representant var alltså Leipä med lågt hårfäste och isblå, smått skelande blick. Dessutom deltog ett par av småbyarna. Killen från Lainio var blek och såg kristen ut med skygga, stora djur-ögon. Torinengrabben hade enorma skogsarbetarhänder till sina oproportionerligt späda pubertetsunderarmar och en så pormaskig näsa att den verkade täckt av knott. Kaunisvaaras uttagne, ynglingen som alltså ådrog sig favoritskapet, var en av byns viga längdskidåkare, en tunnläppad, framåtlutande tjurtall som redan som fjortonåring åkt till sig en elfteplats i Malmloppet och hade en lungvolym motsvarande ett full-pumpat traktordäck. Dessutom medföljde en handfull sup-portrar för att kolla att allt gick rätt till.

Leipäs lillebrorsa som hette Erkki och gick i åttan öppna-de högtidligt den första dunken. Han var kortvuxen men bas-tant i kroppen, känd för sin dumdristiga slagsmålsteknik. Vid åsynen av den skummande mäsken blev han så sugen att han begärde att själv få delta i tävlingen som efteranmäld. Alla vägrade eftersom Pajalas deltagarkvot redan var fylld. Erkki började då framhålla sina skogssamerötter och manade fram sina förfäder i led på led och krävde att Leipä skulle intyga hans härstamning i ett allt mer provocerande tonfall. Till sist enades man om en kompromiss. Erkki skulle få delta som representant för Sattajärvis Skogssamer, och hans uppgifter som tävlingsfunktionär skulle övertas av mig och Niila.

Vi började omedelbart att fördela mäsken. Jag hällde ur dunken medan Niila langade fram muggarna. Alla drack raskt ur under kompakt tystnad. Nästa omgång följde omedelbart. Ett ivrigt sörplande och kolkande. Mugg nummer tre. När även den var tömd beordrades paus för rapning och ifyllande av snus. Alla sneglade på varandra och muttrade att en svagare pissmäsk fick man då leta länge efter, och att i deras hemby drack ungarna sånt här i nappflaska. Supportrar och observatörer tiggde om smakprov och fick. Själv tog jag en munfull och höll på att få en rå potatis i halsen. Det smakade degvätska och var rent djävulskt starkt.

Nu började folk otåligt påminna mig om min uppgift här i jämmerdalen, så jag drog fram och öppnade nästa dunk. I rättvisans namn försökte jag hälla så lika som möjligt i muggarna medan Niila kontrollerade att alla drack ur. Stämningen var helt klart i stigande. Plötsligt bröt lös ett ivrigt babblande på tornedalsfinska. Gladast var nog Erkki som ju kommit med mest på nåder, han började tacka alla personligt i hand tills Leipä bad honom hålla käften och sluta störa tävlingskoncentrationen.

Som alltid medförde ruset de mest oväntade personlighetsförändringar. Korpilombolokillen hade börjat flina som en sol och berättade sexuella vitsar om lärarvikarier. Junosuando fick en grym rynka mellan ögonen och började tjata om nazisttätheten på 1930-talet i vissa närbelägna byar, ända tills

Tärendökillen fattade vinken och aggressivt började redogöra för Junosuandos byfånestatistik. Lainio klev plötsligt ur både sin blygsel och fromhet och föreslog ett parti enkronaspoker. Kaunisvaara undrade spydigt när Lainiolaestadianerna fått sådana intressen. Muodoslompolo fick en hemlighetsfull min och började antyda härstamning från i lönndom resande franska 1700-talskungligheter. Torinen sa att såvitt han hört var Muodoslompolotrakten mer känd för sina blodiga släktfejder och sin till fulländning utvecklade inavel. Leipä bad återigen alla att hålla käft, varpå samtliga genast började fälla kommentarer om *Pajalan piksipojat* och om modernt svammel som kommunsammanslagningen som fått nämnda pixpojkar att tro att dom var nåt.

Efter två muggar till blev stämningen ännu vresigare. Samtidigt blev argumenten mindre spänstiga och sämre uttalade. Den ende med glatt sinne var Korpilombolo som plötsligt reste sig upp. Han ursäktade sig så mycket, men han måste avbryta eftersom han fått en sådan otrolig samlagslust, och undrade om vi kände till någon fördomsfri Pajalakvinna. Erkki beskrev noga vägen till en pensionerad matematikfröken och hälsade klurigt lycka till. De andra hade bestämt sig för att påbörja slagsmål, men innan dess måste man pissa och reta upp sig. Efter pissandet överväldigades dock alla av en plågsam vätskebrist som jag och Niila genast fick åtgärda.

Ögonlocken hängde nu på halv stång. Tungan växte i munnen. Mäskfisarna började fylla rummet med sin sura sumpgas. Junosuando och Tärendö utväxlade några sladdriga knytnävsslag, föll sedan framåt i varandras armar och slocknade i en gemensam hög. Muodoslompolo skrattade våldsamt åt scenen tills han slet åt sig en tom mäskhink och spydde. Han krävde högljutt att ändå få fortsätta tävlingen, tills även han somnade, sittande med nerdinglande skalle. Kaunisvaara fnös hånfullt om nybörjartakter.

Ett par nya rundor följde. Lainio verkade förvånad över att ha hängt med så länge eftersom hela hans släkt var djupt troende, och själv hade han börjat supa så nyligt att han egentligen inte hunnit få någon vana. Torinen förlitade sig lugnt på sina arvsanlag och började räkna upp släktens alla alkoholister och kom upp till ett par dussin innan han rasade sidledes och blev liggande.

Niila släpade fram ännu en dunk. Leipä och Kaunisvaara blängde på varandra som mörbultade boxare och drack ur samtidigt. Lainio hängde med, liksom Erkki som inte kände tävlingspressen utan fortfarande drack mest för att det var gott. Leipä hade nu mist en del av talförmågan och kunde bara utstöta vokaler. Kaunisvaara hade i sin tur problem med synen och missade muggen ända tills han höll för ena ögat. Han utnyttjade dock sitt verbala övertag och började sjunga Pajala strejkvisa, nästan helt utan sludder. Lainio bad då alla kommunister flytta hem till den Sibiriska sköna vintern, och påstod dessutom att Lenin och Stalin idkat könsumgänge med varandra, och att Marx säkert skulle hängt med på det om han inte varit begraven. Så påpekade han än en gång förvånat hur oväntat roligt det var att synda, och att om han vetat det skulle han börjat för länge sedan. Därefter, nöjd med kvällen, lutade han stillsamt sitt huvud mot väggen bakom sig och somnade utan aftonbön.

Supportrarna märkte nu att avgörandet närmade sig och började gasta hejaramsor. Tre av dem var från Kaunisvaara, ättlingar till vägstrejkare och stalinister. De var tysta när de var nyktra, men skrek nu att kommunistiskt supande både stärkte upprorsandan och vässade argumenten, och att man aldrig hade så roliga fyllor som på Röd Ungdom-festerna. Av Pajalasupportrarna var en från Naurisaho och en från Paskajänkkä, och efter att dessa båda förklarat sig vara social-demokratister steg temperaturen avsevärt. Medan Leipä och

Kaunisvaara höjde ännu en mugg började Kaunisvaarakillarna hota med stryk i den sedvanliga nådens ordning, först i vackra tornedalsfinska liknelser, sedan i klartext, sedan med hotfulla åtbörder och stirrande blickar. Socialfascisterna skulle pissa blod efter några revolutionära hammarslag. Pajalagrabbarna undrade då spydigt vad revolutionärerna uträttat i den lokala historien mer än slagit sönder en buss i Kengistrakten och viftat med revolvrar i avsides belägna skogskojor. Kaunisvaaragänget skrek att så pladdrade bara tungor som slingrat sig i överhetens arselhål, och att lokalt arbetarvåld var lika motiverat nu som då. I sista stund ställde sig Erkki mellan de båda grupperna och förklarade listigt men sluddrande att han länge känt dragning åt kommunismen, men att han också haft stort nöje av Unga Örnarmötena, särskilt då det bjudits på saft och tårta, och att han därför ännu inte riktigt kunde ta politisk ställning. Bägge gängen sög då genast tag i honom och försökte frälsa medan jag fyllde på i alla muggar.

Leipä var tvungen att sitta lutad mot väggen för att inte rasa. Kaunisvaara såg nu dubbelt även med ena ögat, och var dessutom tvungen att hålla ögonlocket uppe med pekfingret. Båda hade nu tystnat. Smärtgränsen var passerad, giftet spred nu bara död och förlamning. Kaunisvaaras arm rasade tungt ned, ögat föll igen. Alla tystnade tvärt. Men just när alla trodde att saken var klar sa han högt att eftersom armen inte längre lydde måste någon hjälpa honom. En av hans kompisar höjde då muggen till läpparna och tömde in den i mörkret. Leipä i sin tur svarade inte på tilltal eftersom även hans hörsel nu förvunnit, men fortfarande förstod han teckenspråk. Han kunde själv lyfta muggen men inte utföra sväljrörelser, och var tvungen att hälla sakta så att det självmant bubblade ner i strupen. Jag föreslog då att segern skulle delas. Kaunisvaarasupportrarna invände då våldsamt att sådan feghet var otänkbar, och att inga pajalamyglare skulle snuva dem på deras självklara mästerskap.

Jag delade ut nya muggar. De tömdes på samma sätt. Jag hävdade nu, allvarligt oroad, att båda var medvetslösa och att segern måste delas. Kaunissupportrarna drog då upp ögonlocken på sin hjälte och visade att pupillerna alls inte var uppåtvända, utan tvärtom fortfarande brann av tävlingsiver. Leipä tillfrågades skrikande i örat om han ville fortsätta, och ombads att i så fall öppna munnen. Han gapade, och deltagarna fullföljde ännu en rond.

När även denna mugg var tömd var de sista livstecknen slutgiltigt borta. Hårdhänta upplivningsförsök gjordes på båda sidor. Leipä rasade ner i en obekväm vinkel och Kaunisvaarakillen började dregla med tungan ute. På min inrådan lades de i framstupa sidoläge, varvid det upptäcktes att båda var blöta i stjärten.

Erkki bad kraftigt sluddrande om påfyllning. I likhet med hans brorsa slog sig fyllan mest på talet, men jag förstod ändå vad han ville och serverade. Han drack ur och hävdade sedan på en finska med många främmande ljud att kommunmästerskapet i supning tagits hem av Sattajärvis Skogssamer.

Supportrarna från både Kaunisvaara och Pajala stirrade på mig. Jag i min tur stirrade på Niila. Denne nickade och sa att det stämde. Erkki hade druckit en mugg mer än alla andra. Erkki flinade och framhävde grötigt att det här var det fullaste han varit i hela sitt liv. Och sosse eller kommunist, det tålde att tänkas på, men nu behövde han sannerligen pissa.

Jag och Niila hjälpte Erkki ut genom takluckan. Kaunisvaarasupportrarna satt förkrossade kvar och började tröstsupa och tala om de senaste höstsjälvmorden. Pajalakillarna upptäckte att Leipä kräkts och rensade munnen så han inte skulle kvävas. En sötsur doft avslöjade att mäskdiarrén redan började komma. Den fallne Kaunisvaara såg oroväckande blek ut, men antogs ha hjälp av sitt starka skidåkarhjärta. De andra snarkade som svin med öppna eller slutna ögon, lyckligt ovetande om morgondagen.

Utanför reningsverket ställde sig Erkki och målade höstnatten med ångande penseldrag. Jag gratulerade honom hjärtligt, och fick därefter ett plötsligt infall. Jag förklarade högtidligt att som ungdomsmästare kunde Erkki härmed emottaga överraskningspriset, nämligen en plats som trumslagare i ortens mest lovande unga rockband.

Niila öppnade munnen, men teg sedan jag knuffat honom. Erkki sa att trummor hade han knappt ens sett på foto. Jag försäkrade lugnande att kunde han hålla i picken så kunde han väl hålla i en trumpinne. Erkki skrattade så strålen bröts på flera ställen, och därmed var saken klar.

Den följande måndagen på lunchrasten var alltså den exakta tidpunkten då vårt rockband bildades. Det blev en mycket minnesvärd dag av flera anledningar. Trots att det gått två dagar sedan tävlingen var Erkki fortfarande bakfull. Det var dock inget mot hans brorsa Leipä som mellan kväljningarna gång på gång avgav nykterhetslöfte, och sedan faktiskt höll det också i flera veckor. Kaunisvaarakillen bekämpade illamåendet med ett stenhårt träningsprogram där han sprang över jättemyrar i farsans gummistövlar med stenar instoppade som tyngder i skaften, högg flera lass ved med omväxlande höger och vänster arm, och cyklade till skolan i Pajala med sadeln bortmonterad för att inte vila i onödan medan han stärkte lungorna genom att andas bara varannan gång.

Erkki ville först backa ur när han fick klart för sig att trumspelande handlade om två trumpinnar. Det var dubbelt så många som han förväntat sig. Till sist slog han sig ändå motvilligt ner bakom skolans trumset, greppade pinnarna som klyvyxor och började sedan grovavverka bland pukorna. De fälldes som av en tornado, stativ, cymbaler och hela skiten. Erkki blev sittande. Såg tomt ut i luften en stund. Och påstod sedan med säkerhet att baksmällan minskat. Förundrad ställde han allt i ordning och gjorde om försöket med lika förödande resultat. Och nu försvann huvudvärken nästan helt. Mycket märkligt. Fick han bara spela en stund till skulle nog även darrningarna och svettningarna ge med sig.

Jag försökte lägga en puls med basen till hans obefintliga rytm, Niila och Holgeri täppte till lufthålen med gitarrerna. Tonart sa vi inte ett ord om, vi var liksom inte på den nivån. Erkki verkade helt omedveten om oss andra, skelade med ögonen, stack ut tungan och gjorde krystande munrörelser. Redan nu hade han alltså det imbecilla utseende som många trummisar får medan de spelar, trots att de i vanliga fall ser helt normala ut.

Utan förvarning, mitt i Holgeris gitarrsolo, stoppade Erkki och spände ut livremmen. Vi kom av oss och tystnade. Erkki sa att det här med rockmusik var det roligaste han provat på, inklusive berusningskonsten och självbefläckelsen. Däremot kunde han inte jämföra med samlagets påstådda fröjder eftersom den erfarenheten var ogjord, men förmodligen skulle den visa sig ovidkommande eftersom han alltid misstänkt fittan för att vara överreklamerad.

Jag bad honom försöka igen, men denna gång försöka slå med bestämda mellanrum. Erkki tvekade, men satte sedan igång igen. Resultatet blev ännu värre, ett helvetiskt larm. Träflisor sprutade från trumstockarna, skinnen fick gropar, stativskruvarna gängade upp sig så delarna föll isär. Jag såg på Niila. Han skakade på huvudet. Något så orytmiskt och överdjävligt oväsen hade vi aldrig själva ens kommit i närheten av. Holgeri hade redan pluggat ur sin gitarr och höll på att packa ihop. Niila gjorde likadant. Själv försökte jag komma på hur vi skulle bli av med Erkki utan att han blev sur. Säga att hederspriset bara gällde för en dag. Det vore det bästa. Allt annat var ett missförstånd.

Erkki förekom dock oss alla. Han reste sig innan jag kom mig för att säga något och klev ut genom salsdörren med ett uppspelt vi ses.

I nästa stund hörde jag hånskratten därute. Låga och triumferande. Jag såg genom dörröppningen hur Erkki stod fastlåst av Uffe och hans polare Jouko. Flera av deras underhuggare stod intill. Ett par av dem störtade fram till Holgeri och tryckte omkull honom i ett nacklås.

– Nu era djävla kaniner! väste de.

Jag överväldigades av skräcken. Magen knöt sig, blodkärlen drog ihop sig inför attacken. Ovissheten var alltid det värsta. Att aldrig veta hur långt de skulle gå den här gången. Hur många blåmärken? Hur mycket smärta? Hur lång tid innan Greger kom?

Därute hördes skrik. Gälla och skärande. Vad fan gjorde de med Erkki? De använde väl inte knivar?

I en sekund ville jag dö. Sedan såg jag hur de kröp på golvet. Jouko blinkade och blinkade medan blodet forsade från hans köttröda, kluvna ögonbryn. Uffe simmade omkring och sopade dreglande ihop flisorna från sina framtänder.

Underhuggarna backade undan, vita av skräck. Erkki haltade in i salen med blodet sipprande från underläppen och hakan.

– Dom rör oss inte mer, sa han lugnt.

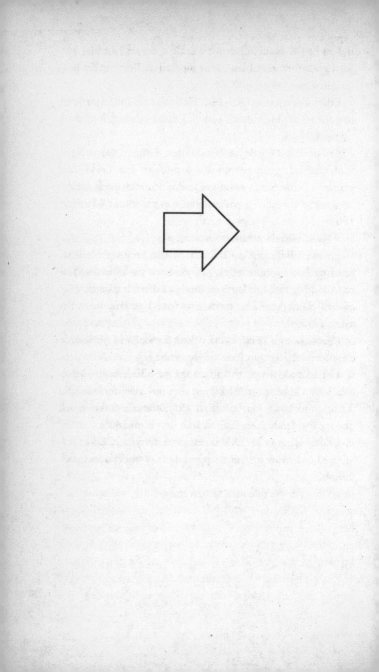

Kapitel 15

– där tungans band lossnar efter lördagsbastun,
och vad varje ung man bör känna till

I vår familj badade vi bastu varje lördagkväll, en tradition som säkert gick bakåt till hednatid. De senaste åren ville syrran basta ensam, det hade blivit så sedan hon började få tuttar, och när hon var färdig gick jag och morsan och farsan in. Vi tog *löylyä* och svettades så smutsen lossnade, och tvättade oss med tvål så talgen for bort, och kliade bort gamla skinnflagor och borstade ryggarna och blev röda som flådda harar. Det enda man måste tänka på i bastun var att inte fisa. Även detta var något som gått i arv hur många generationer som helst, och det var säkrast att låta bli om man inte ville bli utslängd.

Sist av allt tog vi efterånga så att även tvålresterna löstes upp, och när man sist av allt sköljde av sig med friskt vatten blev man renare än det egentligen var möjligt.

Den här kvällen blev dock annorlunda. I efterhand förstod jag att farsan planerat det hela, det låg något i luften. Nervositet. Vi satte oss i omklädningsrummet där tvättmaskinen stod i ett hörn. Mamma skyndade sig ut, det var tydligt att hon ville lämna oss ifred. I plåtkaminen brann och sprakade en brasa för trevnadens skull. En envis granvedbit sprätte kolbitar på golvet som farsan släckte med sin blöta fotsula. Vi grillade varsin korvbit och åt med välbehag, sugna av saltbristen efter allt svettande. Farsan tömde bastuölen och började grogga med Kosken och sockerdricka. På hela denna tid hade han inte sagt ett ord.

I vanliga fall skulle jag nu gått och lämnat farsan ifred. Jag visste att han trivdes ensam och gärna satt i timmar och tittade på eldslågorna, med svårmodiga tankar i sin ugriska hjärna. Men den här gången kände jag på mig något. Det var den där intuitiva kontakten som gärna utvecklas mellan far och son när man inte snackar hela tiden. Man blir till två hannar, känner doften av varandras svett, lyssnar på andningen. Man spänner sina muskler, slappnar sedan av och hör matsmältningens låga meddelanden genom skinn och blod. Man blir organisk. Klär av sig. Stryker bort de rynkiga vardagsfraserna ur pannan.

Farsan harklade sig men förblev tyst i flera minuter. Harklade sig igen för att mjuka upp tungan. Drack. Jag stack in en ny vedklabb i lågorna. Såg imman rinna på det kalla glaset.

– Nu när du inte längre är en liten unge…, började han till sist på finska.

Jag svarade inte. Tänkte att skäggväxt hade jag inte, däremot började jag bli uppkäftig och hade snabbväxande fötter vilket var de första tecknen på pubertet.

– Du har väl kanske undrat ibland… ställt dig en del frågor…

Förvånad sneglade jag på honom och såg att hans käkmuskler dunkade.

– Frågat dig själv… om livet… om människorna… Nu när du blivit större bör du få veta…

Han gjorde en paus, drack igen och undvek att titta på mig. Jag tänkte att nu blir det sexualkunskap. Kondomer.

– Det här måste stanna mellan oss. Förtroende. Man och man emellan.

Nu såg han på mig för första gången, rätt packad i ögonen. Jag nickade. Han fäste blicken i elden igen.

– Min far, alltså din farfar, var en hästpinkare i sin ungdom. Därför har jag två halvsyskon, sa han kortfattat. De är i min ålder och har egna barn. Här i Pajalatrakten har du alltså fem förstakusiner som du inte vetat om, tre av dem är flickor, och du bör få reda på vilka de är för att undvika inavel.

Han räknade upp dem. En av dem gick i min parallellklass och var söt.

– Nu till nästa sak. Det finns två släkter i kommunen som gjort oss mycket illa, och som du i all framtid måste hata. I det ena fallet bottnar det i en menedsrättegång 1929, i det andra gäller det några myrslåtterrättigheter som en granne lurade till sig av din farmors far 1902, och båda dessa oförrätter skall hämnas med alla medel så snart du får möjlighet, ända tills dom djävlarna erkänt och betalat, och dessutom bett om ursäkt på sina bara knän.

Farsan sammanfattade de invecklade turerna genom årens lopp. Det var stämningar och motstämningar, falska intyg, mutande av myndighetspersoner, det var handgemäng, hotelsebrev, skador på egendom, utpressningsförsök, och vid ett tillfälle en lovande älghund som kidnappats och knivmärkts som en ren i öronen. Det var ingen hejd på de grymheter som dessa vettvillingar förföljt oss med, och trots att vi hämnats efter förmåga låg vi fortfarande på mycket minus. Det hemska var att fiendesläkterna spred falsk propaganda om oss och grovt överdrev de små motaktioner vi lyckats utföra. Jag borde därför ta mig i akt på danstillställningar och andra offentliga sammankomster där hämndstryk kunde utdelas i buskar och mörka utrymmen på det mest ohyggliga sätt.

Han nämnde släkternas namn, och redogjorde noga för deras olika sidogrenar och ingiften där i vissa fall efternamnet ändrats, men där blodet var av samma giftiga sort som förut. Även här fick jag namnet på en skolkamrat, en mager kille i nian från en av småbyarna som hittills inte verkat bry sig om mig. Farsan sa att det var just så de uppträdde, de verkade helt oförargliga på ytan tills man invaggats i säkerhet och lämnade ryggen fri. Fler än en av våra anförvanter hade med sticksår och frakturer bittert fått ångra sin godtrogenhet, det kunde farsan intyga.

Jag lade på minnet, och farsan förhörde mig eftersom inget fick glömmas eller förlåtas av rent slarv. Han drack och var förbannad en stund och fick mig med på att grymta och fnysa och smida lömska planer. Han föreslog mig en yrkeskarriär inom kommunal förvaltning, eftersom man där på en maktposition kunde orsaka helvetes mycket djävligheter, och dessutom var omöjlig att få bort, och genom finessrik svågerpolitik kunde mygla in anhöriga tills kommunen blev omöjlig att vistas i för dessa menedare och marktjuvar.

Farsan fick slut på groggvirket och började klunka direkt ur flaskan. Han övergick nu till information av mer allmän karaktär. Som snart fullvuxen arbetskarl fick jag veta vilka som varit strejkbrytare under vägstrejken 1931 och flottningsstrejken vid Alanen Kihlankijoki 1933, vilka som varit nazister i främst Tärendö och Anttis men även i själva Pajala, vilka som varit angivare under andra världskriget, bland dem flera som fortfarande kallade sig socialdemokrater och som skickat kommunistiska arbetarbröder till koncentrationslägret Storsien för att skjutas ifall Hitler skulle tassat in i Sverige. Jag fick också veta vilka som sedermera bett om ursäkt, och vilka som inte gjort det, och att de senares anhöriga nog kunde påminnas om saken när tillfälle gavs.

Det blev ett vimmel av släkter att hålla reda på och ytterligare ett antal av mina skolkamrater blev inblandade. Farsan tyckte att vi skulle repetera, vilket vi noggrant gjorde. Sedan fortsatte han med mer allmän arbetarhistoria, som varför särskilt långsinta socialister än i denna dag undvek Haparanda-bladet och Norrbottenskuriren, varför man handlade på Konsum och inte på ICA eller varför tullare, jägmästare, folk-skolelärare och laestadianer fortfarande bemöttes med miss-tänksamhet.

Sedan kom han in på avdelningen kuriosa och drog Kor-pelarörelsens historia med namnen på alla inblandade släkter, och flabbade framåtlutad åt hur de väntat på en kristallark, och penslat både fittor och rövhål på varandra, och hoppat och svurit värre än i en skogsarbetarkoja, och kallat pippa för att äta, och lekt med renhorn på skallen, och ridit varandra som hästar, och druckit mäsk tills de skitit på sig i polisbilen, och överlag haft så roligt som man förmådde med glesbyg-dens enkla små medel.

Jag bara stirrade av förvåning och antydde att han skoja-de med mig, för det här var första gången jag hört talas om saken. Farsan sa att det här bara var finversionen, resten skulle han avslöja när jag kom i sexuellt mer mogen ålder.

Hela Tornedalen tycktes förändras inför mina ögon. Byg-den fylldes av små osynliga metrevar som spred ut sig kors och tvärs bland människorna. En stark och mäktig spindelväv av hat, åtrå, rädslor, minnen. Ett nät som var fyrdimensionellt och spred sina klibbtrådar både bakåt och framåt i tiden, ner till de döda i jorden och upp till de ännu ofödda i himlen, och som skulle påverka mig med sitt kraftfält vare sig jag ville det eller inte. Det var starkt, det var vackert, det skrämde mig. Jag hade varit ett barn, och nu lärde mig farsan att se. Rötter, kul-tur, fan vet vad det kunde kallas, men det var mitt.

Sist avhandlade farsan vår egen släkts svagheter. Det fanns drinkare bland oss. Det var därför han inte bjöd mig nu, jag borde vänta till myndig ålder innan jag började roa mig med alkoholgiftet eftersom berusningens konst var invecklad och krävde mognad. Och om jag då började tycka att det smakade gott skulle jag noga akta mig. Alkoholens egenskap var ju att den spred värme och glädje i kroppen samtidigt som den smakade beskt och illa för vanliga personer. Men farsan hade hört många alkisar säga sig uppskatta själva alkoholsmaken, och att de förmodligen just därför fastnat i träsket.

Dessutom blev några i vår släkt våldsamma när de drack. Även sådant var svårt att förutse innan man själv provat, men viktigt att känna till, eftersom dåligt ölsinne var det som orsakade böter och svårläkta knivsår och förde folk till finkan i Haparanda. Mina första berusningar borde jag därför för säkerhets skull uppleva i ensamhet, inlåst på mitt rum. Och om jag då kände mig uppfyllas av en oemotståndlig slagsmålslust måste jag för all framtid undvika sprit i sociala sammanhang. Då var enda möjligheten att redan från unga år träna sig i att gå på danstillställningar nykter, vilket var oerhört svårt, men inte omöjligt.

Sedan började han räkna upp släktens sinnesdårar. Några hade jag redan träffat, en satt på Gällivarepsyket och en annan i Piteå. På läkarspråk hette det schizofreni och antogs följa släktledet. Sjukdomen bröt ut i artonårsåldern och hade bestämda orsaker. Olycklig förälskelse var en, och farsan bad mig noga akta mig för invecklade kvinnor med sexrädsla. Han uppmanade mig att aldrig truga det täcka könet för mycket ifall de nekade släppa till hålet, utan hellre följa hans eget recept och hitta en framfusig bondkvinna med stort arsle.

Den andra orsaken till galenskap var grubblerier. Farsan uppmanade mig strängt att inte börja tänka för mycket, bara på det nödvändigaste, eftersom grubbleriet var en ovana som bara blev värre ju mer man höll på. Han kunde själv tipsa om hårt kroppsarbete som botemedel; snöskottning, vedhuggning, längdskidåkning och liknande, eftersom tänkandet gärna infann sig om man låg och drog sig på sofflocket eller på annat sätt vilade sig. Tidiga morgnar var också att rekommendera, i synnerhet under helger och vid bakfylla då de hemskaste tankar annars kunde mögla fram.

Särskilt viktigt var det att inte börja grubbla över religionen. Gud och döden och livets mening var alla livsfarliga områden för ett ungt och sårbart psyke, en snårskog som förde vilse och orsakade den mest svårartade galenskapen. Sådana funderingar kunde lugnt skjutas upp till ålderdomen, eftersom man då var härdad och starkare konstruerad och inte hade så mycket annat att göra. Konfirmationsundervisningen skulle alltså ses som en rent teoretisk uppgift, ett antal texter och ritualer att memorera men absolut inte fördjupa sig i.

Det farligaste, det han mest av allt ville varna för, den enskilda faktor som sänt hela kompanier av unga stackare in i dårskapens dimmor, var dock bokläsningen. Denna ovana hade ökat under den senaste generationen, och farsan var outsägligt tacksam för att jag själv inte hittills visat sådana tendenser. Sinnessjukhusen var överfyllda av folk som läst för mycket. En gång hade de varit som du och jag, kroppsligt starka, frimodiga, nöjda och balanserade. Sedan hade de börjat läsa. Oftast av tillfälligheter. En förkylning med ett par dagars sängliggande. Ett vackert bokomslag som väckt nyfikenhet. Och plötsligt var ovanan född. Den första boken ledde till nästa. Och nästa, och nästa, länkar i en kedja som ledde rakt ner i mentalsjukdomens eviga natt. Man kunde helt enkelt inte sluta. Det var värre än narkotika.

Möjligen kunde man i största försiktighet hantera böcker där man lärde sig något, som uppslagsverk eller reparationshandböcker. Det farliga var skönlitteraturen, det var där som grubblerierna grundlades och uppmuntrades. Fy fan! Så vanebildande och riskabla produkter borde bara säljas i statligt kontrollerade butiker mot legitimation, ransonerade, till enbart folk i mogen ålder.

Nu ropade morsan nerför källartrappan att maten var färdig. Vi svepte handdukarna om oss och knallade upp. Farsan vinglade till och slog i stortån, men verkade inte känna smärta. Och själv var jag inte längre pojke.

Kapitel 16

– där en ond man bekantar sig med skarsnö
varefter hans hustru bjuds på en kall dryck

Niilas farsa Isak försökte hejda sönernas pubertet genom att slå dem. Ju större de blev, desto mera stryk. Isaks alkoholmissbruk kom i allt tätare perioder och sträckte sig allt längre. Som nykter var han lynnig, lättretad och tungsint. Han fördrev tiden med att sätta upp regler för beteendet i varje vrå av huset, och metodiskt bestraffa varje gång han avslöjade en syndare.

Isak såg sig som oerhört rättvis. Ofta klagade han på diktatorers sätt hur betungande hans uppgifter var, hur otacksam hans familj var, och vilka katastrofer som skulle drabba hemmet när han en gång var borta, vilket han förmodade skulle ske ganska snart. Som alla alkoholister funderade han mycket över döden. Han längtade efter den, hotade med den och fruktade den mer än allt annat. Tankarna blev starkare ju mer nersliten han blev. Ofta satt han vid köksbordet med utbredda tidningar och rengjorde älgstudsaren. Kontrollerade mekanismen, tog isär och oljade, förde pipan mot ögat och följde refflornas spiral ut i oändligheten. Om någon anhörig passerade kom han gärna med antydningar om hur arvet skulle fördelas, om vilken hans favoritpsalm var, vilket bibelord han tyckte kunde passa i en dödsannons. Barnen försökte vänja sig vid tanken, men den förblev ändå alltid lika hemsk. Om han var borta längre än vanligt gjorde de sig alltid ärenden ner i källaren, ut i garaget eller upp på kallvinden. De ville veta om det var fullbordat, men alltid utan att tala med varandra. När han spöade dem med handflatan eller livremmen försvann hans ögon, de svartnade som hålor i ett kranium. Han var inte av denna världen, han var redan delvis förmultnad, till hälften redan hos Gud eller Satan. Så stark var hans pliktkänsla och rättfärdighet att han kunde slå trots att han grät, slå sina barn med tårfyllda ögon, slå inifrån en grumlig hetta som han kallade kärlek.

När han drack kom han närmare livet. Ansiktsfärgen höjdes, de torra flodbäddarna fuktades och började åter strömma. Han kunde skratta, njuta av de första glasen, få lust på kvinnor, mat och pengar. I samma takt växte avundsjukan. Den riktade sig främst mot sönerna, allt starkare ju vuxnare de blev. Sämst behandlade han Johan, den äldste sonen, som stod närmast i tur att bli vuxen. Isak var avundsjuk på att denne snart skulle få egna kvinnor, unga mjälla älskarinnor, på att spriten inte skadat hans unga kropp, på att Johan snart skulle tjäna egna pengar och få leva och njuta av världens frestelser medan han själv blev uppäten av kalla maskar. I drömmarna kom Johan emot honom, bröt upp hans mun och tryckte in hans murkna framtänder tills de vek sig i det lösa köttet. Pojken fortsatte tandraden runt tills bara gommen återstod, platt och blodig som Kristi sönderspikade handflata.

Puberteten var starkare än döden. Den var en grodd som växte genom asfalt, en bröstkorg som sprängde skjortor, en ilning i blodet som överträffade brännvinet. Djupt inom sig ville Isak döda sina söner. Men tanken var så förbjuden att han gjorde om den till stryk, till mycket stryk, till en långsam, utdragen avrättning. Och trots detta växte de.

En tidig vårvinterlördag när Johan var sexton och Niila tretton blev de beordrade ut i skogen av fadern. De skulle flytta några timmerhögar till en skogsbilväg på den starka vårskaren, lite utgallrad husbehovsved som Isak fått köpa billigt. Han hade lånat en snöskoter och gasade in i vildmarken väjande mellan stubbar och tuvor, medan sönerna skumpade efter i skoterkälken och gnuggade sina vindpiskade kinder. Man såg hur de mumlade till varandra i motordånet medan de sneglade mot faderns ryggtavla, men man hörde inte vad de sa.

Det blev en solig dag. Ljuset silades ner genom tallkronorna, gnistrade och glänste i snöns spegelprismor. Vårvindarna hade blåst ner skägglav och barkflagor som sakta smält ner i skaren. Nattfrosten hade härdat ytan till ett hårt golv som kunde sågas itu med tummen och lyftas i stora skivor. Därunder var snön som luftigt puder, så lös att man lätt sjönk ner till låren.

Isak sparkade i den översnöade timmerhögen, letade fram en spade och beordrade Johan att skotta. Och fort skulle det gå, om de inte blev klara före dagsmejan för att sönerna sölade skulle det inte bli roligt, inte bli roligt.

Johan tog stillsamt emot spaden och lutade den stadigt mot timmertraven. Sedan tog han av sig handskarna och slog en stenhård knytnäve rakt och bestämt över farsans högra ögonbryn. Isak tappade balansen och föll platt på rygg. Hans rytande ekade i den stora tystnaden. Johan fortsatte banka mot näsan, hakan, kindbenet. Niila slängde sig över faderns ben som överenskommet och började dunka mot mellangärdet. Inga tillhyggen, bara knytnävar med beniga knogar, hårda starka pojknävar som slog och slog. Isak vred sig som en krokodil och skrek. Kroppen trycktes ner genom skarskorpan, sjönk i pudret. Han fäktade vilt, fick snö i munnen. Blodet rann segt och rött, ögonen svällde igen. Men pojkarna bara fortsatte. Isak sparkade, försvarade sig, kämpade nu för sitt liv. Han tog stryptag på Niila och klämde åt. Johan bröt faderns lillfingrar bakåt tills denne skrek och måste släppa. Ner genom skarhålet försvann han, sprattlande som en drunknande i det kalla, vita skummet. Nya slag, hårdare och hårdare, en bit järn under starka hammare, ett rödglödgat stycke som för varje slag brann allt svagare, blev mörkare, gråare och styvare.

Till sist rörde sig farsgubben inte längre. Pojkarna reste sig flåsande och klättrade upp på skarkanten. Gamlingen låg kvar djupt nere i sitt snöhål och såg hur sönerna avtecknade sig mot himlen däruppe. De kikade ner som i en grav och samtalade viskande som två präster. Snöflingor smälte och kylde mot gubbens dödsmask.

– Ger du dej? skrek nu Johan med målbrottets pipröst.

– Brinn i helvetet! rosslade Isak och spottade blod.

Då hoppade de ner i gropen. Började om. De slog farsgubben så svetten sipprade, bankade sönder det där gamla alkoholistansiktet, spöade livskraften ur vraket, knäckte honom en gång för alla.

– Ger du dej?

Och nu grät fadern. Han hulkade och snorade djupt i sin grav och förmådde inte längre röra sig. Och sönerna klättrade upp och gjorde i ordning en kaffeeld och smälte snö i den sotiga pannan. Och när det kokat och sumpen sjunkit undan, och doften spred sig så lavskrikorna kikade fram bakom trädstammarna, då drog de upp farsgubben ur hålet och lade honom på renskinnet. De petade in en sockerbit mellan de sönderslagna läpparna och höll fram den rykande kåsan. Och medan farsan ynkligt sörplade förklarade Johan lågmält att nästa gång gubben bar hand på en familjemedlem skulle de sannerligen slå ihjäl honom.

De närmaste dagarna väntade de på hämnden. De låste dörren till sitt rum på kvällarna för att inte överraskas i sömnen, de gömde slutstycket till älgstudsaren och undvek att lämna knivar framme. Modern skötte om maken de första dagarna medan han var sängliggande, matade med fil och blåbärssoppa och bytte plåster. Hon frågade sönerna med blicken men inte med rösten, och märkte hur de undvek att komma in i rummet. Isak själv teg. Han stirrade på torrsprickorna i det vitmålade innertaket, ett virrvarr av svarta tunna linjer som slingrade sig, förgrenade sig och upphörde. De bildade vägar i avlägsna, okända landskap. I sina plågor började han vandra längs de där vägarna. Han passerade hus och gårdar, lärde känna befolkningen där och namnen på byarna. Han följde vattendrag och provade fiskelyckan, genomkorsade skogar fyllda av vilt och bär, besteg låga berg och beundrade utsikten. Till sist utsåg han en plats där han ville bo och timrade sig ett hus av handbilade furor. Där ställde han in sig på att leva i ensamhet. Där fanns kött och fisk, där fanns ved att elda med. Vintrarna var långa som han var van vid, och somrarna var skimrande ljusa. Endast två saker skilde sig från den gamla världen. För det första fanns inga mygg här. Inte ens vid de väldiga sankmarkerna där hjortronen dignade som gula knytnävar, inte en mygga och inga knott eller bromsar eller svia eller hästflugor, en underlig skogsvärld helt utan bett och stick.

Och för det andra fanns här inga synder.

Isak skakades djupt i sin själ när han insåg det. Han hade slutligen funnit paradiset. Hur han än letade så fanns ingen ondska. Naturen födde och förtärde, åt och åts i en ständig vågrörelse av hunger och död. Men det var en oskyldig kamp, ofördärvad. Naturen andades omkring honom, i honom, genom honom. Han kunde sluta förtvivla. Sluta att krampaktigt kämpa efter vattenytan. Bara öppna sig som ett hålrum och låta sig genomblåsas av den goda, grönskande luften.

Och på detta oväntade sätt, för andra gången i sitt liv, mötte Isak Gud.

Med tiden frisknade han till och blev elak igen, overkligt vore det väl annars. Men han slutade tala om självmord. Och han upphörde med att ge stryk eftersom han tog sönernas hot på allvar. I stället började han nu oväntat att se en mening i att bli gammal. Åratal senare när sönerna lämnat hemmet försökte han återuppta vanan med att slå hustrun, men fann henne då så förändrad att hon slog tillbaka.

I stället ägnade han ålderdomen åt trakasserier mot sophämtare, otidigheter mot bilbesiktningspersonal, ommätning av tomtgränser samt skadeståndskrav och överklaganden till olika myndigheter. Men han blev aldrig särskilt skicklig som rättshaverist, och de anhöriga engagerade sig inte i hans ryanden.

Det gick ett skred genom hela familjen. Landskapet veckades och fick nya konturer. Niilas mamma som ägnat hela livet åt avledande manövrer fick plötsligt luft omkring sig. Ovan vid detta blev hon deprimerad. Hon kände sig ensam och utan värde. Barnen klarade sig nu själva, utan henne som slagpåse och medlare. Kriget var över, men hur skulle man nu egentligen leva?

Nu när hon fick tid att ta hand om sig själv blev kroppen plötsligt full av krämpor. Hennes röst började ovant och tvekande att höras i huset, enformigt gnisslande som ett gammalt hjul. Så fort hon öppnade munnen fylldes rummet av gälla, trötta dammtussar som lade sig i högar tills de räckte till midjan och gjorde det svårt att röra sig. De yngre barnen, flickorna och lillebrodern blev svårhanterliga. Äntligen tordes de börja växa, och drog sig alltmera undan denna unkna luft. Modern andades sina gråa hinnor över barnen, de slet dem av sig och sträckte ut tungorna mot livet. Hon bytte taktik och sa till dem att de gjorde henne sjuk, att det var deras fel att hon led. Hon sa det igen och igen, dag ut och dag in tills de inte längre kunde värja sig. Tråd för tråd av spindelväven klistrade sig runt dem tills varje steg blev segt och tungt. De slet och bet med sina mjölktänder. Men kom inte loss.

Johan som nu blivit något av husfader kunde inte förstå vad som hände. Isak vägrade att befatta sig med de hysteriska småungarna och sa att sådan blir människan när arvssynden inte tuktas. Hela huset tycktes mögla och spricka. Livsglädjen sipprade ner i springorna mellan golvplankorna där den sakta surnade. Alla längtade efter stryk, så underligt hade det blivit. Stryk, och därefter nåd.

Till sist klev Johan fram till modern.

– Nu söker du jobb, sa han.

Hon blev vit om kinderna och undrade varför han ville sända henne i döden, så värkbruten och utmattad som hon var.

– Nu söker du jobb! upprepade han.

Hon vägrade, hon skulle bli utskrattad, vem ville ha en outbildad kärring?

– Hemtjänsten, sa han, barnbespisningen, långvården.

Hon svarade inget, rasade omkull på kökssoffan och andades kort och rosslande i ett astmaanfall. Barnen slutade slåss på golvet, Isak blev stilla i gungstolen. Modern vred sig i kramp, var utan luft. Niila sprang för att ringa ambulansen, men Johan stoppade honom. Tigande tog han ut ett mjölkpaket ur kylskåpet. Han gick fram till modern och hällde mjölken över henne. Den flödade vit över ansiktet, över bysten, över kjolen och de korviga strumporna. Fet och ymnig. Men kall.

Mamman sprattlade som ett dibarn, växte hastigt i styrka och kom rasande på benen. Så slog hon Johan för allra första gången, en kraftfull och rungande örfil.

– Nu söker du jobb, sa han för tredje gången.

Hon kände våldet pulsera i sin hand, kunde fortfarande känna slagets rörelse upp genom armen och axeln, ut i ryggens stora muskelfästen. Överraskad vred hon kroppen av och an och såg sig rodnande omkring. Värken var borta.

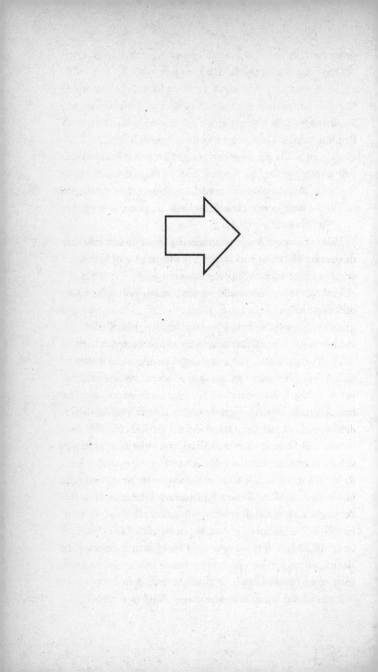

Kapitel 17

– där majbrasor antänds, vapen införskaffas och
skottpengar utfärdas på två unga skogsgardister

Ju äldre man blev, desto bättre började man fatta hur Pajala
fungerade. Hela byn visade sig bestå av olika bydelar, var och
en med sitt eget inofficiella namn, som Naurisaho, Strandvä-
gen eller Centrum. Ett nybyggarområde döptes passande nog
till Texas, bebyggelsen kring gamla reningsverket kallades på
grund av lukten för Paskajänkkä, Skitmyren, och mitt eget
kvarter benämndes alltså Vittulajänkkä, Fittmyren.

Varje område hade sitt grabbgäng och sina ledare. Mellan
gängen rådde alltifrån vänlig samarbetsanda, konkurrens, va-
penskrammel eller öppet krig, beroende på tidpunkten. En
ömtålig maktbalans om man så säger. Ibland gick två områ-
den ihop mot ett tredje. Ibland var det alla mot alla.

Som kille i ett av de barnrikaste kvarteren blev man van
vid gängutmaningar. Då var det bara att ställa upp. Det kun-
de handla om prestigefyllda landhockeymatcher på byvägen
under vinterkvällarna. Man höll till under det ljusaste områ-
det under en gatlampa. Snöklimpar som målstolpar, plogval-
larna som sarg, left- eller rajtklubbor som man köpt på järn-
handeln eller lånat av en storebrorsa, tennisboll eller en
skamfilad puck, inga skydd, inga domare men tio-femton
snorungar med en oerhörd vilja att vinna.

Fram till 2-2 brukade det gå någorlunda. Ivrig fårtjecking,

halsbrytande soloruscher, en antydan till passningsspel men oftare slagskott, och sedan ett djävla letande efter pucken i snödrivorna. Någon var Uffe Sterner eller Stisse eller Lillprosten. Eller Phil Esposito som skjutit hål i en järnplåt på kanadensisk TV.

Det är nu vi ser den första fläskläppen. En center med för lång klubba så skaftet sticker ut baktill råkar dunka någon i käften. Mjölktänderna kvar, däremot blod. Efter en dramatisk omröstning utvisning.

Sedan en ful tackling i öppet läge. En dykning i snön. Snart följd av en hämndtackling. Spända diskussioner. Ett målskott som ogiltigförklaras eftersom någon flyttat stolpen. Protester. Motanklagelser. Slagskott i pungen. Kille som lipar. Straffslag, nytt slagskott. Missar nyllet med en hårsmån. Armbågstackling. Knuff i snödrivan. Krokben. Käftsmäll.

Och sedan ligger plötsligt tio grabbar i plogkarmen och bankar och gapar med munnarna fulla av snö medan en ensam kille vid bortre målet föser pucken fram och tillbaka över linjen så man vinner med hundra mål mot tre innan han ensam traskar hemåt längs den snögnistrande vintergatan.

En annan gängsyssla var majbrasesamlandet. Det började direkt efter nyår när julgranarna slängdes ut. Plötsligt var byn full av småkillar med risiga barrhögar på sparkarna. Kapprustningen stod främst mellan Paskajänkkä och Strandvägen eftersom båda områdena låg vid älven där man kunde elda hur stora brasor som helst. Det var nämligen det som var målet. Att få ihop den största.

Ovanpå granstommen lades i stort sett allt som gick att bränna. Tomkartonger från affärerna, rivningsvirke, bildäck, plasthinkar, möbler, mjölktetror, avbrutna skidor, masonitskivor, skor, ja till och med skolböcker. Då och då skickades spioner till grannbrasan för att rapportera och jämföra.

Det hände att man snodde från varandras brasor.

Det förekom också våldsamheter, fast inte lika ofta som i landhockeymatcherna. Hellre användes dolda hot, envishet eller list.

Man kunde till exempel få brasan att se större ut om man staplade den på höjden. Det kunde i extrema fall leda till mördarbrasor som likt vinglande skyskrapor kunnat rasa och bränna ihjäl tjugo av de närmaste åskådarna. Oförstående vuxna brukade dock peta omkull högen innan antändandet.

Det hände också en gång att några grabbar i desperat underläge tuttade på konkurrentbrasan några dagar innan Valborg. Det var dock så djävligt gjort att segrarbrasan tappade alla sympatier.

Sedan stod man i snön runt dessa flammande sophögar och hivade smällare och såg månaders arbete gå upp i rök. Det var belöningen. Plus de två raketerna som gänget skramlat ihop till och som sändes iväg mot slutet när himlen blivit så mörk som möjligt. De steg som glödande blomstänglar och slog ut i varsin glittrande klase. Och det var våren. Nu hade den äntligen kommit.

När man blev lite äldre blev det tufft att ha luftgevär. I flera månader tjatade jag innan farsan köpte mig en bössa, begagnad och repig. Den läckte så pannluggen spretade när man sköt, och det var knappt att diabolon orkade lämna mynningen. Effekten blev dock bättre med isoleringstejp och sedan jag spänt fjädern, men något mördarvapen blev det aldrig. Efter skolan brukade jag träna prick mot en tavla på garageväggen. Siktet gick inte att ställa in, så man fick hålla uppåt och till vänster. Farsan provade en gång, men blev sur när han aldrig träffade tavlan och skyllde på långsynthet.

Luftgeväret gjorde grabbgängen både vildare och skränigare. Man drog omkring i horder, svettiga, upphetsade killar med smutsiga byxknän, man pissade i kors, ritade kukar på ladväggar, lärde sig nya svärord och härjade på så gott man kunde. Det var kul att vara tillsammans. Man kände sig stark. Och när man till sist mötte ett annat gäng, lika hetsigt och beväpnat, kunde resultatet bara bli ett. Luftgevärskrig.

För att slippa inblandning från vuxna förlade man krigen i de vidsträckta skogsområdena på andra sidan älven. Jag ville fruktansvärt gärna vara med, men visste inte om jag platsade. Jag hade just börjat sjuan och blev kallad kanin av de äldre eleverna, jag hade ingen moped, och mitt gevär var inget att skryta med. Niila däremot hade lyckats låna ett östtyskt pumpgevär med fruktansvärd genomslagskraft av en kusin. Det kunde skjuta tvärs igenom en masonitskiva medan jag själv knappt åstadkom en grop.

En eftermiddag bestämde vi oss för att besöka fronten. Vi grenslade cyklarna med gevären hängande på ryggen och rullade över gamla bron. Snart försvann älven och byn bakom oss, och en snårig tallskog tog vid. Vi passerade sågverket, vek av på en gropig skogsväg och gömde cyklarna i ett videsnår. Skogen var kusligt tyst. Någonstans i närheten pågick kriget, men allt verkade lugnt och stilla. Det luktade höst. Fuktiga svampar bredde ut sina bruna hattar, dignande av mask. Jag nappade åt mig några övermogna blåbär och sög i mig den vattniga saften.

Plötsligt hördes en torr smäll, och Niilas skärmmössa for av skallen. Innan krypskytten hunnit ladda om skrek jag att vi ju för fan var frivilliga. Nedklättrande från ett träd kom då en kille och mumlade ursäktande att fingret råkat rycka till och att huvudstyrkan fanns längre bort. Vi följde en liten stig och kom strax till en lägereld där ett tiotal grabbar drack kaffe och snusade. De flesta var ett eller två år äldre än oss, några hade kamouflagekläder och hemvärnskepsar. De spottade brunt och granskade oss kritiskt. Generalen, en kraftig grabb från Paskajänkkä med fjunmustasch, pekade på en tallgren med kottar tio meter bort. Jag siktade och höll uppåt till vänster. Kotten sprätte iväg på första försöket. Niila som inte hunnit träna missade första skottet. Andra blev också en miss. Likaså tredje. Grabbarna flinade och bad honom dra åt helvete. Fjärde skottet missade. Niila började svettas. Generalen blev irriterad och snäste åt honom att sticka hem till morsan. Niila laddade tigande om. Pumpade. Pumpade mera. Och pumpade ännu mera utan att låtsas om alla hånskratt. Sedan sköt han rätt in i brasan. Det klang till. Sedan sprutade två bruna strålar från den genomborrade kaffepannan.

Killarna gapade. De stirrade på Niilas gevär. På kaffet som pysande rann ner i glöden. Sedan erbjöd sig en kille att spöa honom sönder och samman, men hejdade sig tvärt eftersom Niila redan laddat om och just stod och pumpade.

– Jag tar hit en ny panna i morgon, sa Niila lugnt.

Generalen spottade in i elden. Nickade slutligen. Vi var värvade.

Sedan låg vi bland strandbuskarna, hela gänget, stumma och orörliga med ögonen längs siktena. De kom i två båtar, långa och smäckra tornedalska forsbåtar. Sex grabbar i den ena, sju i den andra. Alla var beväpnade och siktade mot skogsbrynet, utom de båda som skötte motorn. De hade inte upptäckt bakhållet, men för säkerhets skull höll de sig beredda. Gled närmare och närmare. Minskade gasen, väjde för stenar.

Den enda regeln var att inte skjuta mot ansiktet. Däremot gärna mot arslet eller låren. Där sved det mest och blev stora blåmärken. Vi sneglade mot Generalen. Han låg fortfarande fullständigt stilla. Fienden var nu så nära att vi kunde läsa texten på reklamkepsarna. Utombordarna slogs av, båtarna slutade plana och gled avstannande den sista biten. Killen i fören reste sig för att ta emot med foten.

Då sköt Generalen. Rätt i grabbens lårmuskel. Vi andra

brakade iväg första salvan. En blytung getingsvärm lämnade snåren och fann svidande sina mål. Offren skrek av skräck och smärta, helvete vad vi pepprade! De sköt tillbaka utan att hinna sikta ordentligt innan de äntligen fick igång motorerna. Salva på salva. Stingande ormbett över hela kroppen. De lade sig platt i skydd bakom relingen. Långsamt svängde båtarna utåt, gled iväg. Och vi började skratta, vi garvade så vi vred oss runt i mossan.

De gick iland ett par hundra meter längre uppströms. Flera linkade. Vi flabbade ännu hjärtligare och drog oss sedan in i skogen för nya attacker.

Vi hade väl något slags strategi, åtminstone i början. Men snart blev det bara att skjuta och kuta, och däremellan ligga och trycka i skvattramriset. Jag försökte hålla mig intill Niila. Kände mig en smula skyddad av hans eldkraft. Han siktade dock som en skumögd gubbe och träffade nästan aldrig, vilket trots allt kanske var tur. Vi låg där och flåsade efter språngmarscherna med händerna framför munnen så ljuden skulle dämpas. Undrade var kompisarna höll hus. Kisade i skogsdunklet, hörde någon rusa och skjuta. Från andra hållet hördes skrik, förflyttningar.

– Vi drar ditåt, väste jag.

Just då knackade Niila mig i ryggen. Bara några steg bort stod fyra fiendegrabbar med höjda gevär. De flinade och siktade medan vi sakta kom på fötter. Jag släppte mitt gevär i mossan. Niila höll kvar i sitt.

– Släpp bössan innan vi skjuter bort kuken! beordrade den längste av dem.

Niila stod vitögd av skräck. Underkäken tuggade tomt. Jag lossade varligt hans krampaktiga grepp om kolven. Då hörde jag honom viska:

– Skjut du...

– Lägg geväret på marken! skrek den långe med målbrottsröst, han hade sett amerikanska polisfilmer på TV.

Jag nickade underdånigt. Böjde mig sakta ner med Niilas vapen. Och sedan, innan någon hann reagera, sköt jag målbrottskillen rätt i ljumsken.

Han vrålade som ett djur. Stupade. Skotten smattrade mot oss medan vi rusade bort i sicksack. Jag kände en brännande smärta i röven. Niila som hunnit greppa mitt gevär skrek och tog sig om axeln. Men vi var fria, vi tjöt i triumf och störtade bort mellan träden så kvistarna piskade i ansiktet.

Efter detta steg vår respekt avsevärt. Målbrottskillen fick operera ut kulan med spetsen på en morakniv. Det blev skottpengar på både mig och Niila. En limpa finska cigarretter till den som lyckades ta fast oss.

Att ta fångar var ett av de största nöjena i krigandet, och samtidigt det kanske svåraste. En gång lyckades jag och Niila smyga oss på en av Strandvägengrabbarna, just när han satt på huk och bajsade. Ryktet om Niilas pumpgevär var utbrett, och Niila försäkrade ganska övertygande att han skulle pricka skithålet om killen inte gav sig frivilligt. Blek och darrande drog offret upp sina brallor utan att hinna torka sig. Sedan ledde vi honom till baslägret. Jublet blev enormt. Han bakbands med sina egna skosnören runt en tall inför den obligatoriska tortyren. Den bestod i att Generalen viftade med en fällkniv framför ansiktet och hotade och skrämde upp honom. Det var om kukar som skulle förkortas och myrstackar som skulle utfodras och annat som han läst om i seriemagasinen. Fick man grabben att lipa var det lyckat. Längre än så gick man sällan. Annars skulle de andra hämnas med ännu värre saker om man själv åkte fast.

En gång blev fiendens ledare tillfångatagen. Vi surrade ihop hans händer över huvudet och slängde repändan över en grov trädgren. Sedan sträckte vi tampen så han stod på tå och lämnade honom med sin egen tåbirastrumpa instoppad i munnen. Tanken var väl att han själv skulle lyckas ta sig loss så småningom. Det gjorde han inte. När kvällen kom började mamman undra var han höll hus. Efter några telefonsamtal lade kompisarna ihop två och två. Då hade det redan börjat skymma. Vårt gäng kontaktades, gav en vägbeskrivning, och snart for en handfull grabbar iväg med ficklampor.

Problemet var att finna platsen. I det tilltagande höstmörkret var det svårt att känna igen sig, och dessutom kunde ju killen inte skrika på grund av strumpan. Alla träd såg lika ut, stigarna suddades ut och konturerna försvann. Det började blåsa, och rasslet och suset dränkte varje annat ljud. Sedan började det också regna.

Man fann ledaren ett par timmar senare. Byxorna var nerpissade. När man lossade repet föll han ihop i en hög. Det första han uttalade när strumpan drogs ut var en dödsdom över ett antal namngivna tonårspojkar.

De närmaste dagarna hölls en tillfällig vapenvila för att dämpa känslorna. Sedan åkte jag själv fast i ett smart bakhåll. Som en antilop skildes jag ut från flocken och blev pepprad i arslet tills jag slängde geväret och skrek att jag gav mig. Satan vad ont det gjorde! Mörklila blåmärken över hela låren. Ändå vägrade jag lipa, medan killarna grälade om vem som skulle få cigarrettlimpan. Deras ledare tryckte ner mig på marken och sa att nu skulle jag få känna på samma som han. Flinande slängde han ett rep över en kraftig tallgren. Sedan drog han av mig min ena strumpa och pissade tills den var alldeles genomdränkt. Jag kände mig torr i halsen, yr av rädsla. Försökte göra mig beredd på tortyren. Vad de än hittade på med mig fick jag inte börja gråta. Måste stå emot, vara hård hur ont det än gjorde. Men fan om jag inte klarade det!

I samma ögonblick hördes oväsen längre bort. En av vakterna skrek att man anfölls. Ledaren tvekade, hörde stridslarmet närma sig.

– Spring! beordrade han och höjde geväret mot mig. Alla de andra gjorde likadant. Jag höll andan mot smärtan och störtade iväg. Jag rusade, kastade mig från sida till sida. Skotten dunkade in i kroppen, sved som brännsår.

– Ni missar, ni missar! vrålade jag med lipen i halsgropen och tittade skräckslagen bakåt.

Just då sköt ledaren. Jag föll. Rasade omkull, landade på rygg i mossan. När jag sedan försökte öppna ögonen upptäckte jag att jag var blind.

– Sluta skjuta! skrek någon.

Anfallet kom av sig. Fotsteg närmade sig. Skallen dunkade som en trumma. Smärta, mörker. Jag kände mot ansiktet. Varmt och vått.

– Satan! utbrast någon. Hämta vatten!

Fler och fler samlades runt mig, jag hörde hur de flämtade av springandet.

– Jag är blind, sa jag och hade lust att kräkas.

– Det tog i ögat! Fan blod överallt!

Ett plaskvått tygstycke stacks fram, jag försökte torka mig. Satte mig upp och kände blodet drypa. Torkade mera. Fingrade försiktigt.

I panik klippte jag med ögonlocken, men allt var en dimma. Jag gned hårdare. Synen blev aningen bättre. Jag vred ur tyget i ansiktet så vattnet strilade och sköljde. Blinkade. Höll för ena ögat. Sedan det andra. En lättnad, jag kunde se! Samtidigt kände jag en utbuktning under huden.

Kulan hade träffat mitt emellan ögonen. Det var blodet som förblindat mig.

Striderna avblåstes för resten av dagen. Niila lyckades peta ut diabolon med en glödgad säkerhetsnål, och hemma sa jag att jag träffats av ett stenskott från en lastbil. Såret läkte så småningom, men ärret har jag fortfarande kvar.

Efter det slutade jag med luftgevärskrig.

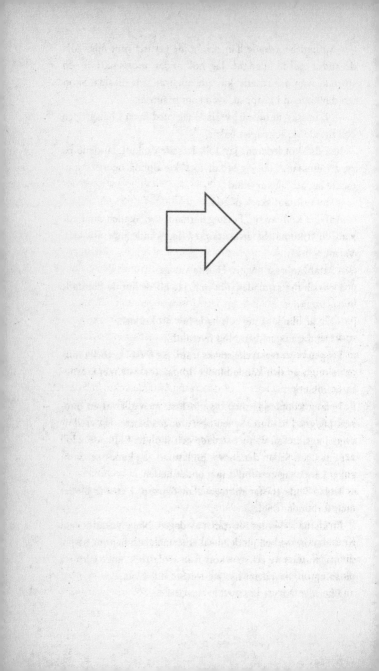

Kapitel 18

– om musikplinkande och andra mer
eller mindre manliga aktiviteter

Vår första offentliga spelning skedde under morgonsamling-
en i Pajala skolaula en utkyld och gråkulen februaridag. Mor-
gonsamlingarnas syfte var högtravande, att under tjugo mi-
nuter varje fredagmorgon fösa ihop högstadiet för att ingjuta
moral, höja den andliga nivån och stärka sammanhållningen
på skolan. Det var förmodligen en idé från södra Sverige som
spritt sig hit via någon rektorskonferens men som med tiden
mest kommit att likna ett *seura*, ett bönemöte. Predikantens
roll sköttes av den välkammade och bekymrade yrkesvalslä-
raren Henrik Pekkari eller den sammetsögde rektorn Sven-
Erik Klippmark som försökte omvända alla syndare som
klottrat, smetat snus, sparkat in skåp, krossat flaskor, skurit
i bänkar eller på annat sätt ökat på räkningen för kommu-
nens skattebetalare. Det skulle nog tagit bättre skruv om de
använt sin tornedalsfinska och hotat ungdjävlarna med stryk
och spö och livslånga handikapp som var den uppfostrings-
metod som de flesta var vana vid.

Emellanåt hade det också förekommit musikaliska inslag.
Kantorn Göran Tornberg hade tappert spelat ett Bach-prelu-
dium på pianot, till synes omedveten om publikens slöa
okoncentration. Skolans flickkör hade sjungit en kanon med-
an den silverhåriga körledarinnan Birgitta Söderberg försök-

te nonchalera 9tp-grabbarnas sexinriktade busvisslingar. En pojke från Peräjävaara hade blåst trumpet med en självmördares hela livsinstinkt, och det hade låtit så falskt att till och med lärarna dragits med i skrattsalvorna. Han överlevde dock, och blev med tiden musiklärare.

Fredagen kom, de gäspande bygrabbarna i nian satte sig längst bak och grovrapade och sprätte suddgummin. Resten av eleverna fyllde på framåt. Scenen var täckt av en fördragen ridå. Greger hade fått tillstånd av skolledningen att ordna morgonsamlingen helt efter eget huvud sedan han antytt ett tema kring ungdomligt ansvar och kreativitet. Bara om man stod alldeles intill ridån kunde man höra ett lågt, underligt elektriskt surrande.

Eleverna gjorde sig beredda att uthärda eller trakassera, allt efter läggning och mod. Lärarna klämde in sig på strategiska platser. Den snaggade och orädde historieläraren Gunnar Lindfors tog posto vid sista raden och slog på röntgenblicken, beredd att lyfta ut vem som helst i nacksenorna.

Greger gick upp på scenen med högtidlig min och ställde sig framför draperiet. Ingen tog notis. Lärarna hysjade. Pladdret och fnittret fortsatte som om det varit inövat. Lärarna gjorde hotfulla grimaser mot de mest aktiva motståndsfickorna. Nya trotsiga skratt, hostattacker, en tomflaska som började rullas på golvet mellan bänkraderna, ett papper som ljudligt revs och revs.

Greger lyfte sin deformerade näve. Vinkade med tummen utan att säga ett ord, och försvann sedan ut vid sidan av scenen.

Det var då vi körde igång.

– *Tjus lätmi isamatö råckönråll mjosik!*

De som satt längst fram slungades bakåt i stolsryggarna. Resten stirrade oförstående in i den fördragna ridån. Den svajade, buktade som locket på en surströmmingsburk.

– *Råckönråll mjosik! If jo vånå lav vitmi!*

Vi slamrade på som vettvillingar i halvdunklet därbakom. Erkki fick tävlingsnerver och började slå på allt som rörde sig tills låten var uppe i dubbla hastigheten. Niila tog ackorden i fel tonart, och Holgeris rundgång lät som spikar i kistan. Och längst fram. Vid golvmikrofonen. Stod jag.

Jag sjöng inte, jag brölade. Älgars brunstläten. Lämlars dödsskrän. Ja hitta för fan på nåt själv. Utan att vi visste om det hade vi uppfunnit punken flera år för tidigt. Låten nådde sin upplösning, ungefär så gick det till, tog slut är fel ord eftersom Erkki härjade vidare med tomma ögonvitor, och jag åter böjde mig över micken:

– *Tjus lätmi isamatö råckönråll mjosik!*

En andra gång. Ridån var fortfarande fördragen. Jag försökte lägga bastonerna efter golvkaggen, men Erkkis spel övergick nu i ett slags epilepsianfall. Niila fann äntligen rätt tonart men kom in två takter för sent. Holgeri spelade solot till den andra låten, han märkte inte att vi tagit om den första.

– *Tjus lätmi isamatö...*

Tredje gången samma låt. Greger famlade febrilt i ridådunklet bland linor och tygsjok. Erkki slog så öronbedövande hårt att jag inte längre hörde min egen röst. Och först nu flög ridån upp och det blev bländande ljust från strålkastarna. Och där satt de, hela djävla skolan, och jag lutade mig fram och vrålade *Tjus lätmi isamatö*, nu för fjärde gången.

Det otroliga hände att Niila kom in rätt. Han följde Erkki, och jag och Holgeri hakade på. Och som ett skenande lokomotiv drog vi igenom låten på räls hela vägen, och på slutackordet drog vi Erkki bakåt på stolen så att han tippade.

Tyst blev det.

Jag raglade ut mot sidan tills gitarrsladden tog stopp, med ett starkt behov att emigrera. Skallen kändes som en maraccas. Greger grep tag i mina axlar. Vände mig om. Sa något, men jag var för lomhörd av Erkkis cymbaler.

Sedan såg jag. De applåderade. Hela den fullsatta aulan. De klappade händer, till synes helt frivilligt, och några av tjejerna som varit på popkonserter i Luleå och visste hur det gick till skrek om extranummer.

Så småningom troppade publiken av, och vi stod kvar och förstod inte riktigt vad som hänt. Redan nu, efter vår första konsert, greps vi av den tomhet man känner efter varje spelning, ett slags inåtvänd sorg. Erkki påstod sig ha minneslucka men sa att kroppen hettade som efter en bastu. Greger muttrade att ridåsnöret borde märkas med självlysande färg. Omtumlade började vi släpa grejerna tillbaka till musiksalen.

Reaktionerna efteråt var skiftande. Succé var det knappast, men vi hade ändå gjort ett svårutplånligt intryck. De laestadianska eleverna hade omedelbart lämnat aulan, och killarna på sista raden hade omedelbart slutat kasta papperstussar mot flinten på matteläraren. Några av våra kompisar gav oss det högsta beröm som kan komma ur en tornedalsk mun:

– Nå inte var det så dåligt.

Andra föräkrade oss om att det var det djävligaste de hört på morgonsamlingen sedan dragspelerskan från Sion, och sa att nästa gång skulle de klippa av strängarna. Smått pinsamt var också att flera tyckt bäst om den andra låten. Vissa tyckte däremot att den tredje varit bäst, eller till och med den första. Däremot tycktes ingen föredra den fjärde låten, den enda gången vi spelat rätt. Vi hade inte kurage nog att avslöja att det varit samma låt alla fyra gångerna, bara i olika stadier av panik. Ett par tjejer i åttan började snegla på Erkki eftersom han haft den starkaste sceniska utstrålningen, och andra på Holgeri för att han var snyggast. Greger fick däremot frän kritik för sin konstnärliga ansvarslöshet under ett hätskt lärarkollegium.

Vi undkom alltså i stort sett med blotta förskräckelsen.

I Tornedalen har kreativiteten mest handlat om överlevnad. Man kunde respektera, ja till och med beundra den fiffige snickaren som ur skogens trädstammar kunde tälja fram allt från en smörkniv till en moraklocka, eller skogsarbetaren som fick motorstopp och körde sin snöskoter i nio kilometer på en blandning av hjärtmedicin och hembränt, eller kärringen som plockade trettio kilo hjortron utan hink i sina listigt hopsnörda underbyxor, eller ungkarlen som fick med sig ett års cigarrettförråd över gränsen i brorsans likkista nu när han ändå råkat dö på finska sidan, eller smugglaränkan som skar en häst i smådelar så finurligt att sönerna kunde köra den genom tullen till Sverige i påsar på cykelstyret och sedan sy ihop den igen till levande skick och därefter sälja den med god förtjänst. Fast det där sista hände förstås på fyrtiotalet, innan jag var född.

Ett exempel på tornedalsk kreativitet är fiskefanatikerna. Alla karlar som lever för att drilla och veva och pimpla och pilka, som binder laxflugor hela vintern, som har fickorna fulla av sländor och malar och blinda kräldjur, som fiskar hellre än idkar könsumgänge, som kan fjorton tafsknutar men bara en samlagsställning, som lägger ner tusen kronor för varje kilo lax de fångar i stället för att köpa den för en bråkdel på Konsum, som hellre står i läckande vadarstövlar än firar midsommar med familjen, som fördärvar nattsömnen, knäcker äktenskapet, blir uppsagda från jobbet, struntar i hygienen, intecknar kåken, försummar barnen om de bara får höra att vakringar skymtats vid Jokkfall.

En lika pervers grupp är de tornedalska husbyggarna. Undanglidande karlar, frånvarande i konversationen, rastlösa, otåliga med flackande blickar. Bara när de får hammaren i näven blir de som vanliga människor, då kan de till och med säga vänliga saker till frun med mungiporna fulla av spik. Helvete vad en karl hinner bygga under en livstid! Pörte och ladugård, klappat och klart! Bastu och skithus, upp i ett kick! Vedbod och lador, slammer och bank! Förråd, magasin, hej vad det går! Och sedan garage och hundkoja och cykelbod och lekstuga till småungarna.

Ungefär vid det här laget börjar den kommunala byggnadsnämnden att anse tomten som fullbyggd. Mannen blir då oregerlig, sur som ättika, börjar skrika åt barnen, super, ligger sömnlös, tappar hår, sparkar hunden, får syn- och hörselrubbningar och ordineras Valium av en Gällivareläkare innan den desperata hustrun råkar ärva en obebyggd fritidstomt.

Och han kan börja om.

Sommarstuga, bastu, skithus, vedbod, hundkoja. Och efter en kort andhämtning fiskebod, jordkällare, gäststuga, redskapsförråd, altan och myskoja till ungarna. Sedan alla tillbyggnader. Upp med tuppen hela semestern, spika och slamra och må gott.

Men åren går, och till sist är det oundvikligen fullbyggt. Byggnadsnämndens ledamöter sitter sammanbitna på kommunalkontoret och studerar flygfotografier. Och mannen blir så otrevlig att det är hemskt, och hustrun är på vippen att lämna honom.

Då blir det plötsligt dags att renovera. Nytt yttertak, byta sågspån mot glasfiberull, dra in varmluftskamin i vardagsrummet, inreda kallvinden, bygga gillestuga i källaren, byta fönsterkitt, skrapa och måla, byta skåpluckor, lägga heltäckningsmattor, byta kranar och tvättställ, ta bort röta i bastun, bygga uteplats och balkong och glasa in altanen.

Men sedan är allting klart. Sedan är det oåterkalleligt. Sedan är det slutbyggt, skapelsen är fullbordad, handen griper tomt efter hammarskaftet, och hustrun inser att nu finns ingen räddning. Nu blir det Gällivarepsyket.

Då kommer friggebodareformen.

Det är helt otroligt hur många friggebodar som kan få

plats på en tomt. Och allt kan åter ta sin början. Och äktenskapet fylls åter av något varmt, något lugnt, något som möjligen skulle kunna kallas kärlek.

Vårt rockspelande var något annat. Till någon nytta var det definitivt inte. Ingen såg något värde i det, inte ens vi själva. Ingen behövde det. Vi lekte helt enkelt, vi öppnade våra hjärtan och lät musik komma ut. Gamlingarna såg det som tecken på bortskämdhet och för mycket fritid, den moderna tidens överflöd och slöseri. Så här blev det när ungdomar inte sattes i arbete. Det uppstod ett överskott. En överloppsenergi som snurrade runt och höjde blodtrycket.

I början diskuterade jag ofta med Niila om vårt rockspelande kunde anses som *knapsu*. Ordet är tornedalsfinskt och betyder kärringaktigt, alltså något som bara kvinnor håller på med. Man kan säga att mansrollen i Tornedalen går ut på en enda sak. Att inte vara knapsu. Det låter enkelt och självklart, men det hela kompliceras av olika specialregler som det ofta tar tiotals år att lära sig, något som särskilt inflyttade män från södra Sverige kan få erfara.

Vissa sysslor är i grunden knapsu och ska alltså undvikas av män. Dit hör gardinbyte, stickning, mattvävning, handmjölkning, blomvattning och liknande. Andra sysslor är lika definitivt manliga såsom trädfällning, älgjakt, knuttimring, flottning och dansbaneslagsmål. Sedan gammalt har världen varit tudelad, alla har vetat vad som gällt.

Men så kom välfärden. Och plötsligt tillkom hundratals nya sysslor och uppgifter som förvirrade begreppen. Eftersom knapsubegreppet utvecklats genom månghundraåriga, omedvetna processer i folkdjupet så hann definitionerna inte med. Förutom på vissa områden. Motorer är till exempel manliga. Bränsledrivna motorer är mer manliga än elektriska. Bilar, snöskotrar och motorsågar är alltså inte knapsu.

Men kan en karl sy på en symaskin? Vispa grädde med en elvisp? Mjölka korna med mjölkmaskin? Plocka ur diskmaskinen? Kan en riktig karl dammsuga sin bil med äran i behåll? Där har ni frågor att fundera över.

Ännu besvärligare är det med andra nymodigheter. Är det till exempel knapsu att äta lättmargarin? Ha kupévärmare? Köpa hårgelé? Meditera? Simma med cyklopöga? Använda plåster? Lägga hundskit i plastpåse?

Dessutom skiftar reglerna från by till by. Hasse Alatalo från Tärendötrakten berättade för mig att i hans hemby ansågs det av någon anledning som knapsu att vika ner skaften på sina gummistövlar.

Utifrån allt detta kan vi män delas in i tre kategorier. Först har vi den riktige machon. Ofta en kille från någon av småbyarna, butter, tyst och sammanbiten med kniv i bältet och grovsalt i fickan. Hans motsats är lika lätt att känna igen, den kärringaktige mannen. Denne är uppenbart knapsu, bortklemad av storasystrar och oduglig i både timmerskog och jaktlag. I gengäld har han ofta gott handlag med djur, och även kvinnor frånsett det sexuella, och blev därför förr i tiden ofta botare eller blodstämmare.

Den tredje gruppen av män är det stora mellanskiktet. Dit hörde både jag och Niila. Där bestämdes knapsugraden av ens handlingar. Det kunde räcka med en så oförarglig sak som att ta på sig en röd mössa. Då kunde man halka dit för flera veckor framåt, och tvingas slåss och härja och utföra dödsföraktande ritualer innan man sakta segade sig upp ur knapsuträsket.

Rockmusik spelas visserligen oftast av män. Utstrålningen är aggressivt manlig. En utomstående skulle därför snabbt bestämma sig för att rockmusik inte är knapsu. Mot detta måste dock ställas att det där plinkandet knappast är något riktigt arbete. En dag i skogen och grabben skulle pissa blod.

Även detta att sjunga ansågs ju omanligt, åtminstone i Pajalatrakten och i nyktert tillstånd. Att dessutom göra det på engelska, detta språk med alldeles för svagt tuggmotstånd för hårda finska käftar, så sladdrigt att bara flickor kunde få femmor i det, denna snigelaktiga rotvälska, dallrande och fuktig, uppfunnen av gyttjetrampande kustlänningar som aldrig behövt kämpa, som aldrig svultit eller frusit, ett språk för lättingar, gräsätare, soffpruttare, så helt utan spänst att tungan sladdrade som en avskuren förhud i munnen.

Så då var vi väl knapsu då. För sluta spela kunde vi inte.

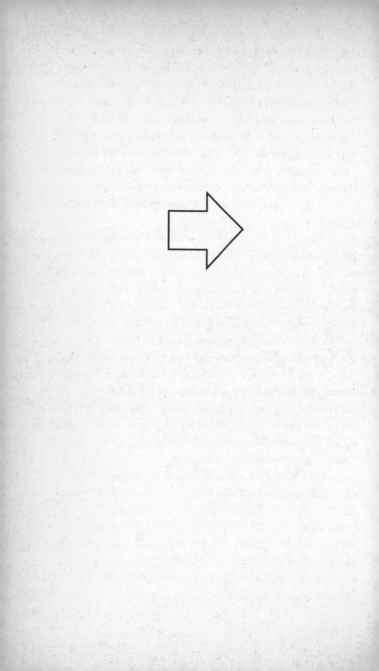

Kapitel 19

– om en flicka med svart PV, om rinkar och rövar
och vad man kan roa sig med i Pajala

Vår andra spelning hade vi i Kaunisvaara Folkets Hus efter ett
Röd Ungdom-möte. Det var Holgeri som fixat den, han kän-
de en tjej i styrelsen, en av det trettiotal som stod där i palesti-
nasjal, pannlugg och runda glasögon och stampade takten
med näbbkängorna. Man får väl säga att responsen blev hyf-
sad. Det hade gått ett par månader sedan debuten i aulan, och
vi hade hunnit bli bättre samspelta. Två av låtarna hade vi
själva gjort, resten var covers som jag plockat upp från Tio i
Topp. Några gamla pionjärer kom och ställde sig nyfikna vid
dörren. Alla vände strax och gick, utom en gubbe som var
hörselskadad ända sedan en handgranatövning i lumpen. Han
stod med gapande mun och flyttade kepsen på hjässan då och
då och tänkte fan vad dom slösade med ström nuförtiden.

Efter sista låten började Holgeris tjej att klappa efter ex-
tranummer. Andra hakade på. Vi stod fortfarande på scenen,
och jag sneglade nervöst mot Erkki och Niila. Vi kunde inga
fler låtar än de vi spelat.

Då hördes ett tjut. Holgeri! Han stod tätt framför högtala-
ren med volymen i botten. Ett elektriskt yl spred sig i lokalen,
fönsterrutorna skallrade. Sedan började han spela. Ensam,
med brölande distorsion. Han tittade inte åt publiken. Ställ-
de sig på knä och stötte gitarren i golvet, skakade den som ett

mordoffer framför högtalarens trattläppar. Klöste de skrålande strängarna. Melodin lät bekant. Uppbruten, svajande som en avlägsen radiosändning men ändå fylld av kraft. Vi andra bara glodde på Holgeri. Han lade sig på rygg. Stötte gitarren upp mot himlen i hårda juck. Ögonen var halvslutna, pannan svettig. Sedan böjde han nacken bakåt och började spela med tänderna. Samma egendomligt bekanta melodi.

– Hendrix! hojtade Niila i mitt öra.

– Bättre! skrek jag tillbaka.

Och först då kom jag på vad han spelade. Sovjetiska nationalsången, så det skalv i Folkets Hus gamla träväggar.

Efteråt kom flera upp på scenen för att undra var vi stod politiskt. Holgeri satt vekt leende som efter en dröm medan två flickor försökte sätta sig i hans knä. Själv hamnade jag framför en tjej med säreget tuschade, arabiska ögonbryn. Hennes hår var så glänsande svart att det verkade doppat i ett bläckhorn. Ansiktet var däremot pudervitt. Det var något dockaktigt över henne, ett tunt skal av cellofan. Hennes kropp var gömd under bylsiga proggkläder, men de smidiga armgesterna avslöjade henne. Hon vred sitt bäcken medan hon sneglade mot mig, små försiktiga rörelser. Och jag visste att det fanns en kvinna därinne, en hunger. Tyst sträckte hon fram näven, hälsade som en vuxen och log med små skarpa tänder. Hon gjorde handslaget hårt som en pojke, det gjorde ont.

Efteråt packade vi ner instrumenten och förstärkarna. Gubben med kepsen gick runt och flinade oskyldigt medan han kollade om brudarna fått tuttar. Kassören gav oss smörgås med falukorvskivor och femtio kronor ur klubbkassan i gage.

– Ska du till Pajala?

Det var den svarthåriga. Vi stod på yttertrappan, hon drog lite i sin jackkrage.

– Vill du ha skjuts? fortsatte hon.

En nick bort mot vägen. Jag reste mig och följde henne tveksamt. Vid en svartglänsande PV stannade hon.

– Min pappas bil.

– Snygg, sa jag.

I nästa ögonblick var vi på väg. Sätet kändes kyligt under rumpan, andedräkten immade mot framrutan. Jag fick igång fläkten och drog upp värmen i det tilltagande vårvintermörkret. En mötande bil tutade kraftigt och blinkade. Hon sökte ett tag bland reglagen innan hon hittade halvljusbrytaren och bländade ner.

– Inte är du arton?

Hon svarade inte. Lutade sig bakåt i sätet med handen på växelknoppen. Hon höll sig i mitten på vägen, den isiga vägbanan rusade in under oss, plogvallarna glimmade på båda sidor i strålkastarskenet. Ute på myrarna låg skaren blå och styv.

– Är det kul att vara kommunist? undrade jag.

Hon försökte hitta knappen till radion. Bilen drog långsamt mot diket. Jag kved till, och hon rätade upp oss med ett ryck.

– Du behöver inte vara rädd, sa hon, jag har kört hur mycket som helst.

Hon tog gamla vägen från Autio mot Pajala. På den långa raksträckan i början tryckte hon gasen i botten. Motorn varvade och ylade, farten steg som en feber. Luften slickade sin ishinna över kaross och rutor, drog platt och kall över det bulliga biltaket.

– Det brukar stå renar här, sa jag.

Hon skrattade och ökade farten ännu mer. Jag förstod att hon tyckte om att skrämmas. Om jag tog på mig bilbältet nu skulle hon ha lyckats. I stället kurade jag ihop mig medan jag försökte se avslappnad ut och spanade längs skogskanten, beredd att inta krockställning.

Efter mycket mixtrande fick hon in finska radion. Tango i moll, en kvinna som sjöng om kärlek och sorg. Bilen studsade över backkrön och genom kurvor och lämnade efter sig en vemodig rök. Ett hjärta som tömdes i det kalla landskapet, ett spår av blod. Jag sneglade i smyg på tjejen. Skymtade hennes profil i mörkret, hakans rundning, de fylliga läpparna, den busigt uppstickande finska näsan. Jag fick lust att känna lite. Pussas.

– Vad kan man göra i Pajala? sa hon.

– Vete fan, svarade jag.

Vi var redan vid Manganiemi och susade strax över gamla bron. Ljusen från byn bröt fram ur skogen, ett vitt glitter utspritt över älvbrinken. Hon gasade på trots att en Scania Vabis kom emot oss på den smala brobanan. Vi strök så tätt förbi den att inte ens Haparandabladet skulle rymts emellan. Lastbilen vråltutade, men tjejen rörde inte en min.

– Är det bio ikväll?

Jag trodde inte det. Vad fanns det annat att hitta på? Jag kom att tänka på en klasskompis som hade kaniner i pannrummet. Han brukade mata dem med halvruttna grönsaker från Konsum som de annars skulle ha kastat. Ibland kunde man se hur kaninerna pippade. Men det var nog för barnsligt, funderade jag.

– Vi kan kolla in Pajala IF:s hockeyträning. Dom har seriematch till helgen mot Ötä-Kuiva.

Jag visade hur hon skulle styra rätt fram, sedan till höger vid Arthurs skokartongliknande handelsbod och vidare in mot centrum längs den lilla affärsgatan med Harjuhahto skobutik, Pappershandeln och Larssons herrfrisering, Wennbergs bageri, Mikaelssons kiosk och Lindqvists konditori. Vid skolan vek vi av och letade oss fram till hockeyplanen. Där parkerade vi bilen som nu äntligen fått upp värmen, och följde en trampad snöstig ner till rinken.

Där var det full fart. Jättelika bepansrade killar i gulsvarta tröjor som tränade baklängesåkning i en cirkel runt hela banan. Tränaren Stenberg, en inflyttad skäggig polisassistent, blåste i pipan och svor inspirerande:

– Må fan ta bofinken om ni genar i kurvorna! Öka nu för helvittes röda djävlar!

Sedan värmde man upp målvakten med grymma, ohyggliga slagskott, man tjongade och pangade med sina skedbladiga Kohoklubbor medan målisen stod som dödsdömd i sin dödskallemask och fick blåmärken tvärs genom skydden. En del puckar visslade över sargen och långt ut på ängen där de i snösmältningen skulle hittas av lyckliga smågrabbar.

– Skjut för fan och hans mormor i det helvittes krysset! röt Stenberg som värnade om ungdomen och på eget initiativ startat pojkträningar i varenda småby på flera mils avstånd.

Sedan blev det träningsmatch. En råbarkad, fisande tillställning med mera vilja än taktik. Man dundrade i sargerna, for på arslet och sköt slagskott så stickorna yrde. Den långhårige forwarden i ena laget hade tandskydd av den gamla sorten och liknade en schäfer med munkorg. Han satte sin väldiga muskelmassa i accelererande rörelse och plogade genom försvaret så höfttacklarna flög åt sidorna som tågdräpta renar. Puckkontrollen var det sämre med. Med lite tur fick han iväg en bakåtpassning i tid så backarna kunde skjuta tvärs genom kalhygget. Hans motpol i laget var en blond och smal kille med ofattbara reflexer. Han stod blickstilla som en ödla medan pucken släpptes och snodde sedan klubban som en blixtrande nål runt den kantstötta gummitrissan.

Vi stod på snödrivan vid sargen och tittade på ett tag. Jag makade mig närmare som av en tillfällighet så våra jackor möttes. Hon tuggade på en jenka, det luktade lakrits när hon försökte blåsa bubblor. Jag märkte hur hon huttrade till och drog palestinasjalen tätare kring halsen.

– Fryser du?

– Lite.

– Vi kan... jag har en kompis som har kaniner...

– Vad barnsligt, sa hon och lindade tuggummit runt pekfingret.

Jag borde lagt armen om henne i stället. För sent. Jag kände mig klantig. Fick lust att åka hem och träna riff framför spegeln. Hon märkte att jag backade. Blev mildare, betraktade matchen en stund och låtsades intresserad.

– Dom borde träna mer klappklapp, sa jag. Som ryssarna. Det här är mer kanadensiskt. Råstyrka du vet, skogshuggarhockey.

Jag fördjupade mig ett tag i spelanalyser där jag framhöll ryssarnas briljanta teknik som kom sig av att de plockade bort klubbladen på träningarna och spelade med bara skaften. Sedan märkte jag att hon blev uttråkad. Samtidigt började även jag frysa.

– Vi kan kolla på husmodersgymnastiken.

Hon nickade och såg mig alldeles för länge i ögonen. Vek snabbt undan blicken, som om hon avslöjat sig. Jag kände hjärtat börja banka och gick före mot gymnastiksalen ett par hundra meter bort.

Dörren till damernas omklädningsrum var olåst. Vi slank in. Skrällig jazzmusik ekade från en skolbandspelare. Det doftade fisk och fernissa som det gör i gamla jympasalar, en unken tortyrlukt från rep och plintar och romerska ringar. Plus en syrlig blandning av tantsvett och kön. Hemmafruarnas kläder var upphängda på krokar i omklädningsrummet; korviga yllebyxor, tältlika underkjolar, blommiga klänningar, stödstrumpor, behåkupor större än min mössa. På golvet stod shoppingkassar och galonväskor och deras snedgångna damstövlar, luddor och näbbkängor, omgivna av pölar av smält snö.

Jag tassade fram mot själva salen. Därinne var det bländande ljust. En plötslig jordbävning drog genom byggnaden, bjälklaget skälvde. Tanterna tränade svikthopp. Fy fan vad fläsket dallrade! Tissarna skumpade som mjölsäckar, bilringarna svällde som jästa vetedegar. Som tur var följde de musiken dåligt för om de hoppat i takt hade golvet farit. Sedan var det hopplasteg runt salen. Dånande elefanttramp med jättelår längs ribbstolsraderna. Svetten forsade över dubbelhakorna och ner i tissklyftan, åderbråcken lyste blodröda. Tänj å tänj, manade ledarinnan bortifrån bandspelaren, och fyrtio starka hemmafruarmar vajade som björkar i storm. Å hej å hå å framåt böj, och tjugo kolossala tantarslen som fött hundra ungar stod och gungade i luften. Rövsvetten strömmade ner över späckryggarna, könen doftade. Upp igen och hoppsansa, sidoskutt med höfterna före. Det blev krockar förstås med oerhörda massenergier. Tanterna föll som tvåtonsbomber, låg och halkade i golvsvetten på de fernissade plankorna innan de kravlade sig upp, okuvliga. Salen osade myrmarker och klimakterium. Död och födslar i en uråldrig blandning, kvinnlig upphetsning.

Tjejen grep mig i nackhåret. Flätade in sina frusna flickfingrar. Jag ryste längs ryggen ända ner i höfterna. Kände mig knäsvag, blev tvungen att sätta mig. Hon gled ner i mitt knä och spottade ut tuggummit. Hennes pupiller växte till svarta vakar. Jag började stryka hennes haka med min fjunlätta tumme, käklinjen bakåt, upp mot det lilla snirkliga örat. Nosade mig närmare ansiktet. Blundade och sökte hennes hud. Kinderna smälte, hettade. Hon började andas ivrigare. Jag kände hur hon log under mina läppar. Vi öppnade jackorna. Kropp mot kropp. Hennes bröst var unga och spetsiga. Jag slog armarna runt henne och kramade tårögd, kände lyckan strömma i mig. Bli ihop. Få en tjej.

Plötsligt var hennes hand innanför tröjan. Isande kall men

mjuk av kärlek. Hon strök mina känsliga ryggmuskler, fick dem att rycka. Blev snabbare, otåligare. Nöp lite. Klöste.

– Får jag… chans på dig, stammade jag.

Som svar sökte hon sig ner i mina byxor. Förvandlade handen till en råtta som kittlande for över skinkan, höftbenet, pilade fram över ljumsken. Jag drog ihop mig.

– Inte farligt, skrattade hon med tysta, vita tänder.

Jag ville säga att jag knappt hade hår, förvarna om besvikelsen, men hon var redan där. Snodde flinkt över pungen som när en spindel spann in en fluga. Nappade tag i den styva lillen. Nu var jag fast, omöjligt att rymma. Samtidigt kysste hon mig, stack in sin långa blodsmakande tunga. Jag kände hur det svindlade, trevade över hennes bröst men hårt och klumpigt. Hon bröt mig bakåt, ned på träbänken. Drog ner sina jeans. Jag ville känna på henne, men hon slog undan handen.

– Du är för sölig, sa hon hårt och knuffade ner mig.

Jag trycktes platt på skulderbladen. Hon välte sig över mig som en ordningsvakt. I bakgrunden hördes tanternas tramp.

– Du är så… fin…, mumlade jag skyggt.

Blundande och glupsk petade hon in mig. Djupt in i det mörkaste blöta. Det kändes varmt och mjukt som en kudde. Med ormlika rörelser började hon gunga över mig, en långsam och ömsint dans där någonting växte och hela tiden blev större. En tavla som målades allt rödare tills duken blev en blöt hinna. Jag pumpade emot och kände mig vimmelkantig. Hon ökade rytmen och började utstöta vassa skrik. Blev ivrigare, vildare, som en hund när den tomknullar en soffa. Jag lade handen över hennes mun, men hon skrek rätt igenom. Skarpa kattjut.

– Tyst, dom hör oss! varnade jag och kände huden börja spänna. Bukta sig utåt. Ett tryck, en blödning. Jag försökte slingra mig för att komma undan men hon höll mig fast. Det blev bara större och starkare. En kittling med kniven tills det skulle gå hål. Hennes hår hängde tjockt över mig. Mörka skyar. Fyllda av kött.

Och nu. Nu, jo nu nu nu sprack hela världen och regnet vräkte ner från det svarta molntäcket.

När jag öppnade ögonen stod tanten där. En av fläskbergsmorsorna från Vittulajänkkä. Ögonen stirrade under det svettblöta permanenthåret, det droppade tungt från näsan och hakan. Jag förstod att hon skulle börja skrika. Kalla till sig kärringarna, skapa lynchstämning. De skulle pressa oss mot golvet med hundrakilosrövarna och kolla om vi var ficktjuvar. Någon skulle säga:

– *Kulli pois!* och sedan skulle en av skogssametanterna tugga mina pungstenar till köttfärs som på en skriande, vitögd härk.

Skräckslagen drog jag ut snorren. Krånglade på mig brallorna medan tanten kritiskt granskade mitt slokande stånd. Trampet från jympasalen var tungt och hemskt.

– Mycket väsen för ingenting, sa hon flinande.

Så drack hon vatten vid stålkranen, släppte en brakare och återvände till gymnastiksalen. En stark doft av ladugård följde oss hela vägen ut.

Tjejen satte sig i PV:n och sa hej då. Jag hindrade henne från att stänga dörren.

– Ses vi i morgon? undrade jag.

Hon stirrade rätt fram med spända, likgiltiga läppar.

– Du kan väl säga vad du heter?

Hon mixtrade lite och startade motorn. Lade in växeln och började rulla. Jag sprang jämsides och klamrade mig fast i dörren. Hon stirrade på mig med stora mörka ögon. Och plötsligt föll hennes mask. Den sprack, den gick sönder, och därunder fanns bara ett stort och köttigt sår.

– Jag följer med! ropade jag förtvivlat.

Hon gasade till, dörren flög ur mitt grepp. Med spinnande däck sladdade hon bort under gatlyktorna i ett yrande snömoln. Motorljudet blev svagare och dog slutligen bort.

En lång stund stod jag kvar medan sanningen sjönk in i mig. Hon hade inte haft någon startnyckel. Bilen hade varit tjuvkopplad. Och medan smärtan växte inåt med kalla rottrådar insåg jag att jag aldrig skulle se henne mer.

Kapitel 20

– om en födelsedagsfest där Tornedalssången
framförs och jaktlaget anländer, och hur fyra ynglingar
tar sikte mot stjärnorna

Min farfar blev med åren alltmer av en enstöring. Han triv-
des med sig själv, och efter att farmor gick hädan började han
få för sig att människor var besvärliga. Han bodde i sitt ens-
liga pörte och skötte sitt och hade bara kvar den sista för-
hoppningen i livet att få dö hemma. De gånger vi hälsade på
var han vänlig men reserverad. Han ville fan inte till någon
servicelägenhet, det skulle vi ha fullständigt klart för oss, och
han hade det inte ostädat, han hade trivsel!

Men tiden kunde han inte hejda, och till sist närmade sig
den februaridag då gubben skulle fylla sjuttio. Släkten hade
dåligt samvete för att man hälsat på för sällan, och enades om
att man borde ha ett hejdundrande kalas. Man ville få några
festbilder till familjealbumet innan gubben blev för åderför-
kalkad.

Det krävdes en hel del övertalning innan själva festföre-
målet gick med på det, inte för sin egen skull, men för släk-
tens. Intet ont anande såg han hur festförberedelserna drog
igång. Veckan innan fylldes pörtet av släktingar som skurade
fotsvetten från de glesa golvplankorna, skrubbade trasmat-
torna med grönsåpa, putsade gammelfönstren med t-sprit i
vinterkylan, vädrade bort malmedel från den svarta begrav-

ningskostymen, diskade lampkupor från gammalt flott, bytte vaxdukar, dammtorkade i alla prång och fann oanade mängder spindelväv och döda flugor, bar ut bråte till ladan, ställde skor i onaturliga rader och mönster och flyttade om i skåp och lådor tills allt var på fel plats och omöjligt att hitta. Farfar hann ångra sig många gånger, kved och förbannade och ville slänga ut alla inkräktare, men det var som en dagen D-operation, omöjlig att avbryta när man väl satt igång.

Födelsedagen inföll på en fredag. Jag och syrran hade fått ledigt från skolan och följde med ut till farfars pörte redan tidigt under dagen. Det var klart väder och minus tjugo, en torr och vindstilla köld som fällt rimfrost på bilrutorna och täckt träden med sträva isnålar. De sista morgonstjärnorna släcktes på himlen. Ljuset låg blått över skogarna. Farsan parkerade bilen på den upplogade gårdsplanen, vi knarrade över den korniga snön och stampade av oss på farstubron. Gammelhunden började väsnas inne i farstun. Han var halvblind och hade fått ovanan att bitas, så jag tog sopkvasten och var beredd när farfar öppnade.

– *Tekkös sieltä tuletta?* Är det ni som kommer, sa han på finska och låtsades överraskad. Morsan sträckte fram blommor som hon haft under kappan mot kylan, farsan skakade hand och gratulerade och jag sopade den anfallande finnspetsen rätt nerför brotrappan så den tumlade runt och ylade.

Vi satte oss vid köksbordet och hörde pendelklockan ticka. Pörtet såg onaturligt prydligt ut. Farfar satt i gungstolen, hans rynkiga hals skavde mot den styvknäppta skjortkragen och han fingrade nervöst på slipsen. Allt var konstgjort och stelt som det ska vara på högtidsdagar.

Vid lunchtid började farbröderna med sina fruar dyka upp, och stora gräddtårtor dukades fram. Några började koka kaffe och fylla termosarna, medan jag och syrran hjälpte till med att bre smör på rieskamackor och lägga på saftiga skivor ugnsrostad älgstek. Andra fyllde brickor med nybakta småkakor, och en härlig doft av kanel, kakao och vanilj spred sig i huset.

Ute hade en blek februarisol kämpat sig upp ur snödrivan och fått vinterdagen att börja gnistra. Några renar stod och sparkade i snötäcket borta på ängen och slickade i sig vissna strån. Ett par av dem låg i snögropar med hopvikta ben och sparade värme, endast de mörka skallarna stack upp. Gammelhunden iddes inte låtsas om dem, i stället nosade han vid knuten i farfars pissgrop medan några talgoxar klängde på en fastspikad svålbit. Hela landskapet badade i det vita tundraljuset under en sol så fullständigt utan värme som om den visats på film.

Under eftermiddagen började flera besökare strömma till. Bilar fyllde gårdsplanen och snart även uppfartsvägen. De närmaste grannarna kom sparkande, och två kom lugnt skidande tvärs över ängarna. Nu började högtidligheterna ta fart. Ett par långbord stod uppdukade där gästerna slog sig ner; magra gubbar med rinnande ögon och smälta frostdroppar i ögonbrynen och runda gummor med underarmar grova som kärnmjölkslimpor, inklämda i blommiga finklänningar. Kaffe sörplades på fat, laxsmörgåsar och kakor trugades runt. Den gamla bakugnen sprängeldades för värmens skull så att tanterna började prata om gamla tider och fick lust att baka tunnbröd.

Efter påtåren bedömdes tidpunkten lämplig för att plocka fram konjaken. En köpeflaska skruvades upp och bars runt av farsan. Nubbeglasen fylldes här och var under tysta nickar medan bilchaufförerna lade handen över. Stämningen blev lite livligare. Morsan skar tårta och lade på faten. Man kom igång med att hurra lite och ställde sig upp medan farfar satt kvar i gungstolen och svettades. Farsan gav honom mer konjak så han skulle få en mera trevlig framtoning. Sedan sjöng man jamåhan leva på pruten venska med högaktningsfulla miner.

Gubben blev blyg av allt fjäsk och hukade sig bakom bordet med blomkvastarna. Efteråt fick han order att öppna presenterna. Han hade låtit dem ligga orörda för att inte folk skulle tro att det bara var därför han ordnat festen, en klok försiktighetsåtgärd i tornedalska omgivningar. Med fumliga fingrar började han slita i djävulskt sega snören och tejp innan en farbror förbarmade sig och letade fram en *puukko*. Med raska snitt skar gubben upp glanspapperet som buken på en gädda och drog fram en glasrelief av en älgtjur, en snidad köksklocka med batteridrift, en tårtspade i tornedalssilver, en prydnadsmugg av tenn, virkade spetsdukar, en väggrana med upphängningskedja, ett lyxetui med rakgrejer, en gästbok inbunden i naturgarvad renhud, ett sovdraperi av snäckor, en glödritad dörrskylt med texten Välkommen, och annat onödigt. Farfar sa på svenska att det var ett överdåd, ett överdåd, vilket var en bra sammanfattning för dyra konstigheter som man inte behövde. Ingen hade tordats ge verkligt nödvändiga saker som en klyvyxa eller ett nytt avgassystem till bilen eftersom det kunde uppfattas som att man misskötte sina dagliga göromål.

Tidigt på kvällen kom byns hembygdsförening på besök, ett tjugotal blida tanter och farbröder som artigt handhälsade som rikssvenskar. Många hade blommor med prydligt textade kort. Efter smörgås och tårta tog de fram texthäften och sjöng med darrande, lite gälla stämmor. Svenska folkvisor från skoltiden, kända allsånger, hyllningar till fosterlandets ängder och nejder. Farsan serverade konjaken, men undvek diskret laestadianerna. Sist stämde man in med Tornedalssången, långsamt och skälvande:

> Var hälsad vackra Tornedal
> vårt hem långt upp i nord
> Du är för oss det bästa val
> på denna vida jord...

Flera av de äldre blev rörda och började torka tårarna. Farfar blev oväntat gripen, fick rödkantade ögon och började darra med glaset så morsan fick ta det. Det var på vippen att hela pörtet börjat storgråta. Särskilt när man sjöng de finska verserna på slutet, då rördes hjärtat i magen så det blev hett och blött.

Man satt kvar i vemodet en stund. Lät sig fyllas av det finska lidandet och begrundade i tysthet alla de katastrofer som drabbat släkten; alla obarmhärtiga slag som utdelats, alla barn som fötts efterblivna, alla ungdomar som blivit sinnessjuka, all svält, all fattigdom, alla nödslaktade hästar, all tuberkulos och polio, alla år med missväxt, alla misslyckade smuggelförsök, allt stryk och allt hån från myndigheter och överhet, alla självmördare, alla förrädare och svartfötter, alla gånger man lurats på pengar, alla grymma lärare och snikna bolagsherrar, alla svartlistningar, alla arbetare som farit till Ryssland för att hjälpa Stalin men blivit skjutna som tack, alla djävliga virkestummare, alla sadister på arbetsstugorna, alla som supit ner sig, alla som drunknat i flottningen eller dräpts i gruvan, alla tårar, alla sår, all värk och förnedring som drabbat vår plågade släkt under den hårda livsvandringen.

Ute hade den långa, stålblå vinterskymningen övergått i mörker. Polstjärnan hängde som en istapp i vintertaket. Den omgavs av tusentals glimmande ljuspunkter medan temperaturen sjönk ännu ett par grader. Skogen stod frusen och stel, inte en kvist rördes. En ohygglig stillhet rådde över hela tajgan, den vidsträckta skogsmassa som sträckte sig bort genom det glesbebyggda Finland, fortsatte över Rysslands enorma landmassa, genom det ännu väldigare Sibirien och ända bort till Stilla Havets stränder, en orörlig trädöken nedtyngd av snö och minusgrader. Djupt inne i storgranarnas grenklykor tryckte mesarna som små luddiga kulor. Och där, bara längst därinne kändes ett varmt litet pickande.

Plötsligt började ett mummel spridas i köket. Jaktlaget! Jaktlaget var på ingång! Hembygdsföreningens ordförande reste sig och höll ett artigt men snabbt tacktal, och farfar lovade skänka ett gammalt olagligt ljuster till hembygdsgården nu när han ändå fått så dåligt mörkerseende. Man vände kaffekopparna upp och ner på faten, bylsade på sig ytterkläderna och i ett huj var man försvunna. Kvar satt bara ett par grannar och pensionärer, plus farsans bröder som nu började våga svära igen och be om mera dricka.

Strax klampade det på brotrappan och ytterdörren sparkades upp. In dundrade ett tjugotal tysta karlar. Jaktlagets talesman sa:

– Nå hej.

De andra satte sig tigande vid långbordet och stirrade. Den yngste var strax över tjugo, den äldste var redan fyllda åttio. Många var släkt med oss.

Rieska, tårta och kaffe, och så skålade man slut på den sista konjaksflaskan, samtidigt som man undrade varför fransmännen envisades med att färga spriten brun och ge den smak av målarfärg.

Jaktlagets talesman reste sig nu och började hålla högtidstalet innan gubbarna skulle börja härja. Han slog fast att farfar inte misskött sig i jaktlaget. Än så länge var han inte gaggig, men så fort han blev det skulle han få ställa sig hemma vid diskbänken medan karlarna ordnade kött. Hittills såg man inga senila tecken, upprepade talesmannen, gubben verkade då frisk i skallen, men fan om han började svamla, då fick han stanna hemma! För även en gammal gubbdjävel var tvungen att kunna se skillnaden på älgar och till exempel motorfordon innan han släpptes ut med bössa i skogen, det var skillnaden mellan det här jaktlaget och vissa andra i kommunen.

Jägarna nickade bistert, och talesmannen tog en klunk innan han fortsatte. Gubben kunde alltså ännu bära bössan och tålde regn och kyla och utförde sin plikt, men fan om han blev åderförkalkad! Då var det bättre att nöta sofflocket med sina brakare. För även om inget märktes just nu var det bara en tidsfråga tills hjärnan geggade igen, och då var det kört, det skulle gubben ha fullständigt klart för sig!

Efter detta hjärtliga högtidstal överräcktes en pokal med jaktlagets samtliga namn ingraverade, även hundarnas. Några var felstavade eftersom man begått misstaget att göra graveringen i Luleå där de var ovana vid finska efternamn, men för rabatten man erhållit hade man dessutom köpt en flaska med innehåll.

Farfar svarade att felstavningen säkert berodde på jägarnas egna kråkfötter, att hans fysik i alla avseenden var i nivå med en artonårings, att han såg som en örn och hörde en älgko fisa på hundra meters avstånd, och om man tog med i beräkningen alla bortsupna hjärnceller i jaktlaget så var knappast han den som först skulle börja svamla. Efter detta tackade han för flaskan, och särskilt för innehållet, eftersom den var den sista återstående starkvaran i hela huset, och när den var slut skulle det bjudas på kaffe hela resten av kvällen.

Karlarna ryggade till. Farfar lät alla få sig en fingerborg, och sedan var flaskan tom. Stumma, nästan tårögda höjde karlarna glasen och tömde. Det kunde inte vara sant! Snåldjäveln! Nu när man äntligen lyckats komma hemifrån frugan.

Farfar sneglade åt sidan och gav tecken. Tyst öppnade farsan källarluckan i köksgolvet och klättrade ner i mörkret. Lika snabbt kom han upp och ställde flaskor med en skräll på bordet. Två från varje hand. Och farfar började gapskratta.

– Här era småpojkar får ni karra! tjöt han så magen hoppade.

Karlarna blev så lättade att de nästan snyftade. Ingen brydde sig om att korkarna inte var förseglade på Systembolaget. Och äntligen kunde backanalen börja.

Detta var lyckan. Lyckan att supa. Att bli full. Att få dricka sig blind och döv i vänners sällskap utan gnatiga kommentarer. Att få hälla i sig så pitten styvnade och tungan fladdrade som en vimpel i munnen. Att tömma flaskan och genast få en ny på bordet, att slippa snåla och mäta med linjal, att slippa betala, att slippa sitta pank och halvnykter på en snobbig krog och undra vart kompisarna tog vägen.

Underbara överflöd. Inte torparens gnetande med svålkanter och mögligt utsäde, utan jägarens lyckorus framför hundra kilo rykande kött. Att fylla sig, packa sig, proppa i sig utan behärskning, att för en enda endaste gång slippa tänka på morgondagen.

De kvarvarande fruarna och morsan såg domedagstecknen och bröt surmulna upp. Karlarna lovade samfällt att inte dricka för mycket, men deras tungor var kluvna ända bak till gomseglet. Även storasyrran lämnade sällskapet för att inte bli könsobjekt, så jag fick ta över efter henne och börja diska kaffekoppar. En del av gubbarna blev då på illmarigt humör och kallade mig *knapsu* och undrade varför jag hade så små tissar. Jag bad dem lukta på skit och fitta.

Snart hördes billjud utifrån, och när jag tittade efter var det vårt band som kom. Niila, Erkki och Holgeri anlände i en gammal duett, körd av en kusin. Jag hjälpte dem att lasta av förstärkarna, gitarrerna och det för dagen nedbantade trumsetet. Vi ställde alltsammans vid vedugnen för att höja temperaturen innan vi började koppla in dem. Tyvärr hade Greger inte kunnat komma, han stod just och ringde viktiga samtal, men han kanske skulle dyka upp senare.

Jägarna hade nu nått det hjärtliga stadiet. Man började berätta och skryta och dra porrhistorier på både finska och svenska. En av männen började sjunga *Rosvo Roope* med halvslutna ögon, och snart följde *Villiruusu* fast flera karlar bad honom att låta bli Korpelalåten eftersom minnen väcktes.

Även farsan började nu bli i gasen. Han backade vingligt med några tomflaskor i näven och höll nätt och jämnt på att trampa ner sig i källarhålet. Gubbarna garvade medan farsan ilsket förbannade den idiot som lämnat luckan öppen fastän det var han själv. Sedan langade han tomflaskorna till mig i stället. Jag balanserade nerför den murkna stegen, kände fukten och kylan slå emot mig. Därnere luktade sandjord och potatis. På trähyllorna stod glasburkar med hjortron- och lingonsylt, resterna av den uppskurna gravlaxen, några pilsnerlådor, en surströmmingskonserv och en sillkagge. Över jordgolvet var några brädor utlagda, och på dem stod spritflaskorna. Diskret fyllde jag en sockerdricksflaska och smusslade undan den till grabbarna.

När de första jägarna gick ut för att pissa ställde vi upp oss framför bakugnen. Jag drog en fördelardosa till väggkontakten och hoppades att huvudsäkringen skulle hålla. Det knäppte oroväckande i de kalla förstärkarrören när strömmen slogs på. Niila och Holgeri pluggade i sina gitarrer, och Erkki satte sig på en pinnstol vid sin virveltrumma och hi-hat. Jag kopplade in sångmikrofonen på basförstärkarens extraingång och hostade igång stämbanden.

Karlarna hade följt vårat mixtrande med misstänksamma ögonkast. Men när Niila började kompa i tretakt slappnade de av. Alla kände igen den gamla slagdängan som vi lärt oss, dagen till ära:

– *Oi muistatkos Emma sen kuutamoillan, kun yhdessä tansseista kuljettin...*

Alla sänkte glasen och blev sittande. Festen hade redan nått det vemodiga stadiet, och musiken gick rätt in. Jag sjöng vänd emot farfar, han vek blygt undan med blicken.

– *Oi Emma Emma, oi Emma Emma, kun lupasit olla mun omani...*

Vi fortsatte med *Matalan torpan balladi*. Stämningen blev

så sorgsen att det blev imma på fönstren. Och sist av allt tog vi Kärleksvisa från Erkheikki, en långsam mollvals med ett klagande solo av Holgeri som kunde fått en sten att gråta.

Efteråt ville karlarna skåla med oss. Som brukligt var i Tornedalen kommenterade ingen framträdandet med ett endaste ord, eftersom onödigt beröm i längden bara ledde till överdrivna projekt och konkurser. Men man såg på ögonen vad de kände.

Vi satte oss i ett hörn och började smussla med sockerdrickaflaskan. Jägarna däremot började få lust att motionera. Man hade passerat den första bedövningen och ville sträcka på benen och diskutera. En av dem vinglade fram till oss och ville veta vår politiska ståndpunkt. En annan undrade om det var sant som det stod i Aftonbladet att tjejerna var kåtare nuförtiden. På den första frågan svarade vi undvikande, och på den andra att tjejernas sexlust väl var som i alla tider, den syntes inte på ytan men märktes när man hade halva inne. Han började då ställa närgångna frågor om vi hade flickvänner, om de i så fall var kåta och hur ofta vi gjorde det. Och fastän vi sket i honom så envisades han och ville ha alla möjliga detaljer.

Jag började känna mig lullig i skallen och stapplade ut på gården. Vid snödrivan stod ett par gubbar och försökte minnas om de redan pissat eller just skulle. De bestämde sig för det senare och drog fram sina gråa snorrar. Beslutet visade sig riktigt, för så småningom kom strilet. Den ene gubben började pissa höjdrekord på snödrivan och den andre följde efter. Min unga blåsa var spänstig som en hårdpumpad fotboll och jag slog dem hur enkelt som helst. Sedan skrev jag dessutom mina initialer under rekordet. Gubbarna blev sura och hotade tjära pungen på mig. Jag ramade in initialerna och tangerade höjdrekordet en extra gång innan de bestämde sig för att snöfylla mina kalsonger, men då var jag redan på väg in.

Nu började man uppnå den andra bedövningsfasen. Den som var slutgiltig och len som dödens vita lakan. En bredaxlad, björnlik karl hejdade mig och började berätta något. Han höll mig i axeln och surrade allvarligt medan de rödsprängda ögonen cirklade som tunga humlor. Det var omöjligt att höra vad han sa. Tungan var tjock som en gymnastiksko i munnen, hans tal lät som klafsande i lera. En av de yngre jägarna blev debattsugen och började säga emot honom, men hans invändningar var lika otydbara. Snart var de indragna i en hetsig diskussion fastän ingen förstod vad den andre sa.

De som fortfarande hade talförmåga klagade på törsten. Munnen kändes som sandpapper, blodet dammade i ådrorna, läpparna klistrade, musklerna hårdnade som torrkött. Jag dök ner i källaren, tog upp de sista flaskorna och ställde dem framför de ropandes röster i öknen. Det fanns nu ingen hejd längre, hade man satt sig i nedförsbacken var det bara att fortsätta falla. Låta det barka hän, gasa så det visslade om öronen. En *oikea mies* fruktade varken döden eller tre dagars baksmälla.

Även Niila och Holgeri började nu bli packade. På Erkki märktes det minst fast han hållit den högsta takten. Han diskuterade laxflugor med en av de yngre jägarna som satt med hängande ögonlock och snordroppar i fjunmustaschen. De kom överens om att prova ett ställe i Tärendö älv, eftersom få tillfällen i livet var mer fulländade än att grilla nyfångad harr över en nattlig lägereld vid en brusande norrländsk älv. Det skålade man på och fick tårar i ögonen. Så vacker sommaren är, så fulländad och evig! Midnattssol över skogsranden, lysande röda nattmoln. Fullständigt vindstilla. Selet spegelblankt, inte en krusning. En plötslig vakring som sakta vidgas över den väldiga stillheten. Och där, mitt i tystnaden, faller en nattfjäril. Fastnar i den sega vattenytan med vingarnas puder. Den glider ner i forsnacken, tumlar runt bland stenar och skum. Över grantopparna svärmar lätta fjädermyggor i den uppstigande återvärmen. Allt ser man där man sitter i den tunna spricka som en sommarnatt är, svävande på den sköra hinnan mellan två världar.

De äldsta gubbarna, de upp emot sjuttio och åttio började nu snedluta på stolarna. Farsan insåg riskerna fastän han var bladig, och tilltalade mig på ett språk som mest liknade tornedalstyska. Jag förstod dock åtbörderna, och tillsammans grep vi den äldste och magraste gubben i armhålorna. Han var oväntat lätt och gjorde föga motstånd när vi släpade honom bort till kökssoffan och satte honom bekvämt i mitten, lutande mot ryggstödet. De båda andra gubbarna hade rundare former och vägde mer, dem satte vi ner på var sin sida. De vaknade till som hastigast och började hoa som ugglor, men föll snart i sömn i sin lilla rad. Bakhuvudena fann stöd mot soffryggen och hakorna föll ner. De satt där och gapade som fågelungar med sina vita flintskallar och rynkiga halsar. Jag satte mig mitt emot och försökte pricka de öppna käfthålorna med sockerbitar, men farsan avbröt mig med ett grymt utseende.

Farfar kom in efter en tur runt knuten. Det hade runnit så sakta att hans fingrar var blåfrusna, och han förbannade ålderdomen och dess grymma spratt. Under hans frånvaro hade karlarna gjort en fruktansvärd upptäckt. Spriten var slut! Några farbröder och jägare samlades till ett sluddrande krismöte. Man gick igenom traktens mer kända hembrännare, begrundade de egna förråden hemma i barskåpen och hur man skulle få med sig flaskorna utan att kärringen vaknade. Någon påpekade att kvällen var tidig och att OK ännu var öppet. Man kunde köpa t-sprit, slamma upp med vetemjöl och sila genom kaffefilter, det blev inte bara starkt utan också drickbart och säkert ofarligt för sådana med starkt hjärta.

En av jägarna erbjöd sig att åka taxi till Finland om de alla delade på kostnaden, och köpa mellanöl i en kvällsöppen butik i Kolari, så mycket som bilen orkade lasta. Tullarna kände han, så blev han stoppad skulle han bjuda hit dem på festen. Alla tyckte det var ett bra förslag eftersom finskt mellanöl var det bästa botemedlet mot baksmälla, och bad honom dessutom köpa surbröd och *piimä*, och ta med sig finska fjällor också ifall han stötte på några.

Farfar reste sig nu myndigt och plockade fram en tom treliters plastdunk. Allvarligt bad han att få den fylld med vatten. En granngubbe spolade i kallvatten till brädden medan karlarna undrande såg på. Högtidligt ställde farfar in dunken i städskåpet och frågade hur det var med sällskapets bibelkunskaper. Alla teg och insåg att gubben blivit tossig.

– Är ni troende? upprepade farfar envist.

– Nä, mumlade nu flera stycken.

Farfar öppnade då städskåpet och drog ut dunken. Så tog han sig en klunk och skickade vidare, och karlarna drack, en efter en. Och när varvet gått runt ropade alla att farfar var Jesus, ja sannerligen större än Jesus eftersom denne gjort vatten till vin, medan farfar trollat fram sprit. Visserligen var den av en enklare sort och hade en flottig bismak, men det fanns å andra sidan få saker lika hälsosamma som finkelolja med alla dess spårämnen och kromosomer. Jag var den ende som noterade att det inte bara var innehållet som förändrats, utan även kapsylens färg, men jag beslöt mig att tiga för att inte förstöra väckelsestämningen.

En äldre, fetlagd granne började nu snedluta på sin köksstol. Jag hann just ta emot och skydda tinningen när han dundrade i golvet. Det var omöjligt att väcka honom igen, så jag grep tag i fotlederna och släpade kroppen in mot en vägg så den inte skulle ligga i vägen. Lemmarna var fullständigt slappa och sladdriga. Under huvudet lade jag tidningar ifall han skulle kräkas. I samma stund somnade nästa gubbe, sittande i gungstolen med hakan mot bröstet. Snuset dreglade som smält choklad över skjortan. Den unge jägaren med fjunmustaschen skrattade så han skakade åt gubbens fåniga utseende. Även jag började fnissa åt alla fyllesvin som vinglade runt i pörtet, som gaggade med varandra, som spillde ner sig när de drack, som gick ut i snön i bara strumporna, som sjöng med ögonen i kors, som ramlade på rumpan och krälade som krokodiler bland trasmattorna. Jag och fjunmustaschen hjälptes åt att bära undan snusgubben och lägga honom på golvet intill den förste. Samma procedur drabbade en av farbröderna som slocknat i böneställning i kallfarstun, han blev den tredje i raden. De låg där sida vid sida som slaktade grisar, och vi flabbade åt synen så vi vek oss på mitten. Sedan drack vi finkel och frustade och fick i halsen, och garvade igen.

Farsan pekade nu oroligt mot de tre åldringarna i kökssoffan. De var bleka och orörliga. Han bad mig kolla om de verkligen inte var döda. Jag gick dit och tog pulsen på deras blåådriga handleder. Ingenting. Jo, ett svagt pickande.

Niila och Holgeri kom in och luktade magsyra, darrande av köld. De bad om kaffe för att få bort den beska halsbrännan och jag räckte över en termos. Samtidigt märkte jag att fjunmustaschen plötsligt slutat skratta. I stället snedsatt han på stolen och snarkade, precis som gubbarna han nyss hånat. Han var på god väg att rasa, så jag släpade iväg honom i armhålorna och lade honom på nästa plats i gubbraden, ung och rödkindad intill de grånade veteranerna.

Någon ville ha taxi, raglade bort till telefonen och beställde. En annan klev fram till mig och började gläfsa, det lät som en hund som suger på ett köttben. Först efter en lång stund förstod jag att han ville ha hjälp att ringa till frugan för att få skjuts hem. Jag frågade efter telefonnumret men förstod inte vad han svarade. I stället kollade jag under hans namn i telefonkatalogen och höll luren mot hans öra. På åttonde signalen svarade tanten som förmodligen legat och sovit. Mannen kämpade för att koncentrera sig.

– Ischh... lisch... fouhe boffaaa...

Hon smällde på luren fast hon säkert känt igen rösten. Jag började själv känna att golvet snurrade och gick bort till Niila. Han satt och halvblundade med en brusande transistorradio vid örat. Han kunde höra de dödas röster på mellanvågen, och hade nyss fått ett meddelande på tornedalsfinska. Det lät precis som hans faster som dött i höstas, en röst som viskade:

– *Paska... paska...*, och därefter gåtfullt tystnade. Jag sa att det kanske var lång kö till toaletten i himmelriket, men Niila hyssjade. Lyssnade med grumlig blick.

– Vänta, det är nån annan där!

– Jag hör inget.

– Det är esperanto! Hon säger att... vänta... att... jag ska dö...

Samtidigt kom taxin. Ett par av de stadigaste karlarna försökte kränga på sig ytterkläderna och vinglade ut genom dörren. En tredje, mycket bastant gubbe klargjorde för mig på teckenspråk att han ville samåka. Jag stödde honom varligt nedför farstutrappan och ut på den snöiga gården. Halvvägs till bilen utstötte han en lång, hästlik frustning. Sedan föll kroppen samman som om den fått punktering. Han stupade på fläcken, benen vek sig som om skelettet mjuknat. Jag försökte hålla uppe tyngden men var chanslös. Hundra kilo gubbe, en fallande säck av fläsk och blod.

Jag tog pulsen. Karln var medvetslös, helt borta från världen. Kroppen låg och ångade som ett köttkok i polarkölden. Taxin väntade på tomgång, jag grep tag i fötterna och försökte släpa späckhögen mot fordonet genom den sträva snön. Gubbens skjorta kasade upp och bromsade. Snön smälte mot rygghuden, men inte ens kylan fick honom att vakna. Han var tung som ett lik. Till sist gav jag upp och vinkade iväg taxin som försvann. Stönande började jag dra kroppen åt andra hållet i stället, tillbaka mot huset. Jag halkade och stånkade och kände svetten bryta fram på ryggen. Centimeter för centimeter. Han levde, jag såg hur det ångade från näsan och munnen. En tunn, ringlande andedräkt som steg i skenet från brolyset, upp mot den svarta stjärnhimlen.

Jag var tvungen att stanna och pusta. Och just då, just när jag höjde blicken, flammade ett norrsken upp. Stora gröna fontäner växte och svällde, vågor av mareld skummade fram. Snabba röda yxhugg, violett kött som skymtade i snitten. Skenet växte i ljusstyrka, blev livligare. Böljor av fosfor i fradgande malströmmar. En lång stund stod jag stilla och bara njöt. Tyckte med ens att det sjöng svagt däruppifrån, som från en finsk soldatkör. Norrskenets röst. Eller kanske var det ljuden från taxin som fortplantades i den skarpa kölden. Det var så vackert att jag ville knäböja. Denna prakt, all denna skönhet! Alldeles för starkt för en liten blyg och full tornedalspojke.

Någon slog i ytterdörren. Erkki stapplade ut till mig och började öppna jylfen. Jag påpekade att det låg en full gubbe vid hans fötter. Erkki noterade förvånad att det stämde, tog några steg bort och ramlade omkull. Bekvämt utsträckt i snön pillade han ut snorren och pinkade där han låg. Lättad slöt han ögonen. Jag bad honom ge fan i att somna och sparkade lite snö i nyllet. Han började hota med stryk, men kravlade sig ändå på fötter. Tillsammans hjälptes vi åt att baxa gubbdjäveln in i pörtet där vi lade honom ytterst i den imponerande raden på golvet.

Farsan och farfar satt bleka vid köksbordet och stammade att gamlingarna i kökssoffan hade avlidit. Jag gick dit och tog pulsen på dem alla tre. Flintskallarna lutade åt olika håll, huden var gul och vaxlik.

– Jo dom är döda, sa jag.

Farfar svor ve och förbannelse över allt myndighetskrångel som skulle bli följden, och började sedan snorgråta på gamlingars vis och dra sig i näsan så det droppade i glaset. Farsan började hålla ett högstämt sluddrande tal om den finska hjältedöden och nämnde självmordet, kriget, hjärtattacken i bastun samt alkoholförgiftningen som de främsta exemplen. Och ikväll hade alltså dessa tre avhållna och respekterade släktingar valt att samtidigt, sida vid sida vandra in genom Ärans portar…

Den magre gubben i mitten öppnade nu ögonen och bad om sprit. Farsan tvärtystnade och bara stirrade. Farfar sträckte över sitt snoriga glas och såg det darrande tömmas. Jag skrattade så jag nästan föll av stolen åt deras miner, och sa att nog var det en rejäl fest när även de döda började supa.

Runtom i pörtet sänkte sig nu lugnet. I raden på golvet låg karlarna i samma ställning som jag lagt dem, inbäddade i drömlös fyllekoma. Andra kräelade runt som sköldpaddor med sega, långsamma rörelser. Niila satt med ryggen mot en vägg, alldeles grön i ansiktet. Han försökte hålla sig upprätt och drack då och då ur kallvattuskopan. Holgeri låg bredvid i fosterställning och ryckte. De flesta var nu tysta och inåtvända medan levrarna försökte rensa bort gifterna och hjärncellerna dog som flugsvärmar. Erkki höll på att trilla av sin pinnstol men hade fastnat med jackan i ryggstödet. En senig sextioårig jägare var den ende som ännu höll igång, han tog stöd vid långbordet och gjorde gymnastiska rörelser med benen. Sträckte dem framåt, uppåt, tänjde åt sidorna i invecklade orientaliska mönster. Han gjorde alltid så när han var full, och alla lät honom hållas.

Inom mig kände jag hur ruset kulminerat. Det brusade avlägset i kroppen medan jag satt och studerade gubbens bensprattel. Festen var redan över fast klockan inte var mer än elva på kvällen. På mindre än fyra timmar hade jägarna klämt i sig över en liter per skalle, och ändå kräktes ingen, ett tecken på lång och ihärdig träning.

Därute hördes en bil närma sig, helljusen spelade över tapeterna. Snart hörde jag klampanden i farstun. In stormade Greger och fick syn på mig.

– Hoppa in så far vi!

Sedan stannade han upp. Vände sig långsamt runt och betraktade mållös det imponerande slagfältet.

Jag skakade liv i grabbarna, vi släpade ut grejerna till bilen och körde iväg. Greger visslade glatt och trummade mot ratten tills vi bad honom att låta bli.

– Pågar, smålog han. Jag har suttit och ringt hela kvällen. Nu måste ni börja träna.

– Va?

– Så ni får fler låtar.

– Låtar? ekade vi dumt.

Greger skrattade bara.

– Jag har fixat er första turné. Ett par skolor, en fritidsgård och en amatörfestival i Luleå.

Vi bromsade in vid skolan. Greger låste upp den tomma musiksalen och vi baxade in förstärkarna. Alla var fortfarande omtumlade och upphetsade av beskedet, så när Greger for hem stannade vi kvar och spelade. Det lät hemskt men det kom från hjärtat, det var rått och rufsigt, precis som vi själva. Niila slog sina hemmagjorda riff, och jag sjöng improviserat och började känna mig som en rockstjärna. Holgeris gitarr var ostämd av kylan och hans fingrar fumliga, men kanske just därför fick han fram sagolika solon, sneda och skeva bröl, svajande gungande klanger. Och till sist körde vi vår gamla favorit; Rock 'n' roll music säkert tio gånger. Inte förrän Erkki slagit sönder båda sina trumstockar gav vi upp.

Klockan var strax efter tre på natten. Pajala kyrkby låg öde i vintermörkret. Vi knarrade hemåt i pudersnön under de svagt surrande gatlyktorna. Kylan strömmade in i våra lungor, öronen vidgades kring gryningstimmarnas tystnad. I vantarna värkte fingertopparna av de vassa strängarna.

– Man borde sticka någonstans, tyckte Niila, dra iväg bara.

– Stockholm! sa Erkki.

– Amerika! utbrast Holgeri.

– Kina, sa jag. Nån gång skulle jag vilja se Kina.

Det var så tyst. Som om alla i byn frusit ihjäl. Vi började vandra mitt på vägen, alla fyra i bredd. Det kom ingen trafik. Hela bygden, ja hela världen låg orörlig. Det var bara vi som levde, fyra bultande hjärtan i vintertajgans innersta grenklyka.

Vi stannade till vid Pajalas största korsning, den mellan färghandeln och kiosken. En tvekan kom över oss, som om vi anade att vi nått fram. Att det var här som något annat skulle ta vid. Vi vände oss om och spanade osäkert åt alla håll. Vägen västerut ledde mot Kiruna. Söderut kom man till Stockholm. Österut ledde vägen mot Övertorneå och Finland. Och den fjärde vägstumpen pekade ner mot Torneälvens is.

Efter en stund gick vi ut till mitten av vägen och satte oss på rumporna. Som genom en tyst överenskommelse lade vi oss ner mitt i korsningen, tvärs över körbanan. Vi sträckte ut oss på rygg och skådade upp mot stjärnhimlen. Ingen trafik hördes, allt var så stilla. Sida vid sida låg vi där och andades upp i rymden. Kände isens svalka under stjärten och skulderbladen. Och till sist, rofyllt, slöt vi våra ögon.

Och det är här berättelsen slutar. Barndomen, pojkåren, det första livet vi levde. Jag lämnar dem där. Fyra ynglingar på rygg i en vägkorsning med ansiktena vända mot stjärnorna. Jag står stilla kvar intill och betraktar dem. Andningen är djupare, musklerna avslappnade.

De har redan somnat.

Epilog

Någon gång per år när min längtan blir för stark reser jag upp till Pajala. Jag anländer i kvällningen och vandrar ut på den nya, cirkusliknande pylonbron som spänner över Torneälven. Mitt över djupfåran stannar jag och ser ut över byn med träkyrkans spetsiga torn. Vrider jag blicken ser jag skogshorisonten och Jupukkaberget med TV-mastens blinkande synål. Under mig strömmar älven i sin ständiga, breda rörelse mot havet. Det låga bruset sköljer bort stadens larm ur öronen. Min rastlöshet rinner av mig i den tilltagande skymningen.

Jag låter ögonen vandra över byn. Minnena återvänder, människor som liksom jag flyttat, namn som glimtar till. Paskajänkkä med sina Kangas, Karvonen, Zeidlitz, Samuelsson. Texas med alla Wahlberg, Groth, Moona och Lehto. Strandvägens Wilhelmsson och Marttikala, Äijä och Tornberg. Vittulajänkkä med sina Ydfjärd, Kreku, Palovaara, Muotka, Pekkari, Perttu och många många fler.

Jag stöder händerna mot det kalla broräcket och undrar vad det blev av er alla. Människor jag en gång kände, människor som delade min värld. Tankarna dröjer en stund vid mina spelkompisar. Holgeri som blev gymnasieingenjör och nu jobbar med mobiltelefonnät i Luleå. Erkki som blev förman på LKAB:s pelletsverk i Svappavaara. Och själv blev jag svenskalärare i Sundbyberg med en saknad, ett vemod jag aldrig helt lyckats bemästra.

På hemvägen passerar jag kyrkogården. Jag har inga blommor med mig, men jag står en stund vid Niilas grav. Den ende av oss som satsade på musiken. Som verkligen satsade.

Den sista gången vi möttes var under Pajala marknad, han hade flugit från London och klöste tankspritt i små sår på sin handled. På natten for vi och fiskade vid Lappeakoski. Hans pupiller var små som knappnålar, och han surrade maniskt:

– Islossningen, Matti, när vi stod där på bron och såg islossningen, fy fan vilken islossning…

Jo, Niila, jag minns islossningen. Två småglin och en hemsnickrad gitarr.

Rock 'n' roll music.

Smaken av en pojkes kyss.